高宮麻綾の引継書

たかみやまあやのひきつぎしょ

城戸川りょう

文藝春秋

装画　中島花野
装幀　観野良太

高《たか》宮《みや》麻《ま》綾《あや》の引継書

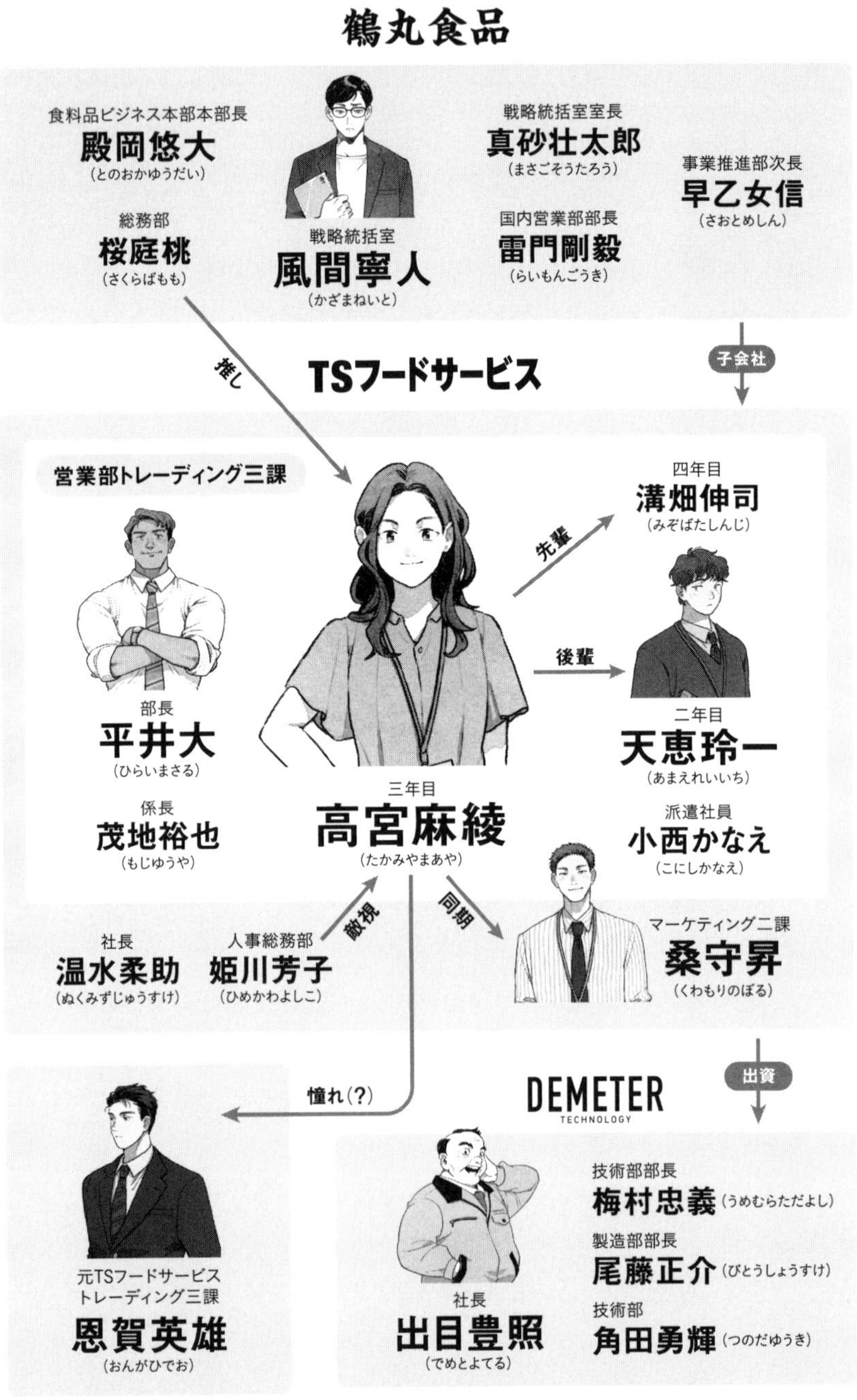

鶴丸食品
食料品ビジネス本部本部長
殿岡悠大
（とのおかゆうだい）
総務部
桜庭桃
（さくらばもも）
戦略統括室
風間寧人
（かざまねいと）
戦略統括室室長
真砂壮太郎
（まさごそうたろう）
国内営業部部長
雷門剛毅
（らいもんごうき）
事業推進部次長
早乙女信
（さおとめしん）
推し
子会社
TSフードサービス
営業部トレーディング三課
部長
平井大
（ひらいまさる）
係長
茂地裕也
（もじゆうや）
三年目
高宮麻綾
（たかみやまあや）
先輩
四年目
溝畑伸司
（みぞばたしんじ）
後輩
二年目
天恵玲一
（あまえれいいち）
派遣社員
小西かなえ
（こにしかなえ）
社長
温水柔助
（ぬくみずじゅうすけ）
人事総務部
姫川芳子
（ひめかわよしこ）
敵視
同期
マーケティング二課
桑守昇
（くわもりのぼる）
憧れ（?）
元TSフードサービス
トレーディング三課
恩賀英雄
（おんがひでお）
出資
DEMETER
TECHNOLOGY
社長
出目豊照
（でめとよてる）
技術部部長
梅村忠義（うめむらただよし）
製造部部長
尾藤正介（びとうしょうすけ）
技術部
角田勇輝（つのだゆうき）

トレーディング三課からの異動に関する引継書

２０２３年９月

本日を以てトレーディング三課を離れる事となった為、簡単ながら以下の通り引継書を作成します。顧客概要や業務フローといった本題に入る前に、入社三年目というぺーぺーの身分で恐縮ですが、私がＴＳフードサービス株式会社の皆様にお伝えしたい事を先ずはじめに四点記載いたします。

一、経営陣の皆様へ。ビジネスパーソンとしての基礎を叩き込んでいただいた事は私の一生の財産であり、もう一度社会人生活をやり直すとしてもＴＳフードサービスのトレーディング三課を希望すると思います。ただそれも、二年前のトレ三であれば、です。最近はどいつもこいつも鶴丸《つるまる》食品の意向ばかりを気にして、口を開けば「親会社はどう考えているか」ばっかり。あなたたちは親会社の鶴丸に死ねって言われたら死ぬんですか？　皆様が私にした仕打ちは人殺しと同様の行為だと思っており、未来永劫決してこの事を許すつもりはありません。どうかくれぐれも暗い夜道にはお気をつけください。

二、トレ三の同志諸君へ。もっとしゃきっとしなさいよマジで！　ほんとムカつく。ムカつくムカつくムカつく！　うちは親会社のオモチャじゃないでしょ？　何をやるにも顔色窺いすぎ。別法人なのに鶴丸のことを「本店《ほんてん》」って呼ぶのも気色悪いからマジでやめて。皆様お忘れかもしれませんが、うちの本店はこの茅場町《かやばちょう》のおんぼろビルです。

「気にかける人がいなくなった時、その事業は死ぬ」と、私は恩賀《おんが》さんから教わりました。このままでいいと本当に思ってるわけ？

三、急にこの引継書が社内一斉送信のメールで送付されてきた皆様へ。本件の顛末は既に皆様ご存知かと思います。このような形で当部を去ることは誠に遺憾ですし、己の力不足に対して怒りが収まりません。せめてもの抵抗として、この引継書改めダイイングメッセージを皆様にも送ります。犯人たちを明日から白い目で見てあげてください。

四、被引継者に対して言いたいことは一つ。地獄に落ちろクソ野郎！　ばーーーか‼

引継者：　高宮《たかみや》麻綾《まあや》

被引継者：

1

あたしが勝たなきゃいけない理由

髪をかき上げた左の手のひらがベタつく。鏡を見なくても、頭皮の毛穴が開いているのが分かる。もう、そういう時間帯だ。ディスプレイの右下に小さく出ているデジタル時計は二十一時半を示している。プリンターエリアを挟んで向こう側の島は、既に電気が消えていた。この時間はオフィス内のクーラーも切られており、今夜は特にじっとりと暑い。

今日はまだあと二時間半もある。ギアを上げようと、高宮麻綾《たかみやまあや》は飲み掛けのモンスターエナジーを勢いよく飲み干した。ハーフアップに上げた髪をギュッと束ね直して、バレッタで再び留める。この後に予定がなく、今夜はとことんやると決めた時の高宮のルーティンだ。

明日、七月七日は決戦の日。鶴丸《つるまる》グループのビジネスコンテストで優勝して、今度こそあたしのアイデアを事業化する。TSフードサービスとあたしの名を轟《とどろ》かせるのよ。

「じゃ、今日はもう帰るから。二人とも残業はほどほどにね。ほら、僕が平井《ひらい》部長に怒られちゃうからさ」

卓上パーテーションの向こう側から、茂地《もじ》係長の少しおどけた声が降ってきた。この人の、いつも何かに許しを請うようなオドオドした態度が気に食わない。気合いに水を差されたと感じて、高宮は心の中で舌打ちをした。

「はーい、気をつけまーす」

この一連のやり取りまで含めて、残業時のルーティンだ。顔を上げずに空返事《そらへんじ》をしたが、茂地係長はその場から動く気配がない。高宮が画面から視線だけ上げると、おどけた声のトーンとは裏腹にこちらを恐る恐る覗き込む、自分の半分以下サイズの小さな瞳と目が合った。怯《おび》えたような目つきに、高宮は思わず本当に舌打ちしそうになった。

「高宮さん、このペースで行くと今月も残業六十時間超えそうでしょ。まだ三年目で若いからって無理しないで、もっと早く帰って家でゆっくりしないと」

「別に大丈夫です。それに今日は残業つけませんよ。明日のビジコンの準備なので」

「そういう問題じゃなくてね。休むことも仕事のうち、プライベートも大事だよ。ほら、彼氏さんとの時間とかさ」

「すみません、もしかして今あたし、セクハラ受けてます？」

キーボードを打つ手を止めずにわざと冷たい声を出す。茂地は「いや、そういうわけじゃなくて……」と慌てて呟くと、喉の奥でごにょごにょ言いながら出入り口に向かっていった。

自動ドアが閉まるのを背中で感じると、高宮は今度こそ盛大に舌打ちをした。

あんな腑抜《ふぬ》けばっかりだから、うちは親会社から舐められてんのよ。出向者に媚《こ》び売るのが上手いだけで、モジモジ《茂地係長》があたしの倍近い給料だなんてあり得ない。

苛立ちが込み上げてくるが、それも明日で終わりにする。去年の苦い記憶ともおさらばだ。

両肩を軽く回して「よし」と小さく呟くと、高宮は再び画面に向き合った。何度も見直したおかげで、プレゼン資料の骨子《こっし》は完璧になったと思う。関連が少しでもありそうな取引先、カンファレンスで見つけた目ぼしい大学の研究所、インターネットで探し当てた怪しげな海外の研究者。名刺を一箱空にして、とにかく多くの人に事業アイデアをぶつけ、そして磨き上げてきた。あとは、まだ情報量の多いスライドを初見でも分かりやすいようどれだけ軽くできるかのみ。資料作りは足し算より引き算が肝心だ。これで優勝しなかったら、その時は審査員を絞《し》めあげてやる。

他の部からもどんどん人がいなくなっていく。同じ階で残っているのは、高宮を含めてトレーデイング三課の二名だけだ。やや面長な顔の頬を軽く叩き、高宮は気持ちを入れ直した。

二人分のキーボードを叩く音がオフィスに鳴り響く。右手の人差し指のマニキュアが少し剝《は》がれていることに気づいたのとほぼ同時に、フロアの電気が一斉に消えた。

「あ、僕行きます」

仕切りを挟んで向かいの席から人影が立ち、数秒後には自分達の真上だけ電気がついた。

「十時になると電気消えるの、ほんとムカつくわよね。とっとと帰れって言われてるみたいで」

「言われてるみたい、じゃなくてそう言ってるんですよ」

天恵《あまえ》玲一《れいいち》はそう言うと、シャツの第二ボタンを開けて手でパタパタさせた。パーマでもかけているのか日中はルーズに決まった髪型も、この時間になるとクラゲの足のように張りがなくなっている。まだ二年目の分際でオシャレする余裕があるなら契約の一件でも取ってきなさいよ、と以前同僚に愚痴った時には「麻綾、三年目でその発想は老害だぞ」と返されてしまった。

天恵が三ヶ月前に親会社の鶴丸食品からうちの会社に出向してきて以来、高宮が天恵の教育係を務めていた。後輩のくせにと生意気に思うこともあるが、なんだかんだいって割と気が合う同僚の一人だ。

「いよいよ明日ですかぁ。高宮さん、気合い入ってますね」

「当たり前でしょ。去年の屈辱《くつじょく》をはらすんだから」

「それ初耳です。昨年も出られたんでしたっけ、うちのビジコン。前回は鶴丸社員と子会社の方のペアが優勝したらしいですけど」

「出てないわ。あたしみたいなグループ会社の社員が一人で参加できるのは今年からよ」

もうすぐ完成だ。最後にもう一度頭から確認して、社内ビジネスコンテストの事務局宛にファイルを送信する。大きく伸びながら椅子にもたれかかる高宮を見て、天恵は続けた。

「そもそも新規の事業企画って、僕らの仕事じゃないですよね。ゴリゴリ営業畑の高宮さんが事業案のコンテストにやる気を出した理由、気になります。終わってからでもいいから教えてくださいよ」

興味津々な顔の天恵と一瞬目が合ったが、高宮はそれを無視した。

ＴＳフードサービスは食品原料の専門商社で、物の売り買いがメインのビジネスだ。高宮が所属しているトレーディング三課の仕事は、国内外から原料を買い付けてグループ企業や他の食品メーカーへ安定的に納めること。原料納入が途切れてしまうと工場がストップしてしまい、消費者まで含めるととんでもない数の人に影響が出る。これに加えて、畑違いな新規の事業企画も手掛けるのは大分ハードだ。

やる気を出した理由、か。高宮の頭に二人の顔が思い浮かぶ。昨年末に職場を去った恩賀《おんが》さんの色白で整った横顔。もう一人は、あたしのアイデアをろくに見ないでボツにしたクソ上司。うん、どっちを思い出してもムカついてきた。このムカつきが、あたしの原動力だ。

「鶴丸の連中、全員あたしのすんばらしい事業案で蹴《け》散《ち》らしてやるわ」

「できれば他の参加者じゃなくて、審査員の方をぶっ潰してくださいよ」

「実際、あんたの元上司たちはどう考えてるの？　このビジコンって意味ある？」

天恵があくびを嚙み殺しながらうーんと唸《うな》る。

「意味ないことはないと思いますよ。尖《とが》った若手のガス抜きになるし、上からしても下の意見聞いてますアピールになるし。実際のところ、新規事業のタネも枯渇《こかつ》気味なので、良いアイデアはちゃんと形になるんじゃないですか」

ふーん、と返しながら、過去の鶴丸出向者たちへのがっかりエピソードが頭の中で倍速再生されていく。自分の中のガソリンタンクが急速に溜まっていくのが分かる。

「明日のプレゼン、モノにするわよ」

高宮が怖い顔で呟くのを横目で見た後、天恵は腕時計に目を遣った。

「今日はどうします？　最後くらい、通しでやっときますか？」

「ん……そうね。お願いするわ」

もうフロアには誰もいない。他の部の人も全員帰ってしまった。いちいち会議室に移動する必要はなさそうだ。天恵は高宮から少し離れた空席に腰掛けた。

「じゃ、五分計りますね。それでは、エントリーナンバー一番の高宮麻綾さん、どうぞ」

細く息を吸い込むと、高宮の口は勝手に動き出した。天恵に付き合ってもらう形で、この二週間でもう何十回も繰り返した内容だ。今この場で天変地異《てんぺんちい》が起きても、このプレゼンだけは動じずに話し通せる自信がある。ビジネスコンテストが全部終わったら天恵に何か奢らなきゃ、と頭の空きキャパで考える余裕すらある。普段よりもやや高めのトーンで話す自分の声が、夜の茅場町《かやばちょう》のオフィスに響くのを感じた。

「皆さん、ゴミとなる運命だった食品が世界にどれだけ存在するかご存知ですか？」

「この二十を超えるヒアリング結果により、衛生面でまだ十分食べられる食品が軽微《けいび》な外観や質感の問題で仕方なく捨てられている現状が浮き彫りになりました。先ほどご説明した通り、弊社の少額出資先であるデメテル株式会社が開発中の新製品『ＬＥＮＺ《レンズ》』を製造時に添加することで、特定の食品の風味や美味しさを飛躍的に長く維持することができます。酵素由来の食品改良剤であるＬＥＮＺはクリーン且《か》つサステナブルで、まさに時代に合った製品です。これだけでも十分に意義がありますが、こちらのスライドの通り、鶴丸グループ内の物流会社や系列スーパーなどの実店舗と繋ぎ合わせて考えることでより大きな意味を持ちます。川上から川下まで、いわば食材から食卓までを一繋がりのものとして捉えてフードロスを解消しようとするこの取り組み全体が、私が今回提案する『メーグル』という事業です」

会場にいる全員の視線が自分のプレゼン発表に集まっているのを感じる。よそ見やスマホいじりするヒマなんて与えない。今、日本橋に聳《そび》え立つ鶴丸食品ビル三階の大会議室を支配しているのは誰でもない、このあたしだ。

「私が実現したいのは、食べ物が一切無駄にならない循環型社会です。この事業により新たに命を吹き込まれた食品が、巡り巡って誰かの食卓を彩ります。フードロス問題を解決する『メーグル』を、どうかよろしくお願いいたします」

高宮は深々と頭を下げた。ちらりと腕時計を見る。プレゼン時間をめいっぱい使ったぴったり五分。拍手のボリュームがひとつ前の鶴丸社員とは段違いだ。これはもらった、と思いながらゆっくりと顔を上げた。

司会がマイクを受け取りに来る。五分ぶりに開いた自分の手のひらは汗でびっしょり濡れていた。

高宮は審査員席の方に目を向けた。審査員長を務める予定であった鶴丸の食料品ビジネス本部長は急遽《きゅうきょ》来られなくなったらしい。高宮のボスであるTSフードサービスの温水柔助《ぬくみずじゅうすけ》社長も審査員の一人であり、ご機嫌な様子で隣の人に話しかけている。鶴丸から転籍《てんせき》して来た温水社長の口癖は「親会社なんて気にするな」。気にするな、と叫ぶ本人が一番気にしているのは明らかで、高宮のプレゼンが終わった時も得意げに他の審査員たちを横目で見ながら最後まで拍手していた。

鶴丸グループは鶴丸食品をトップに掲げる、国内でも大手の「食」にまつわるビジネス企業群だ。グループ社員が「鶴丸」と呼ぶ時、大抵は親会社である鶴丸食品を指す。祖業《そぎょう》は戦後に始めた缶詰などの加工食品やその原料の卸売であり、今では国内でも有数の規模を誇るグループに成長した。グループ傘下には三十を超える子会社があり、オリジナルの加工食品を製造するメーカー、鮮度を保ったままコンビニや小売店に食品を納入するための物流会社、ファミレス等の外食産業を手掛ける会社など、食に関わることなら何でもやっている。

高宮の所属するTSフードサービスは、鶴丸食品の調達部がスピンアウトしてできた子会社だ。今では原料だけではなく、鶴丸グループが作った加工食品の販売なども一部手掛けている。

このビジコンでは、各社からの参加者が主に自分の仕事を中心に据えたアイデアを発表していく。高宮は他の参加者が「わが社の強みを活かして！」と声高に叫ぶ度に、にんまりとほくそ笑んだ。鶴丸グループ全体を巻き込み、自社の強みもぴりりと利かせた自分の事業案には自信があった。それぞれ親会社の鶴丸食品と一対一の関係でしかなかったグループ子会社たちを、あたしのビジネスアイデアで網の目状に結びつける。このコンセプトが鶴丸にウケないわけがない。

TSフードサービスからもう一人出場していた同期の桑守昇《くわもりのぼる》も、高宮のプレゼンを聞いて苦々しい顔をしていた。桑守も、彼なりの理由で今回のビジコンに賭けていたはずだ。その桑守が眉間に皺《しわ》を寄せて渋い顔をしていることに、高宮は自分の出来を再確認した。

「はい、それでは結果発表をします」

全ての参加者のプレゼンが終わり、審査員長代理の諫早《いさはや》人事部長が壇上に立った。事務局が横から渡してきた集計表に目のピントが合わないのか、手に持った紙を近づけたり遠ざけたりしている。

「私は毎年このコンペを見させてもらっていますが、今回は過去一番のレベルだったなと思っています。あれ、これ去年も言ったかな。いやでもほんとお世辞抜きにそうなのよ」

鶴丸グループの社員たちが声を出して愛想笑いをする中、高宮は一人苛立っていた。面白くもない冗談に、周りと一緒になって従順な笑みを浮かべる桑守にも腹が立つ。

そういうつまらない前振りはいいから早く結果を言ってよ。癖で出そうになる舌打ちをぐっと堪《こら》えて、高宮は両の拳《こぶし》を握りしめた。

「でも、一つ選ばなきゃいけないわけでね。二つじゃなくて一つ。本当は全員の案をもっとよく聞きたいんだけど。はい、もう言っちゃいます。ＴＳＦさんの『ベーグル』」

高宮は一瞬反応が遅れた。ウケるとでも思ったのか、わざと事業の名前を間違えられたことはどうでも良い。自分の名前でなく、会社名で呼ばれたことに憤《いきどお》りを覚えた。瞬間、自分の顔がカッと熱くなるのを感じる。

「大変失礼しました、べーグルは諫早人事部長の飼われているワンちゃんのお名前です。今年の優勝は高宮麻綾さんの『メーグル』。高宮さんはＴＳフードサービス様からのご参加です。優勝者には事業化に向けた資金と手厚い援助が与えられます。高宮さん、どうぞ前に」

司会を務めていた事務局の男がすかさずにこやかにフォローを入れ、会場は笑いに包まれた。高宮と目が合った司会は一瞬だけ申し訳なさそうな顔をして目礼した。

何があってもまずは「短気は損気」と心の中で素早く三回唱えろ。高宮が上京する時に、「頑張ってね」でも「身体に気をつけるんだよ」でもなくそうアドバイスしてきたのは母だった。母のおかげで、壇上に辿り着くまでの間にはなんとか笑顔を作ることができた。

壇上に上がった高宮は、改めて観覧者の多さに驚いた。さっきプレゼンをした時より倍近く増えたんじゃないか。実際そんなことはなく、先ほどまではかなり緊張して視界が狭まっていただけだ。こちらを見つめる親会社の人たちの目は高宮が思っていたほど刺々しいものではなく、むしろ温かさすら感じた。能天気に手を叩く諫早人事部長も、今となってはかわいく思えてくる。

観覧席には天恵の姿も見えた。髪がまだしなしなしていないので、頭のボリュームで一発で分かる。目が合った。天恵が顔の横で小さく親指を立てるのを見て、高宮はようやく肩の力が抜けるのを感じた。


親会社主催のビジネスコンテストで優勝した翌日から高宮の人生は一変した、なんてことはなかった。

特にこれといって音沙汰がないまま、ビジコンからたっぷり二週間以上が経った。なかなか事務局から連絡が来ないので「もう鶴丸は置いておいて、うち主導で事業化しちゃいませんか?」とチーム会で話していた矢先、高宮宛の辞令がようやく出た。

八月一日から、今の仕事との兼務という形での出向となる。兼務先は、鶴丸食品 食料品ビジネス本部 事業推進部。仕事時間の五十パーセントを、そちらでの業務推進に充てることになった。

少し早く出社して席に着くと、まずは夜遅くに届いていた海外からのメールを捌《さば》いていく。現地の原料トレーダーが提示してきた価格を見て、適正だと感じれば即座にGOを出す。その日はインドの現地トレーダーから複数の提案が来ていた。

メールの返信を終えたら、まだ届いていないサンプル品手配の進捗《しんちょく》を尋ね、念のため相手にチャットアプリでも「plz see my e-mail」と送っておく。この相手に対してはくどいくらいの催促が丁度良い。これも後任に伝える必要があるなと思いつき、書きかけの引継書に「Daveには要鬼プッシュ。メール→チャット→電話の順で追い込め」と加筆する。

高宮が所属するトレーディング三課、通称「トレ三」は、昨年から立て続けに人がいなくなって慢性的な人員不足だ。チームの要であった恩賀や去年の新人が次々に転職していく中で、海外・国内の仕事を両方こなす高宮は自他共に認める中心戦力であった。貴重な戦力が〇・五人分いなくなることは、トレ三にとって死活問題だ。

「高宮、引継書はできそうか?」

出社してきた平井部長が声をかけてくる。一担当者の引き継ぎにまで部長が口を出してくるとは思えず、これは三課の課長としての声かけだな、と高宮は考えた。前任の課長が玉突き人事で電撃異動させられたのが三ヶ月前で、適切な後任が見つからないまま平井部長がずるずると課長も兼任しているのだ。

引継書は殆《ほとん》ど出来上がっていた。ちゃんとあたしの書いた通りに後任が動けば、まぁ五年は安泰《あんたい》だろう。「十一時までには仕上げます」と高宮は一瞬手を止めて答えた。

「それは良かった。昼前にでも天恵の時間を押さえて、あいつの分の引き継ぎを開始してくれ。温水社長がここ最近毎日、高宮に早く新規事業をやらせろって俺をプッシュしてくるんだ」

平井は困ったように腕を組み、白い歯を見せて苦笑した。大学時代にラグビーで鍛えたという身体は今でも健在で、シャツをまくった逞《たくま》しい腕が黒光る。

「お前のプレゼン、すごかったらしいな。初の満場一致だろう。温水社長が他の審査員に言った第一声は『見込み通りだ、あの子は自分が採用した』だったらしいぞ」

「あたし、内定式の時に『きみを採るのは博打《ばくち》だ』って言われたんですけど」

平井は大口を開けて笑った。不自然なほど真っ白な歯が眩しい。

「もちろん、トレ三の仕事もしっかり頼む。昨夜、ヒカリ食品の園部《そのべ》購買部長と会食だったんだが、お前に会いたがってたよ。『高宮さんが暴れてくれたおかげでラインを止めずに済んだ』って笑ってたぞ」

以前、急に原料が手に入らなくなって困っていたところに、高宮が力業で海外から原料を手当した客先だ。必要な原料が必要な時に無いと工場の製造ラインを止めなければならず、下手すると数千万円単位の損失が出る。原料メーカーの横柄な対応にムカついた高宮が飛び回り、最悪の事態をギリギリ回避したのだった。

「新規の事業開発は、これまでの営業とはまた全然違った世界だ。必ず新しい仕事でも結果を出すこと。恩賀が去った後、お前はうちの不動のエースなんだから、声出していけよ」

平井部長はいつも「頑張れ」の代わりに「声出していけよ」と言う。お手本のような元気な声でそう言い残すと、部長席に戻って行った。

恩賀さんを引き合いに出さなくてもいいでしょ、というトゲトゲした感情が頭を掠《かす》めたが、一方で新しい仕事という響きが耳にくすぐったかった。承認欲求と劣等感がないまぜになった気持ちで考え始めた新規事業案だったが、今では自分のアイデアに自分自身が一番ワクワクしている。泉の如く湧き出るアドレナリンに突き動かされてどこまでも走って行ける気分だ。取引先である親会社にぺこぺこ平謝りの電話をしている茂地の声が斜め前から聞こえてくるが、今日はそれも気にならない。軽く腕まくりをして、高宮は座席に深く座り直した。

「高宮さん、調達先ってこんなにたくさん要ります？　これを機に幾つか切って、大口にまとめた方が良くないすか？　止《や》めるのも仕事だと思うんすけど」

時刻は十一時半で、社員の中にはもうランチに向かっている者もいる。打ち合わせを始めてから三十分近くが経った。昇降式のデスクを挟んで、高宮は天恵と向かい合っていた。引継書に添付した客先リストを見ながら、天恵は生意気にも顔をしかめている。

幸いにも午前中の内に天恵を捕まえることができて、高宮は平井部長に言われた通り引き継ぎを始めていた。

「そんなに簡単に切るとか止めるとか言うんじゃないわよ。原料ソースは多い方が良いに決まってんでしょ。いいから、全部あたしが書いた通りにしておきなさいよ」

天恵はだらっとした動きで立ち直したかと思うと、客先リストに勝手に二重線をつけ始めた。

「こんなにあっても非効率なだけっすよ。こういうやり方を高宮さんはできたかもですけど、正直あんまり続ける意味ないっていうか。そういう仕事は止めていかないと」

鶴丸食品から出向してきてもうすぐ四ヶ月が経つが、天恵のスタンスは全く変わらない。出向してきた当初は口を開けば「それ、意味あるんすか?」と繰り返し、とんでもないモンスター新人を押しつけられたと陰で嘆く茂地係長の机には胃腸薬が常備されることになった。しかし傍で見てきた高宮には、天恵が単なる怠惰《たいだ》な無気力社員でないことはよく分かっていた。

「天恵さ、もうちょっと丸くならないと。苦労すんのはあんたなのよ」

「誰よりも尖ってる高宮さんがそれ言うの、面白い冗談すね」

天恵はリストをめくってどんどん二重線を付け足していく。これまでの泥臭い努力まで否定されていくようで何か言ってやりたい気にもなったが、元々の業務に加えてオントップで仕事を押し付けられる立場の天恵には何も言えなかった。

「あら、もうこんな時間。サクッと昼行くわよ」

誰かに引き継ぐのは初めてだけど、担当を外れるってこういうことか。リストが目の前で塗りつぶされていくのにいたたまれなくなり、高宮はぱたんとノートを閉じた。

今日は少し早めに出られたので、茅場町のオフィスを出て数分のところにある定食屋に向かった。宮崎県出身の高宮が都内で認める数少ない「ちゃんとしたチキン南蛮が食べられるお店」だ。

「うわー最悪。レジの子、今日も同じ人っすよ。また来たのかこのチキン南蛮野郎、って俺ら絶対思われてます」

「チキン野郎、と思われてないだけマシじゃない」

初めて一緒に来た時、あたしが奢るんだからあたしが選ぶものを黙って食らうべき、という勝手な理由でチキン南蛮定食を注文して以来、最近では天恵の方から何も言わずに注文するようになった。

「まぁ、高宮さんにチキン南蛮奢っていただくのも今日が最後になるかもしれませんしね」

「別に今日だって奢らないわよ。なに、それとも次からはあんたが奢ってくれるわけ？」

「あ、逆に今日だけ僕が奢っても良いっすよ。高宮さんの栄転祝いとして」

「別に栄転ってわけではないじゃない。メーグルの事業化プロジェクトで鶴丸のオフィスに行くのは週二よ。これまで通り、茅場町にいる方が多いんだから」

「いやいや、そのうち週五で向こうになりますよ。人事部の同期から聞いたんですけど、メーグルのプレゼン相当評判良かったそうっす。なんだかんだ人手も足りないし、高宮さんの優秀さに本店《ほんてん》が気づいたら、そのうち他の新規事業も手伝わされたりするんじゃないですか？」

あたしは鶴丸が自由にできる駒じゃないんだけど、という棘しかない言葉を高宮は飲み込んだ。出向者の天恵に鶴丸の悪口ばかり言うのは不健全だと自分でも分かっていた。こいつだって悪気がないのはよく知っている。

「そういえば教えてくださいよ。高宮さんが新規ビジネスの提案にやる気を出した理由」

高宮はコップに手を伸ばし、唇を湿らせた。

「ちょうど一年くらい前、当時の部長に別の事業アイデアを提案したのよ。そしたらそいつ、なんて言ったと思う？　あたしが今まで会った中でダントツ一番最悪な出向者だったわ」

社会人二年目の夏、ある理由から必死になって完成させた事業案を相談した時、当時の部長に言われた〝お言葉〟は今でも耳にこびりついている。

「あー、ごめんね。今さ、本店のお偉いさんが替わったばっかりだからさ、新しい組織方針が決まるまでは子会社からの新規案件は通しにくいんだよね」

そう言うと、高宮に向かって片手でちょっと拝んだだけで話を終わらせてきた。

企画の内容で切られたのではなく、親会社という遠い世界の人事異動が自分のアイデアを阻《はば》んだ理由がよく分からなかった。鶴丸のことを「本店」と呼ぶ気持ち悪い文化が無性にムカついてきたのもその時からだ。親会社とはいえ別法人なんだから、本店って呼ぶのはおかしいでしょ。あたしたちは鶴丸のオマケじゃないのよ。一気に湧き上がってきた言葉をぐっと飲み込んだ高宮の手元に残ったのは、徹夜して作った綺麗なままのプレゼン資料と、目の前のこいつ《親会社からの出向者》に話してもダメだという確かな絶望感だけだった。

そこまで話したところで、天恵は「ちょっとストップ」と片手を上げた。

「そもそもなんで新規の事業案を出したのか、を知りたいんです。TSFの本業は売った買ったじゃないすか。なんで自らそんな余計に仕事増やすようなことしたのか気になって」

目の前の気怠《けだる》げな後輩になんて答えようか考えていると、天恵の目元が緩んだ。

「僕が出向してくる前に辞めちゃったらしいですけど、恩賀さんっていうイケメンが関係してるんじゃないですか?」

「たしかに恩ちゃんはすごかったけど、あんな新規ビジネスの種ばっかり見つけてくる変わり者があたしのモチベに関係あるわけないでしょ」

仕事ができてオマケに顔がタイプど真ん中な恩賀のことは、実のところ尊敬していたし憧れてもいた。そんな恩賀に認められたい、彼の得意な新規事業開発の分野で一花咲かせてやる。そう決めて自分で初めて作り上げた企画書は、恩賀に認めてもらう云々以前に、直属の上司に相談することすら拒まれてしまった。

その一方で恩賀英雄《ひでお》はと言うと、相変わらずひょひょいと自分の案を通して行く。尊敬の念と同時に越えられない壁を突きつけてくる存在であった恩賀への感情は、元来負けず嫌いな高宮の中で複雑に渦巻き続ける内にこじれてドス黒くなっていった。その結果、高宮の「いつかぶっ飛ばしてやるリスト」には「一位：恩賀さん、二位：親会社からの身勝手な出向者」が、それぞれ微妙に異なる意味合いを持ってツートップとして君臨することになった。恩賀は理由もろくに言わずに昨年退職してしまったので、今では「親会社の鶴丸食品及びそこからの出向者」が繰り上がりランキング一位だ。

だから、ビジコンで優勝して今度こそ親会社に目に物見せてやると思ったのも、半ば高宮の私怨《しえん》だった。取り合ってすらもらえなかった最初のアイデアの仇は、このメーグルで取ってやる。振り上げたまま下ろす場所を失った拳は、自分でも気付かぬ内にどんどん硬く握られていった。

この腐った会社を変えたい、努力する者が正当に評価される世の中であるべきだ……なんていう正義感は、高宮の中には一ミリも無かった。

ムカつく。ただひたすらにムカつく。だから、蹴散らす。どれだけ歳を取っても高宮にとって世界はシンプルであり、自分が従う唯一絶対の法は「ムカつく奴はぶっ倒す」だった。社会人になってからは、ぶっ倒し方が少し面倒になっただけだ。訳の分からない理由で軽んじてくるやつは、どこの誰であろうと許せない。

チキン南蛮定食が運ばれてきた。タルタルソースと甘酸っぱいタレが、鶏肉からしみ出る肉汁に絡んで鼻先をくすぐる。高宮は箸を持つ前に、膝の上に両手を置いた。

「食べる前に一言いいかしら。あの新規事業の提案、あんたが手伝ってくれて助かったわ。ありがとう」

　もう食べ始めていた天恵は慌てて水を飲み、口の中のものを流し込んだ。

「ちょっと、お礼ならもっと感動的なシーンで言ってくださいよ」

「まだ言ってなかったなと思って」

「メーグルは僕が名付け親なんすから、ちゃんと事業化してくださいよ」

　毎晩自分の仕事を片付けた後に事業アイデアを練り直すのは楽しかったが、孤独な戦いでもあった。ここまで走り抜けられたのは、途中から天恵がサポートしてくれたおかげかもしれない。それまで「フードロス問題を解決する事業」と紹介していた高宮に、「いちいち言うの長いし、なんなら今のうちからサービス名決めちゃいましょうよ。サーキュラー、循環、めぐる……メーグルなんてどうすか？」と言ってきたのも天恵だった。こういうところがあるから、この生意気な後輩は憎めない。

「あたしの仕事の大部分、天恵に引き受けてもらう形になって悪かったわね」

　同じ課で年の近い先輩は育休取得中だし、茂地《モジ》係長《モジ》にだけは自分が大切にしてきた担当客を任せたくなかった。そうすると、必然的に被引継者は天恵しかいなかった。

「ほんとそうすよ。その代わり、メーグルは絶対成功させてください。これに鶴丸食品グループの未来がかかってるかもしれないんですから」

「やっぱ今日、あたしが奢るわ」

「九八〇円のランチじゃなくて、ウルフギャングのステーキでお願いします」

　冷める前に食っちゃいましょうと言うと、天恵は味噌汁のお椀に手を伸ばした。

良い後輩を持ったなとしおらしく考える自分をおかしく思う。親会社からの出向者なんて嫌な奴ばかりだと思っていた。なんであたしばっかり、と思うことの方が多い人生だが、人との出会いという観点では自分はそこそこアタリだったようだ。

高宮は両手を合わせると、ようやく割り箸を持った。割り箸はきれいに二つに分かれず、歪《いびつ》な形に割れた。何よこの箸、空気読みなさいよ。ちょっとムッとして、高宮は勢いよくチキン南蛮を頬張った。

「ほんっと小生意気なのよ、その出向してきた後輩。天恵っていうんだけど、名は体を表すって言うじゃない。口を開けば『この取引止めましょう』って、甘えたことばっかり抜かすんだから」

今夜はいつになく口が回る。しゃべくり漫才でデビューできるのではと思うほどスラスラと、仕事にまつわるエトセトラが次から次へと溢れ出す。

東銀座の小洒落たスペイン料理屋で〆《シメ》のパエリアが出てくるのを待ちながら、高宮はカタルーニャ産の赤ワイン片手に大学時代の友人たちと日頃の憂さ晴らしをしていた。飲んでしゃべってまた飲んで。昔の友人との飲み会などしばらく避けていたが、なぜだか今日はとても気分がいい。

目の前に座る清水風香《しみずふうか》は、高宮の話を聞いて一生懸命うんうんと頷いてくれている。おっとりとして子犬のような目をした風香は、高宮の人生の中の数少ない癒しパートを担当してくれている。

高宮が得意げに何か話すと「えぇ」「うわぁ」とゆっくり驚いてくれる風香はとにかく可愛い。今日の場も、彼女がいなければ恐らく銀座のコリドー街でテキーラが飛び交う荒れた会になっていた。

そもそも風香の「実は二人にご報告があるの」といういじらしいＬＩＮＥがなければこの会は開催

されていなかった。

高宮の話を聞いてフッと鼻で笑うような音を出したのは、その隣に座る柊絵梨奈《ひいらぎえりな》だ。目が完全に笑っている。からかいの混じったイケ好かない表情を浮かべながら、舐めるようにちびちびとワインを飲んでいる。前から狙っていたPEファンドに転職成功したばかりの絵梨奈の指には、新しいブシュロンの指輪が誇らしげに光っていた。会の前半、優しい風香に指輪のことを褒められて「これ？　もちろん自分自身への転職祝いよ。ゴシップ雑誌の薄給記者なんかやってるサトシにこの子は無理」と絵梨奈は言っていた。大企業の動向や裏の顔をいち早く報道する経済誌『ウラヨミ』の記者だという彼氏のサトシくんが夜討ち朝駆けで日々擦り切れている姿を思い浮かべ、よく派手な絵梨奈と交際が続いているなと不思議に思う。

「エリ、何よ。今あんた鼻で笑ったでしょ」

風香が分かりやすくおろおろするのを尻目に、絵梨奈はニヤニヤ笑いを隠すようにナプキンで口元を拭いた。

「いやさ。麻綾、恩ちゃんとかいう憧れの先輩がいなくなって分かりやすくグレてたのに、しばらく見ない間に随分と元気になったなと思って。きっと、その天恵くんとかいうのが新しいお気に入りなのね」

「やめてよマジで。あんな温室育ちのエセパーマ野郎、全然タイプじゃないから」

「でも、麻綾ちゃんが今日来てくれて嬉しかったよ。去年、もうこんな会社辞めてやるって急に言い出したり、連絡取れなくなったりしてびっくりしちゃった」

割り込むようにして風香が入ってくる。気遣いという名のナイフで治りかけのかさぶたがゆっくり一枚ずつ丁寧に剝がされていくようで、とても居心地が悪い。

「そうそう、恩ちゃんがいない会社なんてミステリー・セッティングじゃないヴァンクリの指輪みたいなものって言ってたじゃない」

「絶対言ってない」

そもそもそんなブランド知らない。ケラケラと笑う絵梨奈の口元から真っ白な歯が見え隠れするのが無性にムカつく。

「私は絶対辞めると思ってたな。麻綾、意味わかんないところで突っ走るタイプだから。愛しの先輩を追いかけて会社飛び出すんじゃないかと思ってた」

急に真面目な顔をしたと思うと、絵梨奈はぐっと身を乗り出してきた。

「実際さ、今あんた何のために働いてんの？」

「何よ、その青臭い質問」

「つまり、麻綾は青臭い理由のために働いてるってこと？　例えば、やりがいとか？」

小馬鹿にしたような口調で絵梨奈が問いかけてくる。隣の風香が、マンガだったら頭上右斜め上に手書きの文字で「あせあせ」と書かれていそうな表情を浮かべる。

「私は分かりやすくお金なわけ。自分の買いたいものを買いたいときに好きなだけ買える、それがファーストプライオリティ。でも正直、麻綾はよく分からないのよ。ブツブツ文句ばっかり言って、今の会社で一体何がしたいわけ？」

少し前ならここらで貧乏ゆすりが止まらなくなるところだが、どうしてか今日は心に余裕があった。強風が吹いてもそう簡単には揺らがない、ちゃんとした重さを今夜の自分は持っている。絵梨奈の失礼な挑発も、寛大な心で受け流してやれる気がする。

「今はなんだかんだ楽しいのよ。この前、グループ会社のビジネスコンテストで優勝して、あたしの発案で新規事業を作ることになったわけ。これ、結構すごいことよ？　考えてみてよ、世界の食品廃棄物のうちの十パーセントが」

「待って。まさか世界のどこかにいる恵まれない人々のため、とか言うんじゃないでしょうね。そんな聖人君子、私の知ってる高宮麻綾じゃないわ。麻綾の麻の字は麻薬の麻。綾は言葉の綾、じゃなかったの？」

「茶化さないでよ。あたしだって別にそんな大義のためにやってないわ。ただ、なんというか、久々に楽しいのよ。自分が存在しなかったらこの事業は存在しなかった、とかなんとか思うと、なんかこう、たまんなくない？」

たまらない。これが最近の高宮を突き動かす原動力だった。二段式ロケットで言うと、打ち上げの時の燃料は間違いなく猛烈な怒りであった。二段目となり、更に加速している今はまた少し違う。

自分のアイデアが認められたとき。自分がある会社を訪問したことで、歯車がカチリと嚙み合ったかのようにプロジェクトが前に進み出す瞬間。着実に昨日よりも前進していると実感する、ふとした一瞬。そういう時に、高宮はたまらない気持ちになった。世の中の、我が物顔でキラキラした人生を送っているような連中に負けないくらいあたしだって日々満足しているんだぞとわざわざ叫ばなくても済むくらい、自分の人生は素晴らしいと無理なく思える安心感。それが最近の仕事の中にはあった。

「社内ビジコンで勝ったからって、何になるの？　そんなにそのビジネスがやりたいなら、さっさと起業でもすりゃ良いじゃない。最近知り合った個人投資家、紹介しようか?」

「そういうことじゃないのよ。誰もがみんな、エリみたいにゼロ百で物事考えてないの」

「よく分かんないけど、まぁいいわ。ＪＴＣ《Japanese Traditional Company》なんかで腐ってるんじゃ勿体無いと思ってたけど、なんか元気そうならそれでいいんじゃない」

　相変わらずムカつく態度だが、恩賀が辞めて荒れていた時に高宮の愚痴を延々聞いてくれたのは絵梨奈だった。何か言う度に「分かる。私なら刺すね」と言ってくれた。自分の価値基準を押し付けてくるムカつくお嬢様ではあるが、良いところがあるのも知っている。

　場が一瞬静まったところで、風香がおずおずと切り出した。

「あの、わたしも一つ良いかな。実はわたし、広告業界に再就職したの」

　風香は結婚を機に退社していた。元は小さな会社の貿易事務で働いていたはずだが、弁護士の彼氏と一昨年結婚したタイミングで専業主婦になっていた。

　最初は高宮も絵梨奈も素直に再就職おめでとうと言えたが、話を聞いていると段々雲行きが怪しくなってきた。聞くところによると、夫の父親が大手広告代理店の取締役で、その縁で中途入社させてもらうとのことだった。

「お義父《とう》様がとっても良い方でね、あっという間に決まっちゃったの。それで二人へのご報告も遅くなっちゃって。わたし、ＣＭのお仕事とか一度してみたかったんだ」

「やっぱ風香はやるね〜。スポンサー企業のコネ入社とか多いんでしょ。金持ってそうな御曹司、私にも紹介してよ」

　嫉妬、羨ましい、ずるい、そんな言葉は絵梨奈の辞書の中には無いのか、悠々とした構えでワインを傾けている。

「風香いいな〜羨ましい〜」

本音がこぼれ落ちる前に、高宮も勢いで朗らかにそう言っておく。

別に風香があたしから何かを奪った訳じゃないが、内心なんとなく気に食わない。自分の手に入らないものを誰かが軽々と手に入れている様を見ると、なんだか無性に悔しい気持ちになってしまう。自分だけが与えられない側のような気がしてしまい、そんなことにいちいち繊細な自分に嫌気がさす。エリの話の時には大丈夫だったのに。

ふらふらと吹き飛ばされないためには十分な重さの満足感と自己肯定感を自分の中に溜め込まなければならない。そして、やっぱりそれはまだまだ自分には足りていないのだ。早くメーグルをモノにしないと。目の前の二人と友達で居続けるためにも。小刻みに動いてしまう足を抑えながら、高宮は目の前のワインを一気に飲み干した。

「大変お待たせしました。こちら、海鮮八種の特製パエリアでございます」

パエリアが登場したおかげでこの話題は一旦途切れ、高宮はやるせない気持ちをひとまず流すことができた。

幸せは人と比べるものじゃない。短気は損気。そう心の中で無心に唱えながら、高宮は目の前の大皿の焦げを大ぶりのスプーンで乱暴にザクザクとこそげ落とした。

今日、八月一日は希望に満ちた門出の日になると思っていた。少なくとも十三時二十五分までは。

普段より早めに出社して、その日は職場に一番乗りだった。午後からは鶴丸食品に移動して、メーグル事業化検討メンバーとの顔合わせが予定されている。

史上稀に見る、完璧な一日のスタートだ。プッシュの甲斐あって、海外からようやくサンプル品が発送されたらしい。引継予定のない国内商売も上々で、次の四半期の納入価格は前回より数円上げることができた。「商談ではな、相手をコーナーに追い込め」という恩賀さんの言葉を思い出す。恩賀のことはムカつくが、それは「やっぱりお前はすごいな、俺にはそんな事業案思いつけなかった。完敗だよ、高宮」という言葉を言わせる前にTSフードサービスを退職してしまったからであって、勝ち逃げされたことを除いては、高宮と馬の合う数少ない先輩であり、唯一の目標でもあった。

高宮より六つ上の恩賀もTSフードサービスへの新卒入社組であったが、珍しく親会社の意向など無視してやりたい放題な先輩だった。鶴丸の方針なんてクソくらえ。温水社長とは違って、恩賀はポーズでなく本心からそう言っているようであった。

恩賀はアイデアマンなだけでなく、思いついた案を実現する実行力も兼ね備えていた。新規案件を決める時、決済額によっては親会社の承認を得る必要があるが、その度に鶴丸からはうざったい指摘がついた。時間軸が長過ぎる。規模感が足りない。実現性の確度が怪しい。そういった批判が出るたびに恩賀は「僕はあなたたちみたいに目先の利益ばかり追い求めているわけじゃない。五十年、百年後の日本の為に仕事をしているんです」と、淡々と大見得を切り、次々と反論や批判を打ち破っていった。どんどん先に行くその姿は、仕事に慣れてきて周りを見渡す余裕が出てきた頃の高宮の目に輝いて映った。

思いつくなら誰だってできる、実行に移してこそ意味がある。今の自分にできる最大限は何かを考え、つべこべ言わずにやれ。背中で語る恩賀は、端的に言ってかっこよかった。

仕事をさばき、颯爽と客先へ向かう恩賀のダークネイビーのスーツと真っ赤なネクタイは、灰色にくすんで見えたオフィスの中で異質な彩りを放っていたのを覚えている。TSフードサービスの社員の口癖とも言える「本店の意向はどうか」を恩賀からは聞いたことがない。

メーグルの中核であるデメテル株式会社も、元はと言えば恩賀が出資を決めた案件だ。デメテルの株式取得は恩賀が手掛けた中でも特に異色で、TSフードサービス内で決裁可能な少額の投資額に抑え、皆が気づいた時にはいつの間にか恩賀がディールをまとめていた。

「デメテルへの出資はな、俺なりに考えてようやくたどり着いた答えなんだ」

恩賀と仲が良いと自負していた高宮ですら、デメテルについて当時はそれくらいしか本人から聞いていなかった。ただ、そう語った時の恩賀の目は、目の前にいる自分ではなくどこか遠くを見ていた。瞳の奥に、誰も触れられない冷たい炎を見た気がした。

恩賀が辞めてしばらく経った後、何か新規事業の手がかりがないかとチームの共有フォルダに残された過去資料を漁っている時に、久しぶりにデメテルのことを思い出した。あの時、恩賀が何を見ていたのかを知りたい。勇気を出してデメテルの代表電話に連絡を入れたことが、今思えば全てのはじまりであった。

デメテルの社長である出目豊照《でめとよてる》は、突然連絡してきた高宮を大袈裟なくらい歓迎してくれた。恩賀くんには世話になったと繰り返し、同席した技術部長と製造部長は熱心にデメテルの製品説明を高宮に聞かせた。高宮がメーグルの素案を思いついたのはこの時だ。

恩賀の言っていたことの多くを、最近ようやく体得できてきた気がする。恩賀はもう会社を辞めていて連絡もとれず、自分の新規事業案が認められたことを報告できないのが心底悔しい。

「麻綾、今日は早いな」

後ろを振り返ると、同期の桑守がいた。足音が聞こえなかったので、もしかしたら暫く黙って後ろで見ていたのかもしれない。まともに話すのはビジコンの日以来だった。

「午後から新しい仕事もあるから、早めに片付けとこうと思って」

「あぁ、そういえば今日からだったな、メーグル」

そう言うと少し間が空いた。高宮がパソコンに向き直った後も、桑守が立ち去る気配はない。

こいつとの関係、これからどうなるんだろう。無意識のうちに高宮は少し背中を丸めた。

桑守は数少ない同期入社の一人だ。どんな仕事にも前のめりな奴で、実は高宮も一目置いていた。高宮が恩賀の影響でがむしゃらに働き始めてからは、よく残業終わりにサシで飲みに行ったりもした。ある程度仲良くなると、桑守は酔うたびに「俺、本当は鶴丸に行きたかったんだ」と繰り返していた。就活をしている時には親会社の鶴丸食品のことなんてあまり気にしていなかった高宮にとって、桑守の執着は新鮮だった。

ＴＳフードサービスを選んだ理由について「仕事が面白そうだったのと、何となく、この会社なら思い切りやりたいようにやれると思ったから」と言った高宮に対して、「麻綾は上昇志向が強いんだか、それとも病的な負けず嫌いなのか、よく分かんないな」と桑守が不思議そうな顔で呟いていたのを覚えている。

「最終面接で失敗してさ。なんとか認められて逆出向して、そのまま転籍狙ってるんだ」

生意気な物言いが癪《しゃく》に障る時もあったが、誰よりも努力している姿を高宮も心の中で応援していた。当然、「あたしほどではないけど」という注釈付きではあったが。

特に理由はないけど、なんか気まずい。ビジコンの日から言葉を交わす機会がなかった。

自分がキーボードを打つ手を止めると訪れる静寂に耐えきれず、気付けば高宮はいつもよりディスプレイに顔を近づけていた。

「あぁ、もう！　お前ふざけんなよ！」

急に桑守が大声を出した。驚いて振り向くと、桑守は顔をしかめて頭を掻きむしっていた。

「本当は俺が本店に行きたかったのによ。なんでよりによって麻綾なんだよ、くそ！」

ちくしょう、どうしてだよ、とひとしきり言った後の桑守の顔はどこか清々しさがあった。

「でもさ、この前のプレゼン良かったよ。マジでムカつくけど、マジで応援してるから」

「なによ、それ」

鼻で笑って見せながら、強張《こわば》っていた肩から力が抜けていくのを感じた。社内で誰かとぶつかることが多い自分にとって桑守は同志であり、そんな桑守が離れていってしまうのは正直寂しかった。

「俺ほんとに悔しくてさ、おめでとうって言えなかったんだけど、なんかそんな自分のことも嫌で嫌でしょうがなかったんだ。だから今言うわ。おめでとう！」

「ありがと。ま、直ぐに大きい事業にしてあたしがあんたのことも引っ張ってあげるから。待ってなさいよ」

「麻綾、お前ほんとムカつくなぁ。頑張れよ！」

そう言うと、桑守は踵《きびす》を返して去っていった。心なしか桑守の足取りも軽く見える。思わずニヤリとして、高宮もさっきよりリズミカルに文字を打ち込んでいく。

「ねぇ、何か大声が聞こえてきたんだけど、大丈夫?」

いつの間にか出社していた小西《こにし》さんがやってきて、ひそひそ声で話しかけてくる。派遣社員の古株である小西さんはお節介焼きなことに加えて、大の噂好きだ。今も心配そうな声の割には、目が輝いて見える。

「桑守くんと、朝から喧嘩でもしてたの?」

「いいえ、青春してました」

いけない、何か勘違いさせちゃったかな。小西さんの目に好奇の色が浮かんだのを見て高宮はそう思ったが、自分の中ではそうとしか表現しようがなかった。

海を漂う小瓶が太陽の光を受けてきらりと輝くみたいな、キラキラした愛おしい瞬間。こういうのがたまにあるから、この仕事も捨てたもんじゃないのよ。エリや風香にはこの感覚、分かるかしら。よし、と呟くと高宮は座り直し、再び業務に取り掛かった。

午前中の仕事は難なく終わった。一階のコンビニで買ってきた弁当を手早く食べて、高宮は鶴丸食品の本社へ向かう。鶴丸食品は自社ビルを日本橋に構えていて、TSフードサービスからは徒歩と電車で約二十分の距離だ。

ビジコンのために訪れた時には臨戦態勢だったので、鶴丸ビルが日本橋の街を偉そうに見下ろしているように思えて無性に腹が立ったものだった。

でも今は、ふてぶてしいほど高い高層ビルがむしろ心強く思えた。この堅固なビルの中で、自分の考えた事業が育っていくのだ。とにかく色んな人を巻き込んで、このイケ好かない親会社の資金や人脈を使い倒してやる。あたしのジャブ程度で倒れるんじゃないわよ。

道場破りってこんな気持ちなのかな、と思いながら高宮は入り口の自動ドアをくぐった。

ぐっと睨みつけるような高宮の視線も受付の女性はプロの笑顔で受け流し、「奥のエレベーターより、四階へお進みください。会議室まで係の者がご案内します」と言った。今日の打ち合わせで入館証を受け取ったら、次回からは鶴丸の社員と同じ通用口からこのビルに入れるようになる手筈だ。

会議室に到着して、社員が来るまで待つように言われる。用意していた資料を一部取り出し、一枚ずつめくってチェックする。

通常業務の傍ら、無理やり時間を捻出して作ったロードマップだった。何年までにどのくらいの規模や状態を目指して事業を拡大していくか、高宮が試算して描いた未来予想図だ。言うは易しと言われないよう、客観的な数字を交えて三通りのシナリオで作ってある。誰かに作れと言われたわけではない。だが、ゴールがビジコン優勝のその先にある以上は、誰に言われずとも作って当然だと思った。

「高宮、事業が死ぬのはいつだと思う?」

恩賀の問いかけが頭の中で蘇る。取引先との会食の後、TSフードサービスの面々だけで反省会と称して二次会に行った時のことだ。

「五期連続で赤字になった時ですか?」

「ばか、社内ルールの話じゃない。もっと大事な話だよ」

そう言うと、恩賀は手元にあったハイボールをぐっと飲み干した。

「その事業のことを、誰も気にかけなくなった時だ」

その日の恩賀の目を、高宮はたまに思い出す。自分自身に言い聞かせるような、それでいてどこか遠くにいる誰かに語りかけるような、そんな雰囲気が漂っていた。

「お前が将来、何かビジネスアイデアを思いついて、それを事業化したとする。色んな立場の色んな連中が、好き勝手に色んなことを言ってくるだろう。でもな、お前がその案を諦めない限りは、全ては実現までの途上になるんだよ。逆に、お前がどうでもいいと思った瞬間に、いくら利益を出していようがその事業は死ぬ。お前の事業を守れるのはお前だけだ。そのことを忘れるな」

自分の手元の資料の表紙に目をやる。太字で書かれた『メーグル事業化のためのロードマップ』というタイトルを見て、高宮は胸が高鳴るのを感じた。

約束の十三時から、既に十分が過ぎていた。鶴丸の担当者はまだやってこない。

ようやくドアが開いたと思ったら、会議室まで誘導してきた受付係だった。手に持ったお盆の上には、コーヒーカップが一つ置いてあった。

「大変申し訳ございません。担当の者が来るまで今しばらくお待ちください」

一年も待ったんだから、今更いくらでも待つわよ。心の中でそう呟いて、高宮はにこやかな笑顔を作って頭を下げた。

それから更に五分が経ち、十分が経った。出されたコーヒーには手をつけずに待っていた高宮であったが、さすがに待たせ過ぎだ。ぬるくなり始めたコーヒーに口をつけた直後、会議室のドアが開いた。

「申し訳ございません、大変お待たせしました」

男が二人入ってきた。品の良さそうな老紳士と、分厚いファイルを携えた若い細身の黒メガネ。

黒メガネには見覚えがあった。ビジコンの時、司会をしていた事務局の男だ。冗談を言う人事部長を軽くいじりながら、高宮に対して申し訳なさそうな表情を見せた姿。そのシーンをありありと思い出したのは、今は男がその時と正反対の顔をしていたからだ。何かに腹を立てているような、ムッとした表情をしている。

「いえ、お時間いただきありがとうございます」

高宮は立ち上がり、頭を下げた。こんなに待たされて苛立つ気持ちもあったが、それはおじぎの角度を浅くすることで溜飲を下げることにした。本当にやりたいことがあるなら、どう振る舞えば良いかは自然と分かる。恩賀の声が耳元で聞こえた気がした。

「先日のプレゼン、お見事でした。私も当日あの場で観覧していたのですが、単にトレンドに乗っただけでなく、芯を捉えたといいますか、今のわがグループが取り組むべき理由が端的に示されており、率直に申し上げて感銘を受けました」

高宮の目をまっすぐに見つめ、老紳士は静かに語り出した。高宮は先ほど交換した名刺に目を落とす。食料品ビジネス本部　戦略統括室　真砂《まさご》壮太郎《そうたろう》室長。鶴丸の室長・部長クラスと言えば、ＴＳフードサービスで相手をするとしたら温水社長だ。予想以上に上の人間が出てきたことに、高宮は右手をぐっと握りしめた。

「我々戦略統括室にはいくつも役割がありますが、その中の一つが、止めるべき事業を見極め、始めるべき事業のタネを見出すことです。経営資源を循環させることで、持続的な成長を目指します。高宮様のメーグルは、まさにわがグループが注力すべき案件でした」

そこで真砂は言葉を切った。会議室に、不自然な静けさが漂った。

でした、という言葉尻にも高宮は嫌な胸騒ぎを覚えた。様付けで呼ばれるのも、どこか距離を取られている気がする。そういえば、高宮が兼務出向する部局は戦略統括室ではなく事業推進部だったはずだ。貰った二枚の名刺に、その部署名は無い。

真砂は高宮の目をまっすぐ見た。一瞬、会議室から音が消えた。

「メーグルの話ですが、事業を立ち上げるに当たって重大な瑕疵《かし》が見つかりました。つきましては、本件は白紙とさせていただきたい」

そう言うと真砂室長は深々と頭を下げた。黒メガネもそれに続く。

目の前で何が起きているのか分からない。

「は?」

状況が飲み込めず、間抜けな声が出る。

「え、ちょっと待ってください」

視線を外して手元を見ると、用意していた資料が目に入った。『メーグル事業化のためのロードマップ』という題字を、思わずノートで隠してしまう。

「すみません、まだよく分かってなくて。どういうことですか?」

真砂室長は高宮から目線を逸らすと、大きく息を吐き出した。私も困惑しておりまして、とでも言いたそうな甘えた表情が高宮の神経を逆撫でした。

「高宮さんの事業案の肝は三つあると我々は認識しています。一つ目は鶴丸グループの資産とも言える、全国津々浦々にあるスーパーやコンビニへのアクセス。二つ目はそれらに効率よく食品を受配送するためのロジのノウハウ。そして三つ目は、ＴＳＦの出資先であるデメテル株式会社の開発した、食品の寿命を延ばす食物酵素」

そんなこと、今更言われなくたってよく分かってる。吠えたくなる気持ちを堪えて、高宮は次の言葉を待った。「短気は損気」と心の中で唱え始める。

「三つ目が問題です。ご存知かもしれませんが、わが社もかつて酵素の会社に出資していました。名前は神田《かんだ》酵素研究有限会社。その名の通り、酵素の研究開発と製造を行う会社です。わが社内では神酵《カンコー》と呼ばれていました。調べ直したところ、カンコーはデメテルとよく似た製造ラインナップだったようです」

話がよく見えないまま、雲行きが怪しいことに苛立ちを覚えてきた。大の大人たちが、なかなか核心に触れないことが頭にくる。

「カンコーは大事故を起こし、結果、死者が出ました。今でもわが社は遺族や関係者への補償を続けております」

高宮はまだ状況が理解できていなかった。

神田酵素研究有限会社なんて名前、高宮は全く知らない。一方、目の前の真砂室長は沈痛な面持ちをしている。

「え、ちょっと、勝手にそんな顔をしないでください。まず私はカンコーなんて知らないし、正直どうでもいいです。その会社とメーグルが何か関係があるんですか?」

「事故死を起こした事業と同じ危険性を有しているため、安易に参入すべきでないという意見が本部内で出ています」

「でも、事故を起こしたのはカンコーとかいう昔の会社なんでしょう? そりゃ気の毒ですけど、メーグルやデメテルとは一切関係ないじゃないですか！」

ようやくこの打ち合わせの結論が見えてきた高宮は、半ば叫ぶように声を張り上げた。また内容じゃない部分で、自分のアイデアが却下されようとしている。しかも今度は、恐らく永遠に。

「関係ない、じゃ済まないんです。我々の本部内だけでなく、早晩コーポレート部局からも同様の指摘が入るでしょう。昔、死者が出たビジネスにわが社が再参入するラショナルは何か、と。同じ問題が起きた時のレピュテーションリスクは計り知れません」

両手を握り合わせた真砂室長が、今度は聞き分けの悪い部下に言い聞かせるようにゆっくりと話した。その話し方も、いちいち英語を挟んでくるところも、全てが高宮の癇《かん》に障った。

「どうしても納得がいきませんけど、そういうことなら社内への説明は私が考えます。皆さんが納得する参入理由や対策をしっかり練ればいい。そういうことですよね？」

真砂室長は伏し目がちに首を振った。芝居がかった仕草から「私も本当に残念なんですが」という台詞が漏れ聞こえてきそうで、強く握りしめた高宮の右手は小さく震えた。

「わが社のような幅広い事業領域を持つグループは、何よりリスク管理が重んじられます。この案件はわが社内で通るはずがない。承認されないと分かりきっている稟議をすることはできません」

「通る通らないじゃなくて、このアイデアは絶対にうまくいくんです」

「高宮さん、この世の中に絶対はありませんよ。できもしないリスクは取れません」

沈黙が流れた。高宮の脳裏に浮かんだのは、中学生の時に病院をたらい回しにされた記憶だった。

原因不明の頭痛で病院に行くと、「原因はよく分かりませんね。しっかりご飯を食べて、ゆっくり寝てください」とろくに診察もせずに言われた。イラつきを隠さない母が運転する軽自動車の助手席で、高宮は溢れ出る涙を止められなかった。またナメられた。敬意を払うに値しないと軽んじられた。自分がもしも県議会議員の娘とかだったら、こうは扱われなかったはずだ。何か特別な才能が、たとえば天才漫画家としてテレビに引っ張りダコだったら、もっと丁寧に扱われたはずだ。もしくはせめて、自分にも父親がいれば。

でも、そんなこと決して母には言えなかった。自分の想いを口に出せないうちに、それはいつの間にか舌打ちや貧乏ゆすりに現れるようになっていった。

「あたし、偉くなるから」

助手席で泣きじゃくりながら話す自分の言葉に、母は何と返しただろうか。

「偉くなって、ムカつく奴ら全員ぶっ殺すから」

何と言われたかは覚えていない。ただその時は、いつも口癖のように言う「短気は損気よ」と言われなかったことだけは覚えている。単に負けず嫌いな性格なだけだった高宮が異様に「勝ち」に拘《こだわ》るようになったのは、この頃からだった。

真砂室長の呟きで現実に引き戻された。

「おや、地震かな」

ほら、と指差した先、高宮の飲み掛けのコーヒーには波紋が立っていた。地震の発生源に気付いた黒メガネが眉を顰める。震源地は殺気だった高宮の貧乏ゆすりだ。

「でもね、高宮さん。我々はあなたの能力をとても高く評価しているんですよ。このプロジェクトは残念なことになりましたが、鶴丸食品への逆出向は是非お願いしたい」

高宮の気を逸らさせるかのように真砂室長が笑顔を作って話し出し、カードキーを差し出した。

「高宮さんの構想力と、事業案を強化するために社内外に働きかけた実行力は、別のところで大いに活かしていただきたいと考えています。本店一同、高宮さんが来るのを心待ちにしているんですよ。わが社には数多くのやりがいあるプロジェクトがあるので、ぜひうちで力を発揮してほしい」

そう言うと、手元にあった分厚いファイルを初めて開く。メーグルに関係ないと分かると資料への興味は薄れた。高宮は資料の説明を早々に遮《さえぎ》った。

「結構です、メーグルはTSフードサービスで事業化検討します。そんなつまらなそうなプロジェクトに興味はありません。今日は私なんかにわざわざお時間を割いていただきありがとうございました」

そう言って高宮はコーヒーの残りを飲み干した。冷え切っており、苦さだけが残った。

「ここに来る前に、TSFの温水社長には指示を出しておきました」

鞄に資料をしまおうとすると、真砂室長が口を開いた。先ほどまでの笑顔は消え、目つきが険しい。

「デメテルの株式は早急に売却していただきます。今年中の完全撤退がマストです」

「はぁ?」

もう我慢できなかった。立ち上がった勢いで、コーヒーカップが受け皿から転がり落ちる。

「ふざけるのもいい加減にしてください! なんで、なんであんたたちの意味わかんない論理で、あたしのアイデアが潰されなきゃなんないのよ!」

閉じきった会議室に、高宮の声がこだまする。さすがにこれは近くの部屋にも聞こえているだろうが、気にしない。

「だいたい何よ、逆出向って。何が逆なのよ、本っ当にムカつく。子会社だからってバカにして。もうほんとうんざり。うちの会社、これ以上おかしくしないでいただけますか？」

「高宮さん、落ち着いて。カッとする気持ちも分かるけど」

真砂室長の猫撫で声が、最後のトリガーになった。

「あんたたちなんかに分かるわけないでしょ！」

引っ摑んだ資料を鞄に突っ込もうとして、何部か机にばらまいてしまった。『メーグル事業化のためのロードマップ』と書かれた表紙が散らばる。用意していた資料を見られるのが悔しくて、高宮はそれらを鷲摑みにするとぐちゃぐちゃのまま鞄の底に突っ込んだ。もう誰とも顔を合わせたくなかった。

大股で会議室を飛び出すと、ちょうど到着していたエレベーターに飛び乗った。中には誰もいない。行き先ボタンを押す前に「閉」と書かれたボタンを連打する。

ムカつく。どうしてこうなった。あたしが悪いのか。あたしが何かしたのか。何かしていたら、変わっていたのか。それとも、あたしである限りは何をしても無理なのか。

「行き先ボタンを、押してください」

「うるさい！」

エレベーターの自動音声にもなじられている気がした。高宮は肘を振り子のように使い、思い切り拳を「1」のボタンに叩きつけた。

歩いている方向が逆だったら確実に守衛にブロックされたであろう歩調で、高宮は鶴丸ビルの一階ロビーを大股で横切った。全てがうざったくなり、筒状のヘアカフスを乱暴に外す。前髪をかき上げた右手で、そのまま後頭部をぐしゃぐしゃにする。自分でも抑えきれない怒りが高宮の全身を覆っていた。

「待ってください、高宮さん！」

後ろから慌ただしい足音が聞こえるが無視する。高宮に止まる気がないと分かると、足音はより大きくなり、そのまま回り込むようにして横を通り過ぎ、目の前に立ちはだかった。

「高宮さん、話を聞いてください」

黒メガネだった。首から下げた社員証が揺れている。「風間寧人《かざまねいと》」と書かれ、その隣には自信に満ち溢れた顔写真がある。入社時に撮ったものだろう。目の前にある顔より十歳近く若く見える。

「なんでしょうか。こっちはもう何も用はないんですけど」

「メーグルですが、まだ事業化の目はあります」

「は？」

聞き返した高宮が興味を持ったと思ったのか、風間はその場でタブレット端末を見せてきた。海外の企業のホームページのようで、「Breathing life into food」の文字が躍る。

「デメテル株式会社、というより酵素事業が絡む限りは、メーグルの事業化は厳しいと思います。私が去年から目をつけているこの会社ですが、食品寿命を延ばす特殊なパッケージの製造開発を行っています。デメテルではなく、この会社を組み込めば」

「ちょっと待ってください。え、なんであたしがあんたたちの都合でアイデアを変えなきゃいけないわけ？」

風間は面食らったような顔をして、高宮もそのリアクションに面食らった。

「え、なんかあたし今変なこと言いました？」

「いえ、でも、高宮さん。メーグルを事業化するにはこれしかないんです。一度バツがついた事業は、鶴丸の中ではまず通りません。カンコーの事故が属人的なものならまだしも、製造設備の不具合による爆発です。同じリスクが今後もつきまといます」

風間も必死のようだった。こめかみから流れる汗が見える。

「私だって許せないんです。こんな形で高宮さんの事業案が潰れてしまうのが。正直言って、情けない。本当に申し訳ないと思っています」

嘘ではないだろう。こいつもこいつなりの誠意を持っているからこそ、追いかけてきてくれた。そんなことは分かっている。それでもやはり、高宮は許せなかった。

「それ、さっきの場で言ってくれれば良かったじゃないですか。真砂さんでしたっけ？　あのインチキ室長の話だと、別のすんばらしい仕事があたしを待っているみたいなこと言ってましたけど。あなた、あたしのメーグルが社内で槍玉に挙げられている時、自分の上司に今のプラン話しましたか？」

「もちろん話しましたよ。でも、その場では取り合ってもらえなかった。だからこうやってあなたに直接お話ししているんです」

分かってくれよ、という顔で覗き込まれるほど、分かってたまるかという気持ちが込み上げてくる。

「風間さん、ぼくはあなたの味方ですみたいなツラ、止めてもらっていいですか？　そんな不確定なプランにほいほい乗るほどあたしはバカじゃないし、簡単に方向転換できるほど安っぽい事業案じゃないんです！」

目の前のこいつに今日のことを「ぼくは精一杯、やれることはやった」という苦くとも誇らしい思い出として処理されることに我慢ならなかった。今の高宮には、目に映る全てが憎々しく思えた。

唯一、「ムカつく」以外に高宮の頭に浮かんだのは、自社技術について説明する時にデメテルの技術部長が見せた満面の笑みだった。こちらからお願いをしておいて、一方的に「すみません、親会社の都合で御社とは組めなくなりました。資本関係も解消させてください。あ、メーグルの事業化はします。御社からいろいろ教えていただいたおかげで助かりました、有難うございます」と言うのはあんまりだ。それでは、自分のことを軽んじてきた連中と同じレベルに落ちてしまう。そんな自分が一番ムカつく。

「高宮さん、一時の感情に流されちゃだめだ。ここは一度立て直して」

「うっさいわね！　一時の感情？　こっちはずっとムカついてんのよ！」

無遠慮に肩を摑んできた風間の腕を振り払う。勢いで、風間がもう片方の手に持っていた社用のタブレットが吹き飛んだ。一階ロビーに派手な音が響き渡った。

風間の中で、何かが弾けたようだった。

「分かった、分かりましたよ。少しは骨のある人だと思ったのに、とんだ見当違いでした」

「上司に意見も通せない骨無しチキン野郎に言われたくないわ。パソコンの前で『ぼくの考えたさいきょうのビジネス案』でも一生こねくり回してなさいよ」

「こっちが下手に出たら好き勝手言って」

取っ組み合いになる寸前で守衛が飛んできた。もっと早く仕事しろよ、と思いながら高宮は押さえられた腕を振りほどく。

風間が何か言っているのが聞こえたが、もう立ち止まらなかった。じろじろと好奇の目で見ている他の来訪者たちの鳩尾《みぞおち》に一発ずつ拳を叩き込みたい気持ちをなんとか抑え込んで、肩を怒らせながら高宮は自動ドアをくぐった。


「ねぇ、何回言ったら分かるわけ？　今日の夕方には先方にカウンター出さなきゃいけないの。なんで法務部チェックにそんな時間かかるのよ。え？　知らない。そんなのこっちの知ったこっちゃないわ。いいから早くして」

自分でも良くないと分かりながら、常に何かに当たってしまう。怒りの矛先が多すぎて、腕二本じゃ到底足りそうもない。

「高宮ぁ、今日はいつになく手厳しいな。朝からそんなにカリカリするなよ」

皆から避けられているのもよく分かる。こんなイライラした奴、誰も話しかけたくないだろう。そんな中でも果敢に絡んでくれる一つ上の溝畑伸司《みぞばたしんじ》は救いでもあった。先週まで育休を取っていた都合で、高宮が本当に荒れていた数日間のことを溝畑は直接見ていなかった。

「今日も夜、予定あるので。さっさと終わらせたいだけです」

「また合コンか。お前、一昨日も行ってなかったか」

「一昨日はスカでした。今夜の合コンは遅刻できないんです。相手は外銀ですよ、外銀。上手くいけば、こんなクソ会社いつでも辞める算段が付くんですから。だから、今日は絶対定時にあがらなきゃいけないんです」

「なんだ、仕事にやる気出したのかと思ったら、将来のポートフォリオ戦略か」

「美人は美人で、高嶺の花扱いされて大変なんです」

「お前は花と言ってもケシの花とかなんだろうな……なんか配属されてすぐの頃の高宮に戻ったみたいで懐かしいわ」

「今日こそモノにしてみせますよ」

「お前がそう言って上手くいくとこ、あんまり見たことないな」

溝畑は歯を見せて笑うと、ディスプレイに向き直り自分の仕事へと戻っていった。

配属されてすぐの頃、か。二年前の自分に戻ったみたいと言われ、高宮は小さく舌打ちをした。

入社して少し経ち、親会社の顔色窺いが点数稼ぎの重要ポイントだと気付いてしまってからは、やる気をダダ漏れさせている自分が滑稽でアホらしくなった。そうなってからはもう、とにかく効率重視で仕事を捌いて、エリや他の友人たちと夜な夜な銀座や六本木に繰り出す日々を送った。そんな自分に心のどこかでムカつきながらも、しょうがないじゃん、と言い聞かせるようになっていた。恩賀の背中を見て本当の意味での仕事の面白さと難しさが分かるまで、悔しいという気持ちもしばらく忘れていた気がする。

――今日、昼どうっすか――

右下にピコンと青いウィンドウが出て、意識を目の前のクソみたいな現実に引き戻す。社内ツールで、向かいに座る天恵からチャットが飛んできていた。

――ごめん、先約あり――

間髪入れずに返信する。先約なんて無かった。ただ、今の自分の精神状態で天恵と話したくなかった。あいつに一切罪は無いが、気を抜けば鶴丸の悪口が飛び出してしまいそうだ。これ以上、ダサくなりたくなかった。

「あああああ、すみませんんん！」

どしんという重量感ある音の後に、間の抜けた声がフロアに響く。音のした方に目をやると、色白の若手が床に散らばった書類をかき集めている。隣の二課の諸林省吾《もろばやししょうご》だった。名前といい、インドアを体現したようなひょろっとした見た目といい、高宮が密かにモヤシくんと呼んでいる新人だ。貧相なお尻を振りながらあたふたしていて、すぐ隣には台車の上に山積みになったダンボール箱が置いてある。

「あ、高宮さん。すみませんんん」

見ているだけで危なっかしく、一番席の近い高宮がダンボール箱の塔を手で支えてやる。高宮が人に親切にすると、付き合いの浅い人ほど驚く。「高宮さんが誰もいないところで廊下の真ん中に落ちているゴミを拾う姿を見て、見直しちゃった」と給湯室で派遣社員のおばさまたちが話しているのを聞いたこともある。別に好きでイイコトをしている訳ではない。一日一善のノルマをクリアすればあとは好き勝手して良い、という自分ルールを設定してから十年以上経つ。社会の構成員であり続けるための免罪符のようなものだった。

「なにしてんの、これ」

近くで見るとダンボール箱は埃《ほこり》まみれで、手で支えた高宮は早速後悔した。

「ぶ、部内メールが出ていた件です。フリーアドレスにするために、文書保存室の中の書類を整理しなきゃいけないんです」

そんなメールが来ていた気もする。社員の意図せぬコミュニケーションを増やしてイノベーションをなんちゃらかんちゃらするために、固定の自席をなくしたオフィスレイアウトに変えるという、あれだ。

「フリーアドレス化、良いですよね。これ、鶴丸グループの中でもうちが最初に導入するらしいです」

「ていの良い実験台ね」

誇らしげに話すモヤシくんの顔を見て、イライラが募ってくる。じゃ書類整理がんばってねと言って肩を軽く叩く、ふりをして埃のついた右手をモヤシくんのスーツで拭う。少しした後、後ろでダンボール箱が崩れる音とモヤシくんのうめき声が聞こえた気がしたが、席に戻った高宮が再び顔を上げることはなかった。

二課が書類整理を終えたのは十六時を過ぎた頃だった。

「高宮さん、ちょっといいですか。トレ三の書類整理の件で」

天恵が声をかけてくる。返事はせず、目で問いかける。

「どれを残せば良いか分からないものもあって、ちょっと一緒に文書保存室見てもらえますか?」

「嫌よ、あんな埃くさいところ。他を当たって」

「茂地さんも溝畑さんも外回りでいないんですよ。平井部長にお願いするわけにもいかないし、高宮さんお願いします」

「あたし今日合コンだから服汚したくないんだけど」

小さくため息をつきながら高宮は気怠げに立ち上がった。合コンは正直なところどうでもよかった。天恵と二人きりになるのが気まずかった。

高宮が鶴丸食品の本社で口論になったことは、すぐにTSフードサービスにも伝わった。温水社長と平井部長は高宮と一緒に怒って見せたが、最後には「この悔しさをバネに頑張れ」的な毒にも薬にもならないコメントを無責任に寄越してきた。全てがどうでもよくなってしまった高宮にとって、本当にどうでもよい時間だった。

唯一、天恵との距離感がよく分からなかった。仕事に思い入れを持てなくなってから、天恵と一緒にいるのが気まずい。こいつもどうせ鶴丸の人間かと一瞬でも思ってしまうと、その後どんな言葉をかければよいか分からなくなった。

「そこのダンボール箱なんですけど」

天恵が指した先には、乱雑に積み上げられたダンボール箱が何段にも重なっていた。山というより、これは壁だ。この部屋、こんなに奥行きがあったのかと思わせる広さだった。

「こんな埃まみれの部屋、空っぽにしてどうすんのよ」

「なんかカフェマシーンとか入れて、自然と人が集うエリアにするらしいっす」

「絶対使いたくないわね」

電球に小さな虫が集っている様を見て、高宮は吐き捨てるように言った。

それぞれのダンボール箱には長方形のシールが貼ってあり、保存開始と終了の期間が書き込んであった。蓋を開けると一番上にはクリアファイルに入った紙が置いてあり、収納されている書類のタイトルと概要が書いてある。過去の情報を残すという意味合いだけでなく、中には法律で数年間の保管が義務付けられている書類もあるのだ。重要な契約書やその締結の経緯をまとめた議事録などは将来の監査で参照されうるし、領収書や収入印紙が貼られた書類は税務署にチェックされる可能性がある。

ダンボール箱の蓋を開けて、要不要をてきぱきと分けていく。天恵との会話は必要最小限だ。開けては閉じて、動かして。ダンボールが擦れるガサゴソという音だけが部屋の中に響き渡る。

「なんだこれ、めっちゃ重い」

シールの貼られていないダンボール箱を持とうとして、天恵がぼやいた。中には書類以外のものも入っているのか、かちゃかちゃ音がする。箱詰めした人は随分といい加減だったようで、上部はガムテープで留められてすらいない。

「うわ、何だこの石。これ、素手で触って大丈夫なやつですかね?」

そう言って天恵は、ギラギラとした銀色の石の塊を取り出した。高宮が覗き込むと、他にも小瓶に入った真っ白い粉状のサンプルや、中にどろっとした液体が密封されたシャーレが転がっていた。

「なんかの鉱石ですかね」

「それが何かは分かんないけど、誰のかは分かったわ」

怪しげな七色の光を放つ石を手に取りながら、高宮は言った。

「これ、恩賀さんが残していったものね」

「出た、高宮さんが心酔していたっていうイケメン」

それには応えず、高宮は小物の下にあった書類を取り出していった。一応、他の保存箱と同じように簡単なリストも入っていた。

正式な書類というよりは、恩賀が個人的に残していったメモのようだった。中には、高宮が作成を手伝った事業案を記したペラ一の紙もある。恩賀の書いた事業案はどれも魅力的で、読む者をワクワクさせた。大抵は保守的な親会社連中のツッコミによって阻まれるのだが、少額投資や他の会社を巻き込んでの事業提携など、何かしらの形で一矢《いっし》報いるのが恩賀流だった。その恩賀の色褪せない過去の栄光も、今の高宮をなじっているように感じた。

「高宮さん、余計なお世話かもしれないんすけど」

食い入るように昔の資料を読む高宮を見て、天恵が声をかけてきた。次にどんな言葉が飛び出すかは想像できた。そしてそれを受け止めるには、自分はちょっと疲れすぎていた。

「それは余計なお世話よ」

高宮は恩賀のダンボール箱を閉じると、「不要」と書かれたシールを上から貼りつけた。

「いいんですか、処分しちゃって」

「リストを見たけど、保存が義務付けられているものは無さそうだったから」

残せば後世の宝になりそうな事業案が眠っているのだろうが、それすらも見たくない。せめて自分の手で葬ってやろうと思い、高宮はダンボール箱を抱え上げた。服が汚れるな、と思った時にはもう遅かった。

「重っ」

体勢を直そうとして、腰から抱え直した次の瞬間だった。

「あーあ、大丈夫ですか、高宮さん」

ダンボール箱の底が抜けた。バケツの底に穴が空いたかのように、書類の滝が流れ落ちる。

「恩賀英雄の呪いね」

散らばったものはしょうがない。ため息をつきながら腰をかがめて、書類を拾っていく。

ぱさり。

書類の隙間から、紙でできた留め具付きの保存袋が落ちた。この袋だけやけに年季が入っており、封の留め具の紐は黒ずんでいる。中を開くと、古びた書庫の匂いがした。

「袋にはタイトル無し。リストから漏れた、何かの補足資料でしょうか」

天恵が反対から覗き込む。

中にはＡ４サイズの用紙が二枚入っていた。書類というより古文書に近い。取り出すと、タイトルが目に飛び込んできた。随分と年代物のようで、ワープロの印字が粗い。

『神田酵素研究有限会社に於ける爆発事故の顚末書、後任への引継書』

「これって、メーグル事業化の妨げになったっていうカンコーでしょうか？」

「ね、今このタイミングであたしに見つかるって、なんの因果かしら」

タイトル裏の目次を読む限り、本来この顚末書は十五ページに及ぶ大作であったようだ。それが今は、表紙と目次の一枚とそれに続く三〜四ページ目までしかない。肝心の事故について触れていたであろう五ページ目以降は、全て欠落しているようだった。

事故の原因や撤退に至った背景が詳しく書いてあれば、デメテルの安全性を主張するための武器になったかもしれない。そう思うと、傍迷惑なカンコーという会社に殺意すら湧いてきた。

「このクソ事故って相当前のはずでしょ？　なんで恩賀さんの文書箱に入ってるのかしら」

「高宮さん、なんかもう一枚入ってるみたいです」

手に持った保存袋を振った天恵が言った。たしかにカサカサと紙が擦れる音がする。

高宮が手を出すと、天恵はその上に中の紙を滑らせた。これまた古ぼけて少し黄ばんだ紙で、雑に二つ折りにされていた。

高宮はそっと開いた。書き殴ったような掠れた字が二行、そこには書かれていた。

――**カンコーの爆発は事故ではない。志村《しむら》さんは、会社とＦＢに殺された。**――

2

会社と戦《ヤ》るなら徹底的《ボコボコ》に

目に文字が飛び込んできた時、どういう意味かよく分からなかった。文書保存室の外の喧騒が、一瞬とても遠くに感じる。繰り返し文字に目を走らせ、ようやくそのままの意味として受け取ることができた。**事故ではない**。この一文が高宮には浮き上がって見えた。

なにこれ、どういうこと？　数多くの疑問が頭をよぎったが、口をついて出たのは疑問ではなく悪態だった。

「ほんと、つくづく余計なことしてくれるわね」

ため息をついて、もう一度誰かの告発文のようなメモ書きを読む。**事故ではない。殺された。**

「メーグルの稟議が通らないっていうのは、過去に類似案件が爆発事故を起こしたような危険な事業領域には投資できない、ってことで合ってるわよね？」

「鶴丸の先輩から、僕もそう聞いています」

ロビーで言い争った、風間の言葉も蘇ってくる。

「カンコーの事故が属人的なものならまだしも、製造設備の不具合による爆発です……同じリスクが今後もつきまといます……か」

高宮は舌打ちをすると、顛末書と告発メモを保存袋に入れて立ち上がった。

「こんなん見つかったら、諦めきれないじゃない」

終業を告げるチャイムが鳴った。もう十八時だ。

「天恵、あんたこの後空いてる？　ちょっと付き合ってほしいんだけど」

「空いてますけど、高宮さんはいいんですか？　外銀との合コン。ほら、将来のポートフォリオ戦略とかいうやつは？」

天恵は口の端の歪みが隠しきれていない。心なしか嬉しそうに見える。高宮は間髪入れずに「はあ?」という顔をしてやった。なぜだろう、久々に楽しい。

「それこそ余計なお世話よ」

文書保存室を出ると、窓の外の真っ赤な夕焼けが目に飛び込んできた。ビル群の奥に落ちていく夕日に照らされて、重く湿っていたオフィスが輝いて見える。

「で、何をするんですか?」

胸を反らして両手を上げ、全身を大きく伸ばしながら天恵が聞いてくる。

「決まってんでしょ」

そう言って高宮は手に持った保存袋を振って見せた。

「余計なことしてくれた殺人犯を見つけ出して、ムカつく連中を全員黙らせる。そんで、さっさとメーグルを事業化《モノに》すんのよ」

『神田酵素研究有限会社に於ける爆発事故の顚末書、後任への引継書』

《目次》

《一、はじめに》

神田酵素研究有限会社（以下、カンコー社）はカナダのオンタリオ州に於いて、１９９８年９月にわが社の出資により立ち上げられた酵素専門メーカーである。２０００年８月末にReacTec《リアクテック》社へ資産売却をして清算する迄、この会社は食料品ビジネス本部が主管となり二年間続いた。

カンコー社は累計で二十億円の損失を計上し、更に誠に残念ながら爆発事故で一人の死者を出した。この事故が決め手となり、わが社は事業撤退を決断する事となった。

撤退の経緯については、可能な限り当時の現場に於ける生々しい経営判断の理由や臨場感をそのまま伝えるべく、現地従業員からの撤退完了報告書や、出向者が日本の担当部署に定期的に送っていたメールの一部（以下、出向者の手記）を掲載する。その後の爆発事故に繋がる内容も含まれており、自分事としてよく考えながら読んでいただきたく思う。

私自身、亡くなった志村さんの手記を読み直す中で、安全地帯から偉そうにこの文章を書いている自らを恥ずかしく思う。志村さんと、残されたご家族の無念を思うと、自分にも何かできたのではないかと自責の念に襲われる。だが、残された我々にできることは二度と同じ過ちを繰り返さないことは勿論、当時の関係者の意志を引き継ぎ、わが社の発展とそれを通じた社会への貢献を成すことだと思料する。

最後になるが、この場を借りて、本件の事故により尊い命を奪われた志村さんのご冥福をお祈りするとともに、このような犠牲者を二度と出してはならないと堅く誓い、其の為に不断の努力を尽くす決意を改めてここに表明する。

文責：バイオテクノロジー部　飯山信繁《いいやまのぶしげ》

《二、撤退の経緯》

（撤退後：2000年、現地従業員からの撤退完了報告書からの抜粋）

八月三十一日のクロージング日、全ての設備が危なげなく運転を続けたまま、無事ReacTec社に引き渡されました。製造設備、特に反応器というのは難しいもので、まるでよちよち歩きの赤ん坊のように、突然泣き声を上げて暴れ出したかと思えば、その次の日には急にぐったりと元気がなくなってしまったり、少しでも目を離そうものなら大怪我をしてしまうものなのですが、そんな聞かん坊でも二年間大事に育てた身としては、他社様に引き取ってもらう段になって何とも寂しい気持ちになりました。

大切な仲間を爆発で失った日は今でも昨日のことのように覚えており、寸秒でも思い出すだけで胸が張り裂けそうな気持ちになります。そんな私の心の支えになってくれたのがリオであり、唯一の希望でした。リオには、いつかまた必ず会いにいきたいと思っています。
全ての片が付いたとは毛頭思っておりませんが、それでも一つの山場を乗り越えた今、幾分かは穏やかな気持ちでこの文章を書いております。それというのも、若村《わかむら》さん、神田さん、飯山さん、殿岡《とのおか》さんをはじめとする関係各位の御尽力と、心苦しい決断をしたＦＢのお蔭と考えております。
元カンコー従業員の私の役目としては、ReacTec 社に対する契約期間内の稼働サポートをするのみとなっております。失ったかけがえのない仲間の無念を晴らすためにも、遠い未来を見据えて、今の自分にできることを粛々と進めていきたいと思います。

現地従業員【２０００年 ９月 ３日】

（出資直後：１９９８年〜、出向者の手記 ①）

――本日よりカンコー社への出社を開始いたしました。副社長として実際の製造現場に派遣していただくという大変貴重な機会を賜りましたこと、この場を借りて厚く御礼を申し上げます。今朝は朝の六時には工場に出向き、製造エリアのモップ掛けをすることから一日を始めました。眠い眼をこすりながら出社してきた工場長が半ば呆れた顔をして驚いていたのが印象的でした。これを私の日課にしたいと思います。
本店の皆様に現場の温度感を味わっていただきたく、私の手記という形で日々の出来事をお伝えします。若い方達の学びになれば幸甚です。では、お楽しみに！

志村典俊《しむらのりとし》【１９９８年 10月 ３日】

——《出向者の手記 ②》

今回は、現地の従業員とのコミュニケーションについて書きたいと思います。英語圏で生活するのにイングリッシュネームは必須です（三音節のシムラも四音節のノリトシも現地の人には発音がしづらいのです）。私、志村のイングリッシュネームは、「志」を英語に直してＷｉｌｌ《ウィル》、「村」を音読みにしてソン、合わせてウィルソンです。現地の従業員たちに由来を説明すると、一字一字に意味を持つ漢字に驚いて興味を持ってくれました。

　これをきっかけに自分達の名前の由来を話し合ったことで、彼らとの距離が縮まった気がします。従業員一人一人に思いを込めて名前をつけたご両親がいるという事実に、経営者として身が引き締まる思いもしました。

　ちなみに、製造・技術部長のイングリッシュネームはＦＢです。由来を知っていただくには、現地で彼の働く姿を見てもらう必要があります。ぜひ皆さん、カナダにご出張の際にはオンタリオ州まで足を延ばしてください！

ウィルソンこと志村典俊【１９９９年　１月　７日】

視界の端で平井部長が立ち上がるのが見える。あの角度、視線の向き、近づいてくるスピード。間違いない、あたしのところに向かってくる。高宮はAltとTabのキーを押して、「酵素　爆発事故」でネット検索していた画面をメールのアプリに切り替えた。

「高宮、ちょっといいか」

キーボードを打つ手を止めて振り返る。予想通り、平井部長が近くに来ていた。

「なんだ、インド宛のメールか」

「プッシュの甲斐あってようやく引合いが出てきたので、カウンターを出すところでした」

「やっと出てきたか。いいぞ、その調子だ。声出していけよ」

この人はもはや「声出していけよ」の使い方に違和感を覚えないんだろうかと思いながら、「そのつもりです」と力強く返事する。二年以上も言われ続けると、さすがにもう笑いそうにすらならなくなる。

平井部長は少し声を潜めて「ちょっと会議室に」と言って、奥の小部屋を指差した。わざわざ一番遠い部屋に連れて行かれるということは、そういう話ということだ。目ざとい同僚たちの視線が一瞬で自分に集まるのを感じる。噂大好き小西さんなんかは、透明なコルセットでもはめているのではないかと思うくらいに首を伸ばしてこちらの様子を窺っている。

会議室に入り、向かい合って座る。話の内容は大方予想できていた。

平井部長は席に着くと「早速本題なんだが」と切り出した。いつでも単刀直入だ。

「メーグルの件、高宮の力になれなくて申し訳ない。繰り返しになるが、本当にすまなかった」

昨日までよりは寛大な気持ちで、高宮は「いえいえそんな……」と答えた。恩賀の文書箱から謎の資料が見つかったことはまだ平井部長にも言っていない。カンコーの事故が故意であったという確たる証拠が見つかるまでは、天恵と二人だけの秘密にしようと決めていた。用心するに越したことはない。これ以上の横槍にはうんざりだ。

「寧《むし》ろ、あたしの方こそ失礼しました。大人気もなく不貞腐《ふてくさ》れてしまって、反省しています」

まだ平井部長は渋い面持ちをしている。気まずい沈黙が流れた。

「新しい挑戦をしようとしている高宮に、会社として酷い仕打ちをした。温水社長とも話したんだが、一度気持ちを切り替えてもらった方が良いかと思ってる。高宮は、まだ海研には出てなかったよな?」

高宮は頷いた。海研とは、鶴丸グループにある海外研修制度のことだ。半年から一年間ほど、海外支店に派遣されて丁稚奉公をする。行き先はまちまちで、台湾、シンガポールならば大当たりで、東南アジアならまぁまぁだ。先輩の溝畑は、入社三年目でミャンマーに半年行ったという。

「鶴丸の支店なんだが、ロンドンに空きが出てな。特例だが高宮を推薦しようと思っている」

超大当たりだ。桑守ならその場で泣いて喜ぶだろう。

「高宮が抜けるのは、正直辛い。だが、もう引き継ぎも済ませてくれている中で、また以前と同じ仕事に就いてもらうのは、俺は違うんじゃないかとも思っている」

この話が二日前に来ていたら飛びついていただろうなと、高宮は考えていた。ロンドン支店へ出社する前の一時間、ビッグベンが見えるカフェで悠々と英字新聞を開いてコーヒーを飲む自分の姿が頭をよぎる。ワイドパンツを穿いた足を組み、物憂げにFinancial Timesを読む姿は控えめに言ってめちゃくちゃ絵になると思う。そのまま女性誌の海外ＯＬ特集に載ってもおかしくないが、高宮は頭の中でその雑誌をビリビリに破り捨てた。

「平井部長、ちょっといいですか」

片手を挙げて遮る高宮に、平井部長は口をつぐんだ。

「大変ありがたいお話、ありがとうございます。そこまで平井部長があたしの仕事について考えてくださっていること、本当に嬉しく思いますし、自分は幸せ者だなと思っています。ですが、そのお話、断らせてください」

平井部長の二重の目が大きく見開かれる。ロンドン支店への海研は、鶴丸の若手社員の中でも憧れの的だ。子会社の若手が行けるなんて史上初だろう。次の瞬間、平井部長が身構えるのが分かった。組んだ両手に力が入っている。その祈るような面持ちを見て、高宮は直感した。

「あ、別に会社を辞めるとか、そういう話では全くないです」

それを聞いて、小ぶりなメロンのような平井部長の肩が二センチメートルくらい落ちた。海研や異動で人がいなくなる場合、いつかは人員が補充されるものだが、退職となると純減になる。

「引継資料を作る中で、自分でも頭の整理ができました。もっとこうすれば良かったと思うことも多くて、鶴丸に出向しなかったことは寧ろチャンスなんじゃないかと昨日から思い直していたんです。今のあたしだからこそ、三課やTSフードサービスの為にできることがあるんじゃないかと思っています」

今、日本から離れるつもりはなかった。カンコーのことを調べるならTSフードサービスを離れるべきではないと思ったし、鶴丸へのアクセスも考えるなら今の状況がベストだ。半年後に自分が座っているべきはオックスフォードストリートのお洒落なカフェのテラス席ではなく、メーグル案件プロジェクトリーダーの席だ。

他の人なら少しは心が揺らぐものなのかなと、ふと思った。この場で即お断りするのが本当に正しいのか。ただ、今ここで海研の話に乗ってしまうのは、小利口な振る舞いに思えて最もムカつく選択肢だった。これはチャンスかもと解釈して納得するより、自分で決めたやり方でチャンスを掴み取りたい。

殊勝な顔をして頭を下げる高宮を見て、平井は驚いたような顔をした。一瞬言葉を失ったようにも見えて、さすがにそれは驚きすぎなんじゃないのと少しイラッとする。

「高宮、お前、精神的に成長したな」

ハンカチでも取り出すんじゃないかというほど平井部長はしみじみとした声を出した。

「三年前のことを思い出したよ。高宮と初めて会ったのは二次面接の時だったな」

学生時代、ＴＳフードサービスの採用面接で高宮と平井部長は出会っていた。当時は別の課で課長をしていたはずだ。

「お前を最終面接に上げるかどうか、実はもう一人の面接官と結構揉めたんだよ。自己紹介で『麻薬の麻に言葉の綾で、高宮麻綾です』なんて急に切り出してたな」

平井部長は懐かしむような目をして、しみじみと呟いた。

「あの時、粘って高宮を最終面接に上げて正解だった」

幾分リラックスした様子で、平井部長は続けた。さすがは俺が見込んだ奴だ、とでも言いたげな満足そうな顔をしている。

「じゃあ、天恵に渡した仕事をもう一度高宮が引き取るってことだな?」

高宮は頷くと、おずおずと切り出した。

「実はもう一つやりたいことがあって」

「おぉ、ぜひ聞かせてくれ」

「今回、メーグルは過去の案件の事故が原因で検討中止になったと聞いています。これ、今後も他の案件でも起き得ると思うんです。そういった過去の事例を参照したいんですけど、そういうことって可能でしょうか？　情報を部内で共有して組織知にしていくのって、意義あることだと思うのですが」

平井部長はうーんと唸りながら難しそうな顔をした。ばつが悪そうに頭の後ろを掻く。

「まず、高宮の指摘には総論賛成だ。過去事例から学ぶことは多い。一方で、各失敗案件にはそれぞれ担当者がいる。そういった人たちの個別批判になったら都合が悪いだろう？」

無邪気な顔して「え、なんで都合が悪いんですか？　今はすっかりお偉くなった諸先輩方の失敗を掘り起こすことになるからですか？」と切り返しても良かったが、ここで平井部長から嫌な顔をされるのは得策じゃない。聞きたいことはまだ他にもある。

残念そうな顔で「やっぱりそうですよね……」とつぶやいて見せて、それでも諦めきれないといったように言葉を続けた。

「戦略統括室の真砂室長からも少しお聞きしたんですけど、カンコーって鶴丸の中でも有名な会社だったんですか？」

「おぉ、真砂さんが直接説明されたんだな。俺の昔の上司だ」

嬉しそうな顔を一瞬見せた後、平井部長は腕を組んで黙った。目を瞑り、どこまで話したものかと考えあぐねているようだ。

「鶴丸の中でも、限られた人しか知らないだろう。俺だって今回初めて存在を知った。なんせ自分が入社する前の案件だ。そもそも皆が知っているような有名案件なら、高宮がビジコンに企画案を出した時点で誰かが気付くはずだろう」

「メーグルが検討中止になったのって、かなり急でしたよね。誰かが突然カンコーのことを思い出したんですか？」

「誰が、までは聞いていないが、大方のところ真砂さんが直前で気付いたんじゃないか。あの人は慎重派で有名で、重箱の隅を突つくような指摘が好きだからな」

真砂室長の紳士然とした風貌を思い出す。たしかに真砂自身も「我々の本部内だけでなく、早晩コーポレート部局からも同様の指摘が入るでしょう」と言っていた。やはり指摘は食料品ビジネス本部内で起きたのだ。

詳しく聞くには真砂室長に問い合わせるしかないか、と思うと気が重い。勢いに任せて罵倒するんじゃなかった。頭の中の母が「ね。短気は損気でしょ？」と得意げな顔を覗かせる。

カンコーのことを知らないとなると、謎の顛末書に書いてあったことを聞いてもしょうがない。あまり収穫が無さそうであるため、高宮は仕方なく話題を変えた。

「鶴丸のバイオテクノロジー部ってご存じですか？」

「高宮は本店の若手より鶴丸食品に詳しいんじゃないか。確かに、そういう名前の部が昔あったはずだ。バイオテクノロジー部についても、真砂さんから聞いたのか？」

謎の顛末書に書いてありました、とも言えずに高宮は「はい」と答えた。一瞬、平井部長が何か言いかけたが、社用スマートフォンの着信に邪魔された。

「茂地か。お、悪い、もう次の打ち合わせが始まってるみたいだ」

スマートフォンに表示された名前を一瞥《いちべつ》して、平井部長は急いで部屋を出かけたが、くるりと振り返った。

「午後も声出していきます」

高宮が先取りして言うと平井部長は満足そうに大きく頷き、大股で会議室を後にした。


「じゃあ、平井部長は何も知らなかったんですね」

「しゃーないわね。カンコーは平井さんが入社する前に潰れてるし」

「恩賀さんって人に聞いてみたらどうですか？」

「急に辞めちゃったから、誰も連絡先知らないのよ。ＳＮＳもやっていなかったし」

年が近い若手の先輩ならＬＩＮＥで繋がっていたが、六つ上である恩賀のプライベートな連絡先は知らなかった。

「じゃあ今のところ、ネット上には手がかり無しですね」

天恵が大あくびをしながら言う。周りの社員は既に帰宅していて、フロアには高宮と天恵だけだった。別にこそこそ隠れて行うことではないのだが、平井部長から過去事例を調べることに難色を示された以上、どうしても人目に付くのは憚《はばか》られた。

恩賀さんの文書箱から顚末書が見つかった日の夜、高宮と天恵は手分けしてその中に書かれていた単語を調べた。神田酵素研究有限会社、という名前は検索してもヒットしなかった。カンコーという名の会社はいくつか見つかったが、どれも全く関係のない別会社だった。カンコーの設備を買い取ったというReacTec社も全然ヒットしない。

結局その日分かったことは、本件を調べるのは一筋縄ではいかなそう、ということだけだった。

「あんたの方はどうなのよ。鶴丸の中なら、さすがに何かあったでしょ」

「同期に探してもらったんですけど、関連するような書類は何も見つかりませんでした。死傷者を出した過去の失敗案件なので取り扱いも超センシティブで、一定の階級以上の管理職じゃないと閲覧できないようになっているんじゃないかって話です」

なにやら怪しげな文書が見つかりテンションが上がってしまっていたが、既に手詰まり感が出始めていた。昨日湧き上がったアドレナリンは、早くも残量が怪しい。

「あたしほんと何やってんだろ」

「……ロンドンかぁ」

頭の中でビッグベンの鐘の音が虚しく鳴り響く。

椅子に浅く腰掛けてだらしなく座る高宮を見て、天恵が立ち上がった。咳払いして少し高い声を出す。

「こんなん見つかったら、諦めきれないじゃない！」

「は？　何よ急に」

「余計なことしてくれた殺人犯を見つけて、ムカつく連中を全員黙らせる！　そんで、さっさとメーグルをモノにすんのよ！」

「天恵、まずはあんたを黙らせるわよ」

イライラして貧乏ゆすりがひどくなる。周囲を気にせず左足をガタつかせていると、振動で小さな雪崩《なだれ》が起きた。積み重なった取引先のパンフレットやらノートの山が、音もなく緩やかに崩れていく。

「あー、もう最悪」

床に手を伸ばす。一番上にあったのはデメテル株式会社の会社紹介パンフレットだった。

「ねぇ、同種の業界での事故っていうことであれば、デメテルはカンコーのこと知ってるかしら」

「なるほど。デメテルもカンコーも似たような酵素の製造メーカーって話ですよね？　ニッチな業界だし、ベテランの方であればカンコーの関係者を知っていてもおかしくないんじゃないでしょうか」

そうよねぇ、と呟きながら高宮はパンフレットの下にあった書類も手に取った。『少額投資先からの撤退に係る稟議書　～デメテル株式会社～』というタイトルの、自分で書いた書類のドラフトだ。鶴丸の意向を受けて温水社長が平井部長に作成を指示していたものを、横で聞いていた高宮が慌てて引き取った。自分の知らないところで勝手にデメテルの株式を売られるわけにはいかない。

温水社長には「鶴丸からは即刻抜けろと言われたがな、なんとか粘って今年度いっぱいの猶予をもらっておいたぞ」と自慢げに言われた。お前社長ならそこは戦って要求そのまま突き返せよ、といつか酔った勢いを装って首根っこ摑んでしばき倒してやりたい。

デメテルにとって、ＴＳフードサービスから撤退を切り出されるのはどんな気分なんだろう。まだデメテルに撤退の件を告げられていないことも、高宮の気を重くさせていた。

ひょいと天恵が顔を覗かせた。高宮の手にあるデメテルのパンフレットを見ている。

「デメテルって、ギリシャ神話に登場する豊穣の神ですよね。それが食品寿命を延ばす酵素の会社か。おしゃれですね」

「意外。なにあんた、神話とかそういうの詳しいわけ?」

「ソシャゲで擬人化したキャラが出てくるんです。デメテルは土属性なのにスキルが《水》の豊穣の雨なんですよ」

天恵がスマートフォンの画面を見せてくる。ちらりと見ると、緑色の髪の女性キャラクターが表示されていた。手に鞭のようなものを持っているが、よく見ると長い稲穂のようだ。こちらに向かって鞭を振り上げウインクしている。本人はまだ滔々《とうとう》と喋っているが、高宮は黙殺することにした。

デメテルを訪問した時に貰った三枚の名刺を取り出す。明らかに社名の由来になっているであろう代表取締役社長の出目豊照と、技術部長の梅村忠義《うめむらただよし》、それから製造部長の尾藤正介《びとうしょうすけ》だ。梅村は白髪の多い男性で、社長より年上に見えた。物静かな人で、高宮のメーグル構想をにこにこして聞いてくれた。尾藤は巨体を白シャツに押し込めて今にもはちきれんばかりになっており、「商社さんに会う言うから、舐められたらアカンおもて久々に着たらこのザマや。堪忍な」と気さくに笑う人だった。

デメテルの会議室で、酵素技術の歴史をレクチャーしてもらった時のことを思い出す。梅村のマニアックな説明に、尾藤が所々で合いの手を挟んでくれてとても分かりやすかった。梅村と尾藤なら、カンコーのことも何か知っているかもしれない。

「デメテル、僕も行っても良いですか?」

「いいけど、美少女キャラは出てこないわよ」

もうこれ以上インターネットで探しても、何も情報は見つかりそうになかった。高宮はノートパソコンをシャットダウンすると、乱暴にディスプレイを閉じた。

「マヤちゃんが来てくれるとオフィスがパァーッと明るくなってええわァ。うち、オッサンばーっかしやろ？　やっぱりイノベーションちゅうんは、もっとこう、スベスベでピッチピチな若いパワーから迸《ほとばし》るもんなんや」

名字の通り出目金のようなギョロ目を見開いて、出目社長はオーバーな身振り手振りで話しまくる。

真夏日なのにクーラーの効きが弱いデメテルの応接室で、高宮と天恵は出目社長と向かい合っていた。柔らかすぎる革張りのソファは絶妙に座り心地が悪い。

高宮と天恵は大阪市の東成区に来ていた。東成区は一平方キロメートル当たりの従業者数・製造品出荷額が全国トップクラスである市内の工業集積地で、その中にデメテルの本社もあった。すぐ裏手には、工場も併設されている。

夕方に訪れると事務所全体がなんとなくモワッとしているし、何よりエロオヤジからしつこく黒門市場でのハシゴ酒に誘われてしまうため、高宮はデメテルを訪問するなら午前中と決めていた。

調査会社が作成している、会社の評判や財務情報をまとめたレポートの「社長の性格・特徴」の欄には、豪快・営業気質・大らかの三つにチェックマークが付いていた。スケベ野郎という項目を付け加えるべきだと、デメテルを訪問する度に思う。

恩賀の残した出資の稟議書には、デメテルがいかにニッチな分野に目をつけた野心的なバイオケミカル企業かが力説されていた。まさかこんな狸オヤジが社長の中小企業だとは夢にも思わず、実際に足を運ばなければ分からないものもあると実感したものだった。

「今日は後輩の兄《あん》ちゃんまで連れて、マヤちゃんどないしたんや」

「はい、毎度毎度のことで恐縮なんですけど、新規事業構想をするにあたって御社に色々と教えていただきたくて。技術のことだとか、酵素業界の歴史とか」

「あかんわぁ。あかん、あかんよマヤちゃん。マヤちゃんみたいなべっぴんさんな後輩ちゃんを連れてこんと、おじさんの堅い口は開かんヨォ」

ウインナーのようにぷくぷくした人差し指を、出目社長はチッチッチと言いながら振った。関節と逆向きに一息でへし折ってやりたい気持ちを抑える。打ち合わせが始まってから、もう何度「短気は損気」と心の中で唱えたか分からない。風間のムカつく態度を思い出すことで何とか堪えた。

「そもそもうちの課で女性の正社員は高宮しかいません」

天恵がニコリともせずに答える。こいつはこいつで、デメテルの外に出るなり「こんな化石みたいな会社、切りません？」と言ってきそうな気配だ。

「なんとまぁ、女の子ひとりでツラかったやろォ。そうや、うちに出向してきたらどうや。それがええ、そうしよか」

今日の出目社長は朝から絶好調のご様子で、そうなると高宮のテンションは反対にどんどん下がっていく。貧乏ゆすりが堪えきれない。出目社長は来客用に出したお茶を見て「なんや、地震かいな」と呟いた。

「社長、何か良いことでもあったんですか？」

「わかる？　やっぱりマヤちゃんにはわかるカァ。申請していた府の助成金が下りたんよ。いやぁ、これで命拾いしたわ。どこぞの出資会社さんは、お金足りひん言うてもぜーんぜんくれへんもんやから」

出目社長は政府や自治体から補助金を引っ張ってくるのが上手い。口が達者だからか、あることないこと風呂敷を広げてそれっぽく話し、役人を納得させてしまうのだという。会食で意気揚々と「せやからマヤちゃん、ぼくのことは助成金の王子ぃ呼んでや」と大ジョッキをぐびぐび飲みながら話す姿は、王子というよりは盗賊王のそれだった。

「それはどういう使途なんですか？」

天恵が質問する。高宮が聞くと「マヤちゃん、なんやと思う？」という面倒なやり取りが始まるのが目に見えていたので、天恵が聞いてくれて助かった。

「新製品の研究開発や。この分野はぎょうさんゼニが要る」

出目は親指と人差し指でお金のサインを作り、下品に突き出して見せる。

「ラボではそこそこ上手くいったんや。問題は実機での製造。もっと製造効率を上げろちゅうてんのに、現場はこれ以上ムリ言うんや。この苦労、兄ちゃんらには分からんやろ」

「その新製品というのは『ＬＥＮＺ』ですか？　添加することで食品寿命を延ばすと、高宮から聞いています」

「せや。デモプラント動かすんに想定よりも高くついてな。困ってたところに現れたんが、我らが救世主のマヤちゃんや」

デメテルは行き詰まっていた。創業者である父親から出目豊照が二代目社長の座を継いでから暫くは現状維持できていたのだが、入れ替わりの激しいバイオ業界でなかなか抜きん出ることができずにいた。そうこうしている内に資金繰りはカツカツになったが、出目の口先三寸のおかげでなんとか操業を続けることができていた。そんな折にデメテルの門を叩いたのが恩賀であり、恩賀によるマーケティング活動と力技で通したTSフードサービスからの出資によって、デメテルは第一の経営危機を乗り切ることができた。

恩賀がデメテルへの出資に踏み切る際に注目したのが、まだ技術のタネ状態であった『LENZ』だ。高宮が嘗《かつ》て見た少額出資の稟議書には、LENZの将来収益性と、この技術をフックにした周辺産業への進出計画が記載されていた。

LENZの肝はカエデ科の樹木から採取できる微生物をベースに技術改良を加えて作った酵素だ。その特殊な酵素を原料とした食品改良剤がLENZであり、食品を作る時に加えることで美味しさを維持したまま消費期限を大幅に延ばすことができる。デメテルの社運を賭けた新製品であった。恩賀の支援もあってラボでの小規模なテストはクリアできたのだが、その次の段階がうまく進まない。商業生産を行う一歩手前には中型のデモプラントで試作を行う必要があるのだが、想定以上に技術的な課題が山積して資金がショートしかけていた。

そんな折に、今度は高宮が現れてメーグル構想を思いついた。TSフードサービスでメーグル事業化の話が進めば、ゆくゆくはLENZを共同開発案件という位置づけにしてしまい、鶴丸食品から直接デメテルにどかんと資金援助を行なって製品の完成を目指すというシナリオだった。

「マヤちゃんの提案には痺れたでぇ。今回助成金が下りたのも、東の某大企業のバックアップによって新製品の開発が完成間近、ってところを押したおかげやしな。せやから今月は大丈夫。遅くとも来月には御社からどーんと一発頼むわ」

強《したた》かな出目社長のことだから、TSフードサービスの競合にあたる大手の食品関連会社に既に連絡して「実はな、ここだけの話、鶴丸食品さんがうちの新製品に目ぇつけてましてな」と吹聴して、新たなる出資元を探し始めているだろう。そういう意味ではたとえ鶴丸グループから資金援助を受けられなくてもデメテルが潰れることはないだろうが、高宮からしたら自分が発掘したチャンスをみすみす他社に取られることになる。それだけは絶対に許せない。

「ところで社長、神田酵素研究社という会社をご存知ですか？　カンコーとも呼ばれていたみたいなんですが」

「知らんなぁ。なんやマヤちゃん、次の浮気相手候補のことを本命に聞いてるんか？　これだから浮気性な商社は困るでぇ」

「いいえ、そういうことではないです。既に潰れている会社で、ちょっと知りたいことがあったもので」

「まぁ部長たちなら知ってるかもなぁ。もうぼく次のアポあるから、代わりに梅村と尾藤に聞いてぇな」

そう言うと、出目は傍の電話機を取って内線番号を押した。

「ぼくです。梅村部長？　なんやマヤちゃんが聞きたいことある言うて。うん、うん、尾藤部長にも声かけたって。ほなよろしく」

電話を切ると「じゃ、そういうことで。今度は夜来てな」と言い残して出目社長は去っていった。

扉が閉まるのを確認して、高宮はしばらく溜め込んでいた分大きく舌打ちをした。

「うちが本当にデメテルへの出資を増やして子会社化したら、まず真っ先にあのエロオヤジを追い出すわ」

「高宮さんもクセ強の相手ばかりで大変っすね」

「メーグルが無かったら絶対に関わってないわ。マヤちゃんマヤちゃんって、キャバクラか何かだと思ってんのかしら。そもそもあたしはマヤじゃなくて麻綾《マアヤ》よ」

「本当に大丈夫なんですか、この会社」

「今ので判断しないで。技術の人たちは優秀なんだから」

そのまま出目社長の悪口大会になりそうであったが、静かなノックによって早々にお開きになった。

「すみません、お待たせしました。尾藤部長は遅れて来ます」

梅村技術部長が白髪頭を丁寧に下げる。梅村は笑うと目尻が優しく下がるが、くっきりと見える頬骨や、首や手に深く刻まれた皺には、これまでの苦労人としての生活が刻まれているように思えてならなかった。この人と出目社長の組み合わせは、いつも高宮を驚かせる。

「梅村さん、お忙しいところすみません、実は酵素産業の歴史について教えていただきたくて」

それを聞くと梅村はにっこりと笑った。勉強熱心な生徒が放課後に職員室まで訪ねてきた時の先生のような顔だ。

「さては高宮さんもすっかり酵素の魅力に取り憑かれましたね。自分もその一人ですので、私なんかで良ければいくらでも話しますよ。先ずはそうですね。そもそも酵素利用の起源は紀元前三〇〇〇年の古代メソポタミア文明と言われてまして、ビールの醸造に麦芽が」

「あ、そこまで遡っていただかなくても……」

「これは失礼。初めて酵素として認識されたのは十九世紀の出来事で、麦芽の抽出液からジアスターゼが」

「あの、もう少し手前で……」

「梅村さん、カンコーをご存知ですか？」

天恵が横から入ってくる。特に相手と関係性が無い場合、慎重に構えて相手に合わせるタイプと、気にせず自分のペースを貫くタイプがいる。天恵は明らかに後者だった。

「カンコーですか、聞いたこともないですね。その会社がどうかしたのですか？」

「昔、鶴丸が出資していたらしいんです。そこで嘗て爆発事故が起きて、従業員が亡くなったとか。バカバカしい話なんですけど鶴丸のお偉いさんが『デメテルは同じく酵素製品メーカーだが大丈夫か』とかなんとか言い出してまして、大丈夫と言い切る為にわたしたちが調査しているんです」

「それはまた、高宮さんも大変ですねぇ。いや、私も大企業と仕事をしていたことがあるので分かりますよ。前例やら何やらを気にして慎重になるというのは、よくある話です」

梅村は腕を組んでうんうんと頷いた。

「でもそれだったら、鶴丸食品さんの社内に記録が残っているんじゃないんですか？　わざわざ高宮さんが一から調べなくても」

「ほんともう、本来はそうあるべきなんですよ。でも二十年以上前の案件なので、全然記録が残っていないんです。うちのグループ、豊富な事業経験が最大の武器とか謳っているくせにその辺が終わっていて」

「それも、大企業あるあるですね」

カンコーを知らないのではしょうがない。酵素業界に一番詳しい梅村が知らなければ、デメテル社内に知っている人がいる可能性は低い。

「それでは、ReacTecという会社はどうでしょう?」

手ぶらで帰るわけにはいかない。少なくとも、次に繋がる何かを見つけたかった。

「リアクテック、ですか」

聞き返す時の声のトーンで、これは空振りだなと思った。案の定、梅村は「お力になれずすみません」と頭を掻いた。

「梅村さん、LENZの方はどうですか? 出目社長からは、デモプラントの操業が上手くいっていないと聞いていますが」

「上手くいっていないわけではないです。経済性はまだまだですが、御社からの出資のおかげで改良した小型の反応器《リアクター》は正常に稼働しています」

そう言うと梅村はスマートフォンを取り出した。画面を横にして高宮たちに見せる。それは稼働中のリアクターの動画で、大きなモーター音が絶え間なく聞こえてくる。

画面の真ん中には円柱型の容器のようなものが映っている。四本の細い柱で持ち上げられるようにして床から浮いており、天板からは更に細い鉄管が何本も伸びているのが見えた。色は光沢のある銀白色で、胴体の部分には白い太文字で「R-X」と書かれている。

高宮が小声で「小学校の給食で、みそ汁とかカレーを運ぶ時に使った容器に似てるわね」と言うと、「ずっと私立で弁当だったから分かりません」と天恵は可愛げなく答えた。

「今画面に映っているのが、LENZの製造装置ですか?」

天恵の質問に梅村は頷くと、動画を止めて別の画像を表示した。リアクターの断面図のようで、中には反応槽を掻き回すためのプロペラが描いてある。

「LENZでは最新のバイオリアクターを採用しています。そもそも石油化学とは根本的に異なるプロセスなので、爆発事故の可能性も格段に低いです」

「爆発事故が起きる可能性はゼロ、ってことですか？」

高宮が食いつくと、梅村は困ったように頭を掻いた。

「ゼロと言い切るのは怖いですが……。条件によっては、反応時に副産物として可燃性ガスを生成することも有り得ますよ。でもそんなのはあくまで製造者が狙って作るものなので、偶然できるとは考えにくいです」

高宮は梅村から見えないようにノートを抱えて、大きく「爆発はゼロ！」と書いてぐりぐりと丸で囲んだ。「だから、ゼロじゃないですって」と囁いてくる天恵は黙殺した。

「なので、お二人から今の説明を伝えていただければ御社の中でも御納得いただけるんじゃないかと思いますが」

口調は丁寧ながらも、梅村の声には「それ以上何を望むのですか？」という純粋な疑問と疑念が含まれているように感じた。高宮はこういう時、自分に決定権がないことを呪う。

「いやもうほんと、ほんとそうなんです。誰も覚えてないような昔の事故と御社の技術は全く違うのに、なかなか社内は納得してくれないんですよ」

「まぁ私としてはお金の出どころはどこでも良いので、暫くは社長が獲得してきた助成金で何とかします。社長も自由にお金を使わせてくれて、今が最高の環境なんですよ。ですが実際に量産化に移る前には纏まった資金が必要なので、引き続きよろしくお願いします」

純粋そうな梅村の瞳に見つめられて、高宮は思わず目を逸らしてしまった。タイミングよくドアがノックされていなければ、結構気まずい場面だった。

「おぉ、麻綾ちゃん、まいど」

のしのしと尾藤部長が入って来た。さっきまで製造現場にいたのか、胸元にデメテルと山吹色の刺繍が入った、くすんだ蓬《よもぎ》色の作業着を着ている。体型と相まって、蓬餅のような見た目だ。その隣にいる、高宮も初めて会う細身の男性が爪楊枝に見えてきた。

「良い機会なんで紹介しますわ。こいつ、昨年中途で入ってきた角田《つのだ》いうもんです」

「角田勇輝《ゆうき》と申します。今は製造部で研修中ですが、もう少し経験を積んだら梅村部長の下でＬＥＮＺの開発に取り組む予定です。これからよろしくお願いします」

「うちの期待のホープなので、お手柔らかにお願いします」

梅村部長が悪戯っぽく笑うと、角田は「いやいやいやいやいや」と顔を赤らめて両手を振った。

角田は高宮のメーグルに強い興味を示し、また今度詳しく教えてくださいと言うとそのまま会議室を後にした。

残った尾藤にもカンコーのことを聞こうとしたが、「あかんあかん、酵素の知識のことで梅村部長が知らんかったら、わしが知るわけないわ」と言われてしまった。

帰り際、尾藤の提案でリアクターの動画を共有してもらえることになった。これだけ立派な製造設備で研究開発を進めている、というアピールに使ってほしいとのことだ。

「要は、麻綾ちゃんの力で御社内のおっさんらを黙らせてほしいんですわ」

豪快に大口を開けて笑ってみせる割には、尾藤部長の目は真剣そのものに見えた。

相当重い動画ファイルだったようで受信には時間がかかったが、高宮にはそれが尾藤と梅村からの期待の重さを受け止めきれない自分達の現状のように感じられて無性に腹が立った。

「せっかく大阪にまで来たのに、無駄足でしたね」

デメテルから出るなり、天恵がバッサリと言い切った。

「そんなことないわ。酵素の製造プロセスで爆発事故なんて普通は起きない、って分かったじゃない。梅村さんが言うように故意に狙うわけじゃないんだから、デメテルは絶対安全よ」

「製造に関して、鶴丸の審査部隊はズブの素人です。理解してもらえるか怪しいですって」

それぐらい理解しなさいよ、と高宮は毒づくが、高宮自身も完全に分かっているわけではない。

梅村の言うことをただ鵜呑みにしている状態だ。

「カンコーの爆発事故は誰かに意図的に起こされたと証明するのも、今となっては無理ゲーです。カンコーに関する手がかり、結局は皆無だったんですから」

それに、と天恵は続けた。

「もともと梅村さんが言っていたのは、爆発事故の可能性も格段に低い、です。絶対に起きないとは言っていません」

「この世に絶対なんて絶対ないでしょ」

恩賀の文書箱を見つけてから一週間が経つ。同じ場所でずっと足踏みをしている感覚がしてきた。

「ゲームでダンジョン攻略してる時、いつプレイヤーが一番離脱しがちか分かります?」

「何よいきなり」

「次、どう進めばいいかの手がかりが全く無い時だと思うんです。面白くないゲームは、必要以上の徒労感と無力感を感じさせちゃうんですよ」

現実は、誰かが自分達を楽しませるために作ったゲームではない。天恵の愚痴は的外れだとどやすのは訳ないが、言いたいことは分かる。デメテルも高宮も手詰まりなのだ。

「てかよくよく考えたら、カンコーのリアクターがどういう様式のものだったかが分からないと比較すらできないわね。あたしは国会図書館で昔の新聞漁ってくるから、あんたは鶴丸のデータベースをもう一回当たってくれる?」

まだまだやるべきことは山積みねと、高宮は努めて元気に声を出した。平井部長の「声出していけよ」の大切さが分かった気がした。どうしようもない時でも、声を出すことくらいはできる。

「何か見つかればいいですけどね」

そう言ってフラフラと歩き出した天恵の表情は、高宮からはよく見えなかった。


二十時を過ぎてもフロアの一部が活気付いているのは、取引先の多くが夏休みに入って余裕ができたことの他にも理由があった。

高宮の向かいには天恵、後ろには椅子を持ってきて桑守が座っている。つい先ほどまでは隣に溝畑もいた。

高宮と天恵が終業時間後にこそこそ調べ物をしていることは、周りも気付き始めていた。早くも手詰まり感のあった高宮としては、出し惜しみするよりも多くの人の手を借りたいと思っていたところだったので、これまでの経緯を桑守と溝畑にも口頭で説明した。

「ロンドンへの海研を蹴ったって聞いてたけど、そういうことだったのか」

「なんか上手く丸め込まれた感じがして、ムカつくじゃない」

口を開きかけた桑守はそのまま静かに息を吐き出すと、「俺には理解できないな」とだけ呟いた。

高宮自身にも、自分がここまで意固地になっている理由は分からない。つくづく息苦しい生き方だなと思う。

「メーグル、俺たちの手で何とかしよう」

少し考え込んだ後、桑守は熱っぽい口調でそう言った。

「麻綾先生に早く偉くなってもらわなきゃ、俺も同期のよしみで引っ張ってもらえないからな」

おどけたように言う桑守に、高宮は「何それ」と笑った。入社年次が同じというだけだが、心強い同期の存在が有難かった。

子どもが生まれたばかりの溝畑は十五分ほど前に名残惜しそうに帰って行った。「頼むよ、俺だけ除け者にしないでくれ。まだ心は若手で、俺だってほんとはお前らと冒険したいんだ」と悲痛な訴えを残していた。

「カンコーの事故、新聞沙汰になっていたんですね。当然といえば当然か」

高宮が国会図書館に行って入手した新聞のコピーを眺めながら、天恵はつぶやいた。

カンコーなんて会社は端《はな》から存在しなかったし、鶴丸の出資先で爆発事故なんて起きたことはない。全てはメーグルを頓挫させるために真砂室長たちがついた嘘で、温水社長や平井部長は渋々それに従うしかないのだ――。〇・〇一パーセントくらいは、その可能性もあるのではないかと高宮自身も淡い期待を抱いていたが、目の前の新聞記事がその筋書きを無慈悲にも却下していた。

『鶴丸食品の子会社で爆発事故　カナダの神田酵素研究社で一人死亡』

「亡くなったのは当時鶴丸食品から出向中だった神田酵素研究社副社長の志村典俊（35）。リアクターの誤作動による爆発に巻き込まれたのが死因……。これ見たら、僕でも危ないかもと思っちゃいます」

「これが実は事故ではなくて殺人事件でした……ってなったら、現地でポリスの首がいくつ飛ぶかしらね」

「どうなんでしょう。向こうの警察はその辺厳しいんですかね」

日本ではなく外国で起きた事件とあって、カンコーの爆発事故はそこまで大きい見出しではなかった。何度しつこく読み返しても、そこに書いてある以上のことは何も分からない。

「お前ら、随分と厄介なことに首突っ込んでたんだな」

桑守がしみじみとした声を出す。

「ちがうわ。元はシンプルなのに厄介なことにしようとするムカつく連中がいるだけよ」

高宮の吐いた毒を無視し、桑守は腕組みをして続けた。

「麻綾は来なかったけど、昨日、ビジコンのファイナリストたちで勉強会と懇親会があったんだ。その時に本店の上の人たちとも仲良くなったから、俺も上手く探ってみるわ」

桑守は何の疑いも持たずに鶴丸食品のことを本店と呼ぶ。やるべきことが見つからない時ほど、細かいところが気になってしまう。自分の手首を強く握り締めることで高宮はイライラをこらえた。

「勉強会って、具体的に何をされたんですか？」

天恵に質問されて、桑守は得意そうに「社外秘だからここだけにしてくれよ」と言って自分の席に向かい、引き出しからプリントの束を取り出して持ってきた。

「撤退事案の総括や立ち上げ時の教訓なんかはたまに発信されるけど、実は書けない内情があったり、個人の責任が絡んで共有しきれない情報っていうのもあるだろ。きっちりまとまった報告書という形じゃないけれど、もっと当事者たちのドロドロした感情が表れているメールのやり取りだとか、部内にだけ送っていた定期報告書とかさ」

大袈裟な身振りで語る桑守の目は「俺は本当に大事なことが何か分かっている」と言っているようで、とても活き活きして見えた。

「そういうのを社内から引っ張り出してきたりして、仲間内でケーススタディをすることにしたんだ。社名とか個人名が出てくる部分は黒塗りだけどな。自分達ならどういう判断を下したか、とかを議論してさ、ハーバードのビジネススクールでやっているようなもんだよ。麻綾も来れば良かったのに」

「あほらし。あたしはそういうおままごとはごめんだわ」

分かってねぇなぁ、という桑守の表情が視界に入って、高宮はイラつきながら視線を手元の新聞記事のコピーに戻した。

「昨日のディスカッションで現場の実情とか色々知ったんだけど、やっぱこういうのが経営って言うんだよなぁって俺は改めて思った。現場と向き合って事業に責任を持つっていうのは、冷房の効いたオフィスで足組んでポンチ絵を描くことじゃないんだよ」

あんたが一番そういうことやりそうだけど、という言葉を高宮は飲み込んだ。桑守の足元に目を遣ると、ほとんど擦り減っていない磨かれた革靴が目に入った。

高宮の冷たい視線には気付かず、桑守は何枚か資料をめくってご機嫌に続けた。

「たとえばこれ。ある出向者は毎朝六時に工場でモップ掛けするのを日課にしていたんだけど、感化された現地従業員たちが五時に出社して代わりにやってくれた、っていう感動的なエピソードもあってな。麻綾がよく言う『たまらない』って、こういうことなんじゃやないのか？」

「そのＴＨＥ昭和な感じ、僕には生理的にムリっすね」

眉間に皺を寄せた天恵が即答する。

「ちょっと待って、その部分見せてみて」

桑守からひったくるように資料を奪い取ると、高宮は食い入るように読み始めた。

「やっぱ麻綾先生は分かるか。ＴＳＦじゃなかなか出来ない経験だろ。俺も早く本店で……」

「あった！」

桑守の話は高宮が突然上げた大声に遮られた。

「な、たまらないだろ？」

「んなわけないでしょ。そんな安っぽい感覚じゃないの。それよりこれ、カンコーのことよ」

カンコーの足跡が意外なところから見つかった。興奮冷めやらぬまま、高宮は落ち着いてもう一度頭から読み返した。

《有志勉強会　～　現地従業員との絆編　～》

◆三十代　カナダ製造メーカーへの出向者の手記（役職：副社長）

――《出向者の手記　③》

今回は社内イベントについて書きたいと思います。

先週末、従業員のご家族を招いて簡単な工場のミニツアーを行いました。いつもはぶっきらぼうにしているトムが、自身の仕事を娘さんに紹介する時に見せた照れ臭そうな、それでいて誇らしげな表情が今でも目に焼き付いています。私たちは従業員とその家族のことを第一に思っている、というメッセージがうまく伝わっていれば良いのですが。

新技術の開発や稼働率の向上ももちろん大切です。ですが、こういう生のコミュニケーションこそが大きな成果の下支えになるのだぞと証明してやろうと、私も些《いささ》か躍起になっております。一年間のP／Lは経営者にとっての通信簿のようなものです。今年度の成果を皆様にお見せするのが今から楽しみであります。

[redacted]【１９９９年　４月　３日】

――《出向者の手記　④》

今回は、私のここ最近一番の感動を共有させてください。

いつもの通り朝六時に出社すると、なんと工場が既にピカピカになっていたのです。そしてその横には、得意そうな顔をした従業員たち。呆気に取られていると、「副社長が早起きなせいで、今日はだいぶ早く来なきゃいけなくて大変だった」とはにかみながら言うのです。時間はかかったが、ようやく彼らと心が通じ合い始めた。[redacted]に来て良かった。そう思って、その場で感極まってしまいました。

正直言って本店からの利益目標は厳しく、頭を抱えたくなる時もあります。しかし、この素晴らしい仲間たちとならどんな困難も乗り越えられる気がします。ＦＢが心血注いで作り上げた次世代型反応器も、来週から稼働予定です。今年度は、我々の飛躍の年です。

[redacted]【１９９９年７月５日】

天恵は黒塗りの部分に指を添えて何やら数えている。おそらく、「カンコー」の四文字がぴったり当てはまるか確認しているんだろう。高宮にはカンコーも、執筆者である志村典俊の文字も、どちらも黒塗り箇所の上にくっきりと浮かび上がって見えた。

「今の俺の話だけでよく気付いたな」

「海外への出向者がみんな律儀に早朝モップ掛けをしてるわけないでしょ」

恩賀の文書箱から出てきたボロボロの顚末書を取り出して、指で指し示す。

——　**今朝は朝の六時には工場に出向き、製造エリアのモップ掛けをすることから一日を始めました。眠い眼をこすりながら出社してきた工場長が半ば呆れた顔をして驚いていたのが印象的でした。これを私の日課にしたいと思います。**

「この志村さんって人、三日坊主で終わらなかったみたいで助かったわ」

「高宮さん、そんなちょびっとの記載、よく覚えてましたね」

「当たり前でしょ。この歯抜け顚末書をこっちは何回読んだと思ってんのよ」

桑守が止めるのを無視して、手記の部分をコピーする。③と④の二回分しかついていないのは残念だが、それでも大きな進歩だ。顚末書と一緒に保存袋の中へ入れておく。これで顚末書と、出向者の手記が①から④まで揃った。

「顚末書にも出てくるFBって誰なのかしら」

イニシャル呼びだから黒塗りにしなくても大丈夫、と編集した人は思ったのだろうか。その雑な判断はある意味正しく、それ以上何も分からなかった。

「そういえば、恩賀さんはどうしてそんな顚末書をうちに残して行ったんだ？　カンコーって本店の案件なんだろ。そういうのを入手できるルートがあるほど、本店の人たちに刺さってたのか」

「TSFに誰かが出向する時に持ってきて、その恩賀さんって人に渡したんでしょうか」

「これがここに来た経緯なんてどうでもいいわ。桑守のお勉強会の資料を見て改めて思った。この謎文書の完全版が見つかればいいのよ。どこかには絶対あるはずだから」

　高宮は恩賀が残していった保存袋を叩いた。TSフードサービスの中は探し尽くしたから、やっぱりあるとしたら鶴丸の中だ。こういう時、もっと自分も鶴丸食品の社員と仲良くしておくべきだったとも思う。高宮は昔から親会社の社員とは距離をとりがちだった。顛末書の完全版さえ見つかればカンコーでの死亡事故の全容が分かり、メーグル実現への突破口が見つかるはずだ。小出しに見つけていくしかない現状が焦《じ》れったい。

「天恵、鶴丸のオフィスに忍び込んで片っ端からキャビネット調べてきなさいよ」

「無理ですよ。出向中の僕が夜遅くに鶴丸ビルにいたら怪しすぎます。寧ろ、顔の割れていない高宮さんとか桑守さんの方がたぶん怪しまれないです」

「本店には、フロアに常駐している外部コンサルとかいるだろ。そういうオフィスに出入り自由な部外者を上手く買収できないかな」

　桑守があくび混じりに返す。椅子を思いきり倒して寝転がるようなふざけた姿勢でしてくる提案は、中身もふざけたものだった。

「何百億も動くような交渉とか修羅場だったら、そういうドラマみたいなことも本気で行われるのかしらね」

　自分だって本気だ。だが、さすがにスパイを送り込むようなイカれた真似はできない。もし手元に自由にできる大金があれば、そういうプロを雇ってまで本件を追いかけるかどうか、高宮は一瞬考えた。

「ってことで、やっぱりこれは天恵の担当ね」

天恵からは「もう聞ける人には聞いたんですけど」とボソボソ聞こえた。若手の情報網にも限界があるのかもしれない。「やれるだけやってみますけど」と言い残し、天恵は荷物をまとめてフロアを出て行った。

「桑守もお手柄よ。また何か見つかったら教えてよね」

あたしも何かしなくちゃ。誰かが成果を上げてくるのを待つのは性に合わない。頭の中でアドレナリンが再び出て、いてもたってもいられなかった。

高宮が連絡を取れて、尚且つ空振りにならない相手。大きくため息をつくと、引き出しから名刺を整理したバインダーを取り出す。それぞれの名刺には初めて会った日付と、後から思い出しやすいように出会った時の印象を右上にメモしている。ムカつく記憶と共にその中から一枚を取り出した。横から覗き込んだ桑守が吹き出した。

「『正義の味方気取りナルシストクソ野郎』、って流石に酷すぎないか?」

「酷いかどうかは、この後の対応で分かるわ」

そう言うと高宮は名刺を見ながら、書かれているアドレス宛にメールを打ち始めた。

「まさか高宮さんからご連絡が来るとは思っていませんでした」

「いやぁ、すみません。先日はわたしも頭に血が上っていて、思ってもいないことを口走ってしまいまして」

思ってもいないことを口にしているのは今まさにこの瞬間だなと、高宮は自席で足を組みながら思う。

高宮からのメールを見た風間から電話があったのは、翌日の午前中であった。

「ほんとすみません。タブレット、大丈夫でしたか？」

風間の手を払った時に床に落ちたタブレット、派手な衝撃音から察するに画面がバキバキになっていないとおかしい。

「総務部に見せたら、新機種に更新する良い機会になりました」

ニコリともしない風間の顔が浮かぶ。

「で、メールの件ですけど。御社内でもレポートを書く必要があるからカンコーについて詳しく知りたい、でしたっけ？」

「そうなんです。鶴丸さんの中で何か顚末書だとか、事件の概要が分かるようなものってお持ちですよね？」

高宮個人の希望ではなく業務上の理由で必要という形にしたのは、風間自身のことを信用できていないからだった。天恵を除き、親会社の連中のことはやはり仲間とは思えない。

「まず、特に書面では残っていないという認識です」

「いやいやいや、それはないでしょう。過去の案件、しかも死亡事故を起こした案件について資料が残っていないなんてことあります？　絶対何かあると思うんですが」

少し沈黙があった後、風間がため息をついた。その後の声のトーンで、電話口の向こうで苦々しい表情をしているのだろうと想像がつく。

「そこは、高宮さんのおっしゃる通りです。私だって、この案件に関する詳細な書類が残っていないのはおかしいと思う」

「おかしいと思う、じゃないですよ。御社の問題でしょう？　それじゃあ、そもそも今回は誰が何に基づいて指摘してきたんです？　真砂室長とかですか？」

「いえ、最初に指摘をしたのはうちの本部長です。本部長はビジコンを欠席していたので、気付くのが遅くなりました」

そう言うと、風間は口頭で説明を始めた。聞き逃さないよう、高宮は急いでスマートフォンを耳と肩で挟みノートを開いた。

当時の新聞にも書かれていた通り、爆発事故に巻き込まれたのは鶴丸食品からの出向者だったらしい。不運な事故の犠牲者であり、『出向者の手記』の執筆者でもある志村典俊氏はカンコーでは副社長を務め、営業活動全般の統括をしていたそうだ。

「営業担当が爆発事故に巻き込まれるなんて有り得ます？　実は誰かに仕組まれたものだった、っていう可能性はないですか？　だとしたらもう事故じゃなくて事件、殺人事件です。そうしたらもはやメーグルとは何の関係もないでしょう」

「高宮さん、そんな馬鹿な話あるわけないでしょう。ドラマの見過ぎですよ。現地の警察が調べて、事故だと断定したんです」

「だからぁ、その警察の捜査が間違っていた可能性もあるでしょう。一昔前の海外の警察の仕事ですよ。いい加減だったかもしれないじゃないですか。それを調べるために、当時の詳しい記録が必要なんです」

　はぁ、と風間のため息が聞こえる。口調が諭すようなトーンに切り替わった。

「御社内でのレポートというより、諦めきれない高宮さんが色々と勝手に動かれているだけなんじゃないですか？　あれだけ止められて、まだイケると思ってます？」

「当たり前でしょ！　上司に止められてハイ分かりましたみたいな、そんな中途半端な気持ちで仕事してません！」

　ふと視線を上げると、向こうの席の小西さんと目が合った。興味津々な顔でこちらを見ている。我に返って周りを見渡すと、皆自分のパソコンを食い入るように見ているが誰一人手が動いていない。高宮の電話にじっと聞き耳を立てているのがバレバレだ。

　大声で話す内容ではないと思い直し、高宮は席を立った。廊下に出るまで黙っていると、しばらくだんまりだった風間が話し出した。

「……すみません、失礼しました。私も、今回の上の対応には強い不信感があります」

　あたしはあなたにも不信感があるんですけど、という言葉を高宮は飲み込んだ。罪悪感は相手に持たせておくに限る、というのが高宮の持論だった。

「風間さん、私はただ、真実が知りたいだけなんですよ。カンコーと関わりのあった人たちに話が聞きたいんです。お力を貸していただけませんか」

　廊下に出たのは、急に聖人ぶったセリフを吐く姿をトレ三のメンバーに見られたくないからでもあった。お力を貸していただけませんか、と謙虚に言ってみせながら、高宮は足をクロスさせて壁にもたれかかった。

「繰り返しになりますが、当時の関係者の記録は殆ど残っていません。本部長から共有されたメモには、爆発事故を起こした後にカンコーが他社に資産売却をして事実上消滅したことしか書いてありませんでした。売却先の企業についても、既に潰れているようで追えません」

やはり売却先のReacTecは潰れていたのだ。道理でいくら探しても見つからないわけだった。

「当時カンコーで社長を務められていた神田《かんだ》利三《としぞう》さんという方は、高齢で既に亡くなられています。あと現地にいた日本人で、立ち上げの時に雇った製造・技術部長がいたそうです。本名の記録はないのですが、カンコー内ではその見た目からＦＢと呼ばれていたとか」

ＦＢ。その名前を聞いて、高宮のスマホを握る手に力が入った。告発文が正しければ、志村氏は「会社とＦＢ」に殺されたのだ。

「ＦＢって、イニシャルとかじゃないんですか？」

LinkedInでもFacebookでも、本名さえ分かれば検索して繋がれる可能性がある。そういえばFacebookもＦＢだなと、ふとどうでもいいことを思った。

「いえ、見た目から付けられたあだ名らしいです」

風間も鶴丸の中で独自に調べていたらしい。遥か昔に神田利三に会ったことがあるという、定年間近の社員を探し当てて話を聞いていた。

その人曰く、神田元社長は爆発事故についてあまり語りたがらなかったが、カンコーを清算した後に行方をくらませたＦＢのことは気に掛けていたという。

「かなり太っていて、いつも鼻息荒く雄牛のようにフーフー言いながら機械に顔を近づけて睨めっこしていたからＦＢ、だったらしいです。その由来も本当か冗談かよく分からないんですが、カンコーの社内でも結構変わり者でインパクトのある人だったみたいですよ」

ＦＢは普段は物静かだが、製造機械のことになると人が変わったように饒舌《じょうぜつ》になり、機械や技術をまるで最愛の我が子のようにかわいがっていたという。

「うちの社員はカンコーを清算した後の書類手続きのために神田元社長を訪ねたそうで、元社長に会ったのはそれが最初で最後。残念ながら、今お話しした以上のことは何も聞いていないそうです」

その他には、風間も何も知らないようであった。

何か分かったら連絡ください、とだけ言い残して高宮は電話を切った。柄にもなく、弱々しい声を出してしまった。

風間との会話で分かったことは、ＦＢがどんな人だったかということだけだ。しかも、結構どうでも良い情報に思える。あたしはいつまで先の見えない綱渡りを続けるのだろうと思うと、苛立ちよりも疲れがドッと出てくるのを感じた。


「鶴丸の風間さんって完全食とかサプリメントでできてそうよね。なんか効率だのコスパだのを追い求めた結果、血も心も冷たくなっちゃった感じ。きっと血の色は緑よ」

「大した収穫がなかったからって、ちょっと手厳し過ぎません？」

周囲はもう帰宅して、今日も残っているのは高宮と天恵だけだ。自然と雑談の声も大きくなる。

「僕も噂で聞いただけですけど、風間さんってああ見えて猫カフェとか好きらしいですよ」

「風間さんのＦＢ小話が独走状態だったけど、今のであんたが情報量ゼロオブザイヤーの首位に躍り出たわ」

こういう会話が始まると、互いに集中力が切れてきた合図だ。日が暮れてクーラーが弱まったオフィスで、高宮はダラダラとキーボードを叩いていた。

「今日話して分かったのは、製造・技術部長が太って雄牛みたいな見た目だからFBってあだ名ってだけ。何よ、それ」

カフェイン補充のために、一階のコンビニで買ってきたエナジードリンクを開ける。プシュッという音と共に、エナドリ独特の匂いが席の周りに広がる。普段はモンスターエナジー派だが、今日はなんとなくRed Bullを買ってきていた。

「あ、それです」

天恵が高宮を指差す。促されるままに手元の缶に目を遣る。青と銀の背景を背に、赤い雄牛がぶつかり合っている。

「太った雄牛でFB。Red Bullならぬ Fat Bullです」

「くっだらね〜〜〜」

FBに何か重大な意味が込められているのでは、そう信じたくてピンと張り続けてきた緊張の糸が一気に緩むような感覚がした。せっかく生えかけた翼が一枚ずつ抜け落ちていくようだ。

「ちょっと、頼むわよ天恵。太った牛に見えるから Fat BullでFB、なんて手がかりとして最悪じゃない。次にやることは、LinkedInで牛っぽい雰囲気の鼻息荒そうなデブに一人ずつコンタクトしていけってこと?」

いや、と天恵は神妙な顔つきで黙り込んだ。手元で何か書いて、それらを見比べている。

「カナダということは、FBのBはBullじゃなくてBuffaloかも……」

「もういい、マジどっちでもいい。やめて」

飲み干したRed Bullの缶すら忌々しくなって、高宮は両手でベコベコに凹ませた。力任せに潰したせいでバランスが取れず、机の上に倒れた空き缶から黄色い液体がこぼれる。何から何まで気に食わない。

「そもそも僕ら、事故の概要すらよく分かってないですよね。分かっているのは、志村さんっていう鶴丸の社員が二十年以上前に爆発事故に巻き込まれたってだけ」

「当時の資料がここまで見つかってないのよ。きな臭い何かがあるのは間違いないじゃない」

何かはある。ただ、その何かにたどり着ける気がしない。コンパスも地図も持たずに、同じところをぐるぐると回っている気分だ。天恵に言わせれば、不親切設計のクソゲーなのだろう。

「高宮さん、怒らないで聞いてほしいんすけど」

「無理」

「いや、まだ何も言ってないじゃないですか」

少し間が空いた。聞こえてくるのは高宮のパソコンのファンが回る音だけだ。さっきまで平井部長もオフィスに残っていたが、「はい、はい。今から。はい、分かりました」と言ってジャケットを着込むとどこかに行ってしまった。口調と出で立ちからして、大方客先からの急な呼び出しで会食に向かったのだろう。ああいうのを見ると、偉くなるのも面倒だなと思ってしまう。

ふと、去年会社を辞めた一個下の後輩のことを思い出した。「上の人とか見てて思ったんです。この会社で偉くなってもしょうがないなって」と言い残して辞めていった。当時はなんだこいつ偉そうにとしか思わなかったが、あれだけ思い切りが良ければ人生もっと楽しかったのかもしれない。

天恵が立ち上がって高宮の横に来た。キーボードを打つ手を止めて、高宮は椅子の背にもたれかかる。

「メーグルは一旦横に置いて、他の事業案を考えるのはどうですか。デメテルの売却も今すぐじゃなくて、しばらく猶予もらったんですし。他のこと考えてたら、上手い接続案が浮かぶかもしれませんよ」

「分かったような口利くんじゃないわ。良いアイデアなんて、そんなポンポン思いつくわけじゃないのよ。あんたも一回考えてみたら良いじゃない」

「メーグルは面白いと思いますよ。でも、高宮さんがそこまで拘る理由がいまいちよく分からないっていうか」

分かられてたまるか。あたしだってよく分かってないんだから。同じようなことをエリにも聞かれたのを思い出した。

自分の優先順位に納得してお金のためと割り切って働きまくるエリ。ゆらゆらとしているように見えていつのまにか結婚してちゃっかり幸せを渡り歩いているように見える風香。今どこで何をしているか分からないがきっと自分にしかできない何かをしているであろう恩賀さん。比べる必然性がないのは分かっているが、色々な人のことを無意識に意識してしまう。今頃、溝畑先輩は生まれたばかりのお子さんをお風呂に入れているのだろうか。辞めていった後輩は、笑顔でやっているのだろうか。

何も掴んでいないように見える自分を突きつけられると分かっていて、手持ち無沙汰な時間に気づいたらＳＮＳを開いて他人の活躍を目にしてしまう。目に映る全てが疎《うと》ましい。怒りや苛立ちが原動力ではこの先ずっと孤独なままだと分かってしまったのは働き始めてすぐで、突き進めばどこかにはたどり着いていた受験や部活がある頃はとてもラクだったのだとも気付いた。

「あたしだってようやく見つけたのよ。そう簡単に手放せるわけないじゃない」

メーグルが生まれたことで、自分の中に重さができた。無遠慮に吹き荒れる他人の活躍の嵐に晒されても、それに背を向けずにおめでとうと言えるだけの余裕が、ずっしりとした重石となって高宮を支えてくれていた。これがなくなったら、あたしはゼロじゃなくてマイナスだ。

いつまでも顔を上げない高宮を見て諦めたのか、天恵は自分の席に戻って帰り支度を始めた。

「余計なお世話だと思いますけど、気を張りすぎちゃダメです。あんまりオフィスに残ってると、また係長がモジモジしちゃいますよ」

お先に失礼します、と言って天恵はオフィスを後にした。自分でも訳が分からずむきになってしまい、高宮はそこからしばらくキーボードを打つ手を止めなかった。


次の日の十一時を少し過ぎた頃、外出から帰ってきた平井部長がそのまま高宮のところまで来て声をかけてきた。先に会議室に向かった部長を追いかけようとして立ち上がり、なんとなしに周囲を見渡す。何も変わらない、いつもと同じオフィス。茂地係長は電話なのにペコペコと頭を下げ、溝畑先輩は後ろの事務職の子と雑談をしている。昨日と同じ光景で、恐らく明日も、一ヶ月後も一年後も変わらないだろう。ビジコンを機に自分の人生が何か大きく動く気がしていたのに、こんなのってあんまりだ。もう一度ロンドン行きの話が出たら乗ってもいいかもな、と頭の中でちょっと考えながら会議室のドアを開けた。

「おい高宮、今日お前ちょっと元気ないな。ちゃんと寝られているのか」

向かい合って座るなり、机の上で腕を組み心配そうな表情で平井部長が覗き込んでくる。わざわざ個室に呼ばれるほどお疲れな雰囲気を出していたのだろうか。「いえ、大丈夫です」と大丈夫じゃないような声で返事をする。

「海研の話は流れたが、ちょっと別の仕事をして気分転換するのも良いかもな。三課の仕事、長いだろう。マーケティング二課なんてどうだ」

「マケ二ですか」

同期の桑守がいる課だ。この話が本題なのか雑談なのか分からず、いまいち気乗りしない返事をする。

「それか、今度新設されるデジタル四課なんか向いてるかもしれないな。うん、高宮のピカピカな事業構想力はむしろそちらで活かすのが良さそうだ。デジ四の一期生、どうだ」

「今日のお話って、異動の打診でしょうか？」

言われた通りに異動して、指示通りの仕事をする。それであたしは良いんだっけか。

カンコー爆発事故の手がかりを失って、仕事へのモチベーションも思考も失速していた。このまじゃ良くないことくらい分かっている。別の課で心機一転がんばりながら、天恵の言う通り別の手立てでメーグル事業化を追いかけるのも良いかもしれない。いよいよメーグルがダメになったら……。それはまぁ、その時に考えることにしよう。今はあまり頭を使いたくなかった。

「いや、異動はあくまで例えばの話だ。少なくとも直近は、高宮にはトレ三でしっかり頑張ってほしいからな。ただ、他の課で何かやりたいことが出てきたら、いつでも言ってくれ。俺は最大限、高宮の希望通りにしたいと思っている」

はぁ、と気の抜けた声を出して頭を下げる。こんなに気を遣われている自分もダサいなと思いながら、でもどうしようもないじゃん、と心の中で言い訳をする。

「今日はもっと実務的な話で呼んだんだ。デメテルの株式売却の件だがな、もう何もしなくて良いぞ」

「え、それってデメテルの株式を持ち続けて良いってことですか?」

頭のスイッチがパチリと入る。メーグルに関わる全てを否定された気分になっていた中で、これは朗報だ。鶴丸の中でも風向きが変わってきたのかもしれない。

自分の中で血流が良くなったようにも思う。やっぱりあたしはメーグルをモノにしたいんだなと確認できて、今ここに存在することに自信すら持てる。

「そうじゃない。売却先の候補が見つかった。候補先やデメテルとの交渉は俺や別の者が担当する。そっちの方が、高宮にとっても気が楽だろう」

一瞬、何を言われたか分からなかった。

今度は血が逆流したようだ。肘をついた左手で額を押さえ、高宮はかろうじて「ちょっと待ってください」と声を絞り出した。右手で押さえ付けても、膝が小刻みに揺れてしまう。

「すみません、あの、仰《おっしゃ》る意味がよく分からないのですが」

「年度末まで猶予をもらっていたのに、申し訳ないと思っている。だが、シード段階の技術を中心に扱うファンドと会話を始めることにした。これは本店が決めたことだ。まず何よりも時間軸優先。一ヶ月以内にディールを終えろというのが指示事項だ。本店でも知っている人は少ないが、高宮には先に伝えるべきだと思ってな」

「勝手なことしないでください！」

我慢の限界はとうに超えていた。頭を支えていた左手を机に叩きつけると、高宮は摑みかからんばかりの勢いで身を乗り出した。

「騙し討ちしないでくださってありがとうございます、なんて言うとでも思いましたか？　もう何一つ分からない。みんな気にしてるのは鶴丸の意向ばっかり。鶴丸のお偉いさんが死ねって言ったらみんなはい分かりましたと集団自決でもするんですか？」

「高宮、悔しい気持ちはみんな一緒だ」

「そんなわけない！」

「お前も三年目だろう。少しは大人になれ。どうしようもならないことなんて、この先たくさんあるんだぞ」

みんなの兄貴分のような面をして、聞き分けの悪い生徒に言い含めるような平井部長の言い方に、言いようのない嫌悪感を覚えた。この人は出向者の中でもマシな方だと思っていたのに。エリも風香も上手くやっているように見えるのに、どうしてあたしばっかり。人だけでなくこの世の全てに裏切られた気分で、高宮は全身が震えた。

「ちょっと、どうしたんだ。外まで声が聞こえてるぞ」

ノックもせずにドアを開け、温水社長が顔を出した。平井部長の姿を確認した後、高宮の方を向いてぎょっとした表情をした。

「高宮くん、どうして泣いてるんだ」

言われて右手を目の下に当てる。頭に血が昇っていた。鼻水と混じってあごまで垂れた涙を急いでハンカチで拭う。今更になって、自分の涙が目に沁みて痛い。

「何でもないです。大声を出してしまい失礼しました」

鼻水をすすって一度頭を下げると、高宮はそのまま非常階段へ走った。分厚い非常ドアに区切られて、ここからは執務室エリアに声が届かない。

「なんでうちのフロアは九階なのよ」

悪態をつきながら、階段を駆け降りる。一気に四階分降りて足が痛い。高宮はしゃがみ込んで壁にもたれかかると、そのまましばらく声を殺して泣いた。


――今、そっちどんな感じ？――

テンション上がり飯と呼んでいる水天宮駅前のパスタとケーキのセットを食べ終わり、高宮は紅茶で一服しつつ会社のスマートフォンから天恵にチャットを送った。一瞬で既読のマークが付き、返信がくる。

――高宮さんが叫んだ後はざわついてましたけど、もう今は割と普段通りです――

どう返そうか考えていると、再び天恵の返信欄がモゾモゾと動き出した。続けて何か書いている。

――唯一いつもと違うとすると、あの平井部長の声が、今も気持ち小さめです――

高宮が一文字「笑」とだけ返すと、「今、お電話いいですか?」と返事が来た。その場で電話をかけると即座に天恵は出て、「すみません、ちょっと待ってください」と言った。数十秒の間、向こうの喧騒が聞こえたと思うと、重いドアが閉まる音がして静かになった。たぶん高宮がさっきまでいた、誰も来ない非常階段のエリアに移動したのだろう。

「どう、みんなちょっとは気にしてる?」

「ちょっとどころか、皆さんめちゃくちゃ気にしてますよ。たぶん僕、小西さんにマークされています。僕が高宮さんと一番連絡を取る可能性高いので」

そういえば会議室を飛び出した時、視界の端に小西さんの姿が映った気がする。

「さすがは小西GMね」

「ジェネラル《General》・マネージャー《Manager》?」

「ゴシップ《Gossip》・マスター《Master》よ」

紅茶のポットを開けて中が少なくなったことを確認して、「すみません、ダージリンおかわりお願いします」と店員に声を掛ける。

「もしかして今、カフェで優雅なティータイム満喫してます?」

「いつもより早くランチに出たから、少し遠くまで来られたわ」

何してんすか高宮さん、と天恵は呟く。「心配して損しました」と言う声は少し面白がってもいるようだった。

「で、何があったんですか?」

「なによ、会議室の外まで聞こえてたんでしょ」

「当事者の話を聞きたいじゃないですか」

平井部長からデメテルの担当を外されたことを説明した。思い出すだけで頭にくる。だが、さっきの背骨から打ち震えるような感情ではなく、さてこいつマジで一体どうしてやろうかと頭を回《めぐ》らす余裕のある冷たい怒りだった。

「大丈夫ですか？　今そのお店の中、高宮さんの貧乏ゆすりで地震騒ぎが発生してません？」

「バカ言わないでよ。あたしはいつでも最高にクールよ」

「会議室では泣き叫んでませんでした？」

「あれはわざとよ。激昂したら無理にでも涙を流して気持ちを落ち着けるのが良いって、昔のジャンプのマンガでも言ってたわ」

「それ見習ったら、高宮さん年中脱水症状になっちゃいますよ」

ふぅ、と天恵がため息をつくのが聞こえた。呆れたような感じではなく、安心したような優しいものだ。後輩に安堵のため息つかれている姿なんて、絶対に誰にも見られたくない。色々なものが溢れて弾けて、今日はちょっと沸点が低過ぎたなと反省する。

「さすがにあたしも今度という今度は反省してるのよ。ナイーブな新入社員じゃあるまいし、上司の前で泣くのは良くなかったわ。反省点その1ね」

「まぁ、大丈夫っすよ。平気な顔してますけど平井部長も結構ダメージきてると思うので、頃合い見て戻ってきてください。ちなみに、反省点その2は何ですか？」

「反省点その2は、やることなすこと中途半端だったことね。天恵、ここから先はこっちから攻めていくわよ」

「……ん？　攻める？」

「国会図書館やデメテルに行ったり、キャビネットひっくり返して前の資料を読み漁ったり、手と足を動かしてるから前に進んでいる気になってたわ。昔のことを調べてばっかりで、こっちから一切攻められてなかった」

天恵に口を挟む隙を与えずに一気にしゃべる。今からすることが根本解決にはならないかもしれない。むしろ高宮と会社の関係性はこれ以上なく悪くなるだろう。それでも、時間稼ぎくらいにはなるはずだ。

「失うものがない人の怖さ、思い知らせてやるわ。あんたはあたしのこと反面教師にして、せいぜい会社とは仲良くしておくことね」

天恵が何か言いかけたが、構わず通話を切った。その後、天恵から折り返し電話がかかってくることはなかった。

ここから先はもう、後戻りはできない。何が正しいかなんて関係ない。大袈裟なという気持ちと、本当に大丈夫かという不安が交互に押し寄せる。あたしだって一応会社員なんだから分かる、こんなことをして大丈夫なわけない。でも、このままだとあたしが本当に大丈夫じゃなくなってしまう。

恩賀の声が頭の中に蘇る。事業が死ぬのはいつだと思う？　うっさいわね、もう恩賀さんに言われなくても分かってるわよ。あたしが絶対死なせない。まだ、こんなところじゃ終われない。

私用のスマートフォンを取り出すと、メッセージアプリからお目当ての人を呼び出して通話ボタンを押す。出てよ、出なさいよ。一息ついて落ち着いちゃったら、もうこんなことできない気がする。今、出なさい。

「何、麻綾どしたの?」

相手は出た。ランチの帰り道か、向こう側の街の喧騒が聞こえる。

「エリ、あんたの彼氏のサトシくん、『ウラヨミ』の記者だったわよね？　ちょっと面白いネタがあるんだけど、繋いでくれない?」

3

さらば愛しき密告者

「高宮、ちょっと来い」

個室に呼び出されるのも慣れてきて、周囲の視線も気にならなくなってきた。この一ヶ月でこれ何回目なのよ、と舌打ちが出そうになる。ただ明らかに今日の平井部長の声は険しく、また高宮自身にも当然心当たりはあったので、大人しく後をついていく。

会議室には見知らぬ男が既に鎮座していた。くたびれた顔をしていて、目の下には色濃いクマが見える。手元には、Ａ４サイズの紙に貼られた雑誌の切り抜きがあり、手書きで雑誌名と日付が記されているのが見えた。ツンツン尖った文字で『ウラヨミ』と書かれている。

「鶴丸食品広報部次長の沢北《さわきた》です」

高宮はひょこっと頭を下げながら、心の中で「朝早くからお勤めご苦労様です」と労《ねぎら》ってやる。

「こちらの雑誌の記事ですが、もうご覧になられましたか。ウラヨミ、という三流ゴシップ誌ですが」

「いえ、そこまで暇じゃないので」

沢北の隣に座った平井部長が、腕組みをして低い唸り声を出す。部下を守る気があるのか、それとも突き出すつもりなのか、高宮にとってはどちらでも良かった。もっとも、座る位置からして自分とは敵対する立場にいるのは明らかであったが。

切り抜きのうち、黄色のマーカーで囲まれた箇所が問題の部分のようだ。大きさにして縦横五センチメートル四方で、その下には写真も付いている。「明日をサキヨミ！」と題された、企業がまだ表には出していない検討中の案件を勝手に書き散らすコーナーの一部のようだ。

『鶴丸食品、酵素バイオベンチャーと共同開発　フードロス問題解決の一助に』

見出しに出ている割には鶴丸食品側のコメントは載っておらず、デメテル出目社長（55）の「デメテルが開発した『ＬＥＮＺ』と鶴丸食品の小売・ロジスティクス機能が合わされば、社会課題の解決に貢献できる仕組みづくりが出来ると考えている」というコメントが記載されていた。写真には、先日梅村に動画で見せてもらったＲ－Ｘを背景にして鷹揚《おうよう》な笑みを浮かべる出目社長が写っている。いやベンチャーではないだろ、と高宮は心の中でツッコミを入れた。

「完全な飛ばし記事です。当然、鶴丸ではプレスリリースも出していない。好き勝手書かれて困ったもんです」

沢北は、怒っているというよりは疲れた表情で淡々と話した。

「もちろん雑誌の発行元にもクレームは入れていますが、本件について既にわが社に幾つか問い合わせも来ています」

そういうのに対応するのが私たちの仕事なのですが、と覇気なく付け足す。自分がなんで呼ばれたのか分からないという表情を作り、高宮も「はぁ」と力無く返した。

「高宮さんがＴＳＦの中でデメテルさんのご担当だったと伺いました。本件について、ウラヨミの記者であったり、社外の人間に話されたりしましたか？」

「いえ、わたしはそんなことしていません」

大袈裟に否定するのもアホらしくなり、言葉少なに返す。

「高宮、本当のことを言え。担当を外された腹いせに、お前がリークしたんだろう？」

「ちょっと待ってください。そんなことして、私に何のメリットがあるんですか？」

思わず「証拠はあるんですか？　証拠を出してくださいよ！」と言いそうになるが、グッと堪える。なんとなく、そういう発言をする奴こそ犯人な気がする。まぁ犯人なのだが。

「出目社長にもさっき電話したが、ウラヨミの記者が訪ねてきたからインタビューに答えただけ、としか言わない。お前が上手いこと言って繋いだんだろう？」

「違います。記事の内容を見ると、ビジコンでの私のプレゼン内容が元になってるみたいですね。あの場に居た観客なら皆さん知っているアイデアだと思いますよ。どうして社内で承認を得ていない事業案について、私が記者にベラベラ話すんですか。四半期決算が振るわなそうなことをマズいと思った鶴丸の誰かが、あることないことメディアに話しちゃったんじゃないですか？」

高宮と平井部長のやり取りを黙って見ていた沢北が口を開いた。デマを言いふらした犯人など誰でも良さそうに見えた。

「書かれてしまったものはしょうがないです。社外対応はこちらがします。ただ、このデメテルという会社の株式は売却の方針で決まっているんですよね？　株式の売却に関わる稟議書は、方針が立った時点で前広《まえびろ》に本店の広報部にも共有してもらわないと。たまに事後報告を入れてくるところもありますが、地味ながらも社規違反ですからね。今回のような社外対応にも影響を及ぼすので、以後徹底をお願いします」

「申し訳ない、本店の戦略統括室とのポテンヒットになってしまっていたみたいだ」

平井部長が苦々しい顔で隣の席に頭を下げるのを見て、意味もなく高宮も頭を下げた。そうするのが自然だと考えたのと、そうしなければニヤけ笑いが丸見えになってしまうと思ったからだった。

「全社広報部宛に、この会社の買収提案や、わが社との事業提携を検討したいという連絡が複数社から来ています。これらについては後でまとめて貴部にメールでご連絡します。機会損失にならないためにも、これからはちゃんと報告をお願いしますよ」

沢北は一通り話し終わったらしい。平井部長から「お前はもう行っていいぞ」と言われて高宮は会議室を後にした。部屋の前にはまた人だかりができているかもと想像していたが、誰もいなかった。平井部長の剣幕や、高宮が相当やらかしたらしいという噂とで、触らぬ神に祟りなしとでも思われているのかもしれない。後ろを振り返り、既に閉まった会議室のドアを眺める。平井部長と沢北はまだ二人で何かを話しているようだ。パッと横を見ると、隣の会議室は空だ。自分の中でアドレナリンがドクドク出ているのを感じる。やるなら徹底的に、だ。壁と一体化して滑り込むように隣の空き会議室に入ると、サッとドアを閉めた。抜かりなく鍵もかける。

ＴＳフードサービスが入っているビルの会議室の間の壁は薄い。入居オフィスが自由にレイアウトを決められるように、後付けで壁と入り口を設置するタイプだ。容易に取り外しできるよう、ウォールパネルが使われている。物音を立てないように気をつけながら、壁に張り付くようにして耳を押し当てる。当然、壁一枚を隔てた先にあるのは平井部長たちが籠った会議室だ。

「……さん、しっかりしてくださいよ。大丈夫なんですか、ここの若手は」

「すまん、沢北。あいつはたまに暴走するんだ。今回のリークもどうせ、むしゃくしゃした高宮が腹いせにやったんだろう。何がいけしゃあしゃあと、私はそんなことしていません、だ」

失礼ね、そんなアホな理由で記者に内部情報をバラすわけないじゃない。ま、確かにあたしの仕業ではあるんだけど。顔が見えないのを良いことに、高宮は目を見開いて下唇を突き出してみる。

「それにしても頼みますよ……いくら何でも……きれません……既にもう一人、もみ消してるんですから……」

怒りを丸出しにしている平井部長とは異なり、沢北の声はボソボソとしていて聞き取りづらい。これ、コント番組みたいに壁ごと向こう側に倒れてしまうんじゃないかというくらい、高宮は耳と両手を強く押しつける。仕切りが磨《す》りガラスじゃなくて良かったと思う。

「分かってる。恩賀の件は助かったよ。広報部側でも根回ししてくれなかったら、うちだけじゃ人事部を押しきれなかった」

恩賀の件。気になるワードが出てきて思わず息を潜める。手が汗ばんできた。

「そもそもが自己都合退職にするように……上からの指示でしたから。上長だった平井さんは……救われたのかもしれませんが。その恩賀って奴……エース社員だったんですよね？　……本来は懲戒解雇のところを、自己都合退職に……。親会社の内部情報に不正アクセスなんてセコい真似……甘すぎる処置だと……。……誰からの指示だったんでしょう？」

突然、何かを叩く音が聞こえた。うるさいわね、隣の密談がよく聞こえないじゃない。入り口の方を振り向くと、叩かれているのは今いる会議室のドアだ。時計を見ると、十時になろうとしていた。きっと次の会議室の利用者だ。

「なんだ麻綾、お前だったのか」

焦って鍵を開けると、ドアの前に桑守が立っていた。後ろには諸林をはじめとして、二課のメンバーが三人いた。

「もしかして、こってり絞られてまた一人で反省会か？」

薄笑いを浮かべた桑守が聞いてくる。まさか隣の会話を盗み聞きしていたとは思われていないようだ。

「うっさ、デリカシーなさすぎ。だからモテないのよ」

今ここにいる現場を平井部長たちに見つかる前に、高宮は足早に自分の座席に戻った。聞こえてきた会話を思い出していると、首筋にじっとりと嫌な汗が浮かんだ。


新橋駅の近く、ガード下で台湾餃子を売りにしている居酒屋に来ていた。最後に来た一年前と変わらず、床は油でギトギトだ。一番奥まったところに陣取って、簡素な丸テーブルに腰掛ける。

「高宮さん、もっとハイソな店に行くものだと思ってました」

「ＴＳフードサービスの若手作戦会議は新桃園の鉄鍋餃子を囲みながら、ってあんたが入社する前から決まってんのよ」

「懐かしいなぁ、恩賀さんによく連れてきてもらったよな」

「高宮さんも桑守さんも、十時過ぎてよくこんな重いの食べられますね」

豆苗をつつきながら「これも重いし」とぶつぶつ言っている。

今後の作戦会議をするために、天恵を連れて外に出てきていた。恩賀がクビになっていたということも知って、誰かと話さずにはいられない気分だった。

「麻綾、さっきは会議室で何してたんだよ」としつこく聞いてきた桑守も二人にくっついてきた。新桃園で飲むと分かると「俺も最近平井部長と仕事する機会増えたんだけど、実は結構溜まってるんだ。俺の愚痴も聞いてくれよ」と言って勝手に帰り支度を始めた。

新桃園は今も昔も騒がしい。周りの会話にかき消されないため、いつもよりも声が心なしか大きくなる。

「で、そろそろ教えてくださいよ。ウラヨミにネタ持ち込んだの、高宮さんですよね？」

緑色の瓶にそのまま口をつけて青島ビールを飲んで、高宮は喉を潤した。そういえばこっち側の壁際の席は、前は恩賀が座っていたなと思い出す。そうか、こういう景色が見えていたのか。少し込み上げてくるものがあり、高宮はもう一度グッと瓶を傾けた。

「当たり前でしょ。あたし以外に誰がデメテルの話なんて外に話すのよ。友達の彼氏がウラヨミの記者やっててね、メーグルやデメテルの話を教えてやっただけ。出目社長には何も言ってないわよ。口軽そうだし。そもそも助成金獲得の支援材料になりそうであれば、あの社長なら何でもベラベラ喋ってくれると思ってたわ」

「何してんすか、もう。株価操作じゃないかって社外からクレームが入って、鶴丸の中でも結構対応大変みたいすよ」

「株価が上がったなら良かったじゃない」

「良くないすよ。本当に腹いせでやったんですか？」

「んなわけないでしょ」

ですよね、と呟いて天恵は考え込んだ。

「分かった！　世間から注目を集めたことで、鶴丸はデメテルを売るに売れなくなる？」

「甘いわね。一度決まったことはそう簡単にひっくり返らない。会社って変なところでルーズだけど、どうでも良いところはきっちりしてんのよ。こんなリークでできるのはせいぜい足止め程度。鶴丸の中で誰かがデメテルをお払い箱にしたがってる。カンコーの爆発事故に相当なトラウマを抱えてる御仁がいるみたいね」

桑守の顔は見るからに面白がっている。さっきまでいじっていた会社のスマートフォンから手を離し、目で「それで?」と促してくる。

「あたしは、メーグルの検討中止やデメテルの売却がこそこそ閉じられた空間で進んでいるのが嫌だったのよ。こんなちっちゃい案件とはいえ、機動力が良すぎる。非上場の株式を一ヶ月で売れなんて、いくら何でも乱暴よ。この動きが誰か一部の人の思惑なのか、それとも鶴丸全体の意思なのか知りたかったの」

沢北の言うことが確かなら、鶴丸の広報部もデメテル売却のことは把握してなかった。

「株式もね、不当な価格で売却したら税務署が怪しむのよ。だからコーポレートの連中はあんなにうるさく、株式売却の妥当性がどうとか、本当に適切に吟味したのかどうかとか突っ込んでくるの。決め打ちでバナナの叩き売りみたいなことをしようとしているんだったら、それを鶴丸の内部の人たちに気付いて止めてもらう必要があった。ムカつくけどあたし一人がいくらギャーギャー騒いだところで、平井部長はゴリ押しで売っぱらってたと思うわ」

「じゃあ全部、麻綾の思惑通りになったってわけか」

「そうね。少なくともあたしの英断のおかげで本件は鶴丸の人たちみんなが知ることになったわ。でも、こんなん所詮は時間稼ぎよ。次どう動くか、早く考えないと」

英断、の言葉に桑守は苦笑したが、天恵は腕組みをして小さく唸った。

「僕は再検討、ある気がしますけど。メディアを転がして力業で決めるなんて、高宮さんもワルですね」

「ま、向こうさんの出方を見てみるしかないわね」

そう言うと、鉄鍋餃子を口に放り込んだ。熱せられた油が中に溜まっていたようで、口の中で弾けて頬の内側を火傷した。慌てて青島ビールで流し込んだが、ベロンと内側が剝がれてしまっているのが舌の感覚で分かる。せっかく良い気分だったのに。高宮は小さく舌打ちをすると手を挙げて、追加のエビチリを注文した。


「で、どうでした？」

「どうでしたじゃないよ。それくらい高宮が自分で確かめればいいだろ」

「それが、なんかあたし平井部長から嫌われちゃったみたいなんですよ。シカト決め込む陰険マッチョ上司って終わってますよね？」

「俺は、お前がウラヨミに内部情報をリークしたに違いないって聞いたけど」

「まさかぁ、そんなことするはずないじゃないですかぁ。もう溝畑さんまでいじわるぅ」

「お前がそのふざけた喋り方をする時、本当だった例《ためし》がないからな」

ウラヨミに鶴丸とデメテルの記事が出て一週間後、高宮は溝畑と取引先を訪問していた。溝畑の扱う商材を高宮の担当先に紹介する予定が決まった後、面談当日までに高宮は溝畑にあるお願い事をしていた。

客先はTSフードサービスから電車を二本乗り継いでいった先にあり、今は会社への帰路に就いたところだった。高宮のアシストもあり、溝畑の提案は先方に概《おおむ》ね好意的に受け入れられていた。

「お前の客先に繋いでもらった借りもあるし、本店の知り合いにも聞いて確認したよ」

商談が思うように進み、溝畑の機嫌も良い。高宮はうんうんと頷き、目で先を促した。

「デメテル売却の稟議書、本店の審査部から平井部長に差し戻されたらしい。なんでも、メディアにも取り上げられて注目度が高まっている中で、平井部長が申し立てた売却額では低すぎるとのことだ」

「あいつ、やっぱり二束三文で叩き売る気だったのね」

「お前、平井部長からは結構気に入られてただろ？　それがあいつ呼ばわりなんて、びっくりだよ」

「差し戻しのポイントは金額だけですか？」

「いや、交渉相手の候補が無名のよく分からん海外ファンド一社しかいないことも問題視されたらしい。社外から問い合わせも複数きているから世間の注目度はもっと高いはずだ、その海外ファンドは論外として、新たに最低でも三社とは交渉して天秤にかけて出来るだけ高値で売れ、と指示が出たそうだ」

「鶴丸のコーポレート部局も、たまには良い仕事するんですね」

溝畑はスマートフォンをいじると、高宮に突き出して来た。広報部から送られてきた、デメテルの売先候補リストらしい。ご丁寧にも課内の送り先から高宮だけを抜いているところに、平井部長の器の小ささを感じた。「日本バイオテックファンド」「宮戸酵素化学株式会社」「イーサン・インキュベーション」の三社が、ウラヨミの記事を見てデメテルの株式を買い取りたいと新たに言ってきていると書いてある。

「高宮、一体何をしようとしているんだ？」

「別に、何もしようとしてないですよ」

そこで溝畑は「あ、ちょいたんま」と呟いて急に立ち止まり、ズボンのポケットからスマートフォンを取り出した。今度は会社から支給されているものではなく、私用の方だ。ロックを解除する時、待ち受け画面が一瞬見えた。ふわふわした毛布に包まれた、それより更に柔らかそうな産毛の赤ちゃんが画面いっぱいに映しだされている。

「もしもし。うん、うん、熱出ちゃったか。分かった、今日は早く帰るようにする。それじゃ」

電話を切ると、溝畑は小さくため息をついた。

「奥さんですか?」

「そう。子どもが熱出してぐずっちゃったらしくてな、悪いけど俺このまま直帰するわ」

「分かりました、大変ですね」

「まぁな。今まで想像もしてなかったんだけど、赤ちゃんってほんと小さくて柔らかくて、脆そうなんだよ。俺が何とかしなきゃ、って気になってさ。ま、結局今日も早く帰ったところで父親にできることなんてあんま無いんだけど。それでもこいつを守れるのは自分だけなんだって思うと、たまらなくなるんだよ」

「その気持ち、分かります」

「え、高宮、実は隠し子とかいたりすんの?」

ニヤッと笑って「今の発言、目安箱はやめてくれよ」と言って、溝畑はそのまま軽く手を挙げると逆方向に歩き去った。

つい去年まで、残業終わりに一緒に飲みに行っては「なんかこのままで良いのかなぁ」「俺、これと言って趣味とかも無いしさぁ」と繰り返していた溝畑の姿を思い出す。確かな目的を持って立ち去る足取りには迷いなんて無いように見えた。子どもが生まれて、溝畑も重さを手に入れたのだと思った。

「分かるわよ、んなことくらい」

ようやく見つけた重さを、そう簡単には手放せない。これからも溝畑と同じ目線で話すためにも、良い同僚であり続けるためにも。一分一秒がもったいなく思えてきた。

「うちのも相当な問題児なんだから」

東京メトロの改札へ向かう階段を駆け降りながら、高宮は肩にかけた鞄のひもをぎゅっと握りしめた。


オフィスに戻った時には、既に終業時間を過ぎていた。定時になった瞬間に帰る社員たちが作る流れに逆らいながら、一階の従業員用エレベーターホールへと向かう。

今日の面談のメモは溝畑先輩の代わりにあたしがサッと作ってやるかと考えながら、エレベーターが来るのを待った。一階に到着したことを示すランプが光り、ドアが開く。

「あ、お疲れ様です」

真っ先に降りてきた平井部長と一瞬目が合った。ちらと目だけこちらに向けて、平井部長は無言でエントランスホールへと向かって行く。中から「開」のボタンを押していたのは桑守のようで、後から出てきて「よっ」と手を挙げた。

「なんなんあいつ、マジで。いつもの『声出していけよ』はどうしたのよ」

「麻綾、ちゃんと平井部長に謝ったのか?」

「謝るって何をよ。ごめんなさいあたしがリークしました、なんて言えるわけないでしょ」

「平井さんは何でもお見通しだからなぁ。実はこの後、本店の若手も交えて平井さんを囲む会をやるんだよ。俺の方からも一言何か言っておこうか」

「要らない。マジで余計なお世話よ」

桑守と入れ替わりにエレベーターへ乗り込む。少し遠くから足早にやって来る人影が見えたが、高宮は無視して「閉」のボタンを人差し指で連打した。

囲む会をやるんだよ、と言っていた時の桑守の嬉しそうな顔を思い出す。そもそもあいつ、普段から「平井さん」なんて言ってたっけか。いつでも役職名で呼んでいた気がする。「この本店腰巾着野郎が」と毒づいている内に九階へ到着した。

茂地係長の姿はもう見えない。今日、たしか天恵は研修で鶴丸ビルに行っていたはずだ。

自分の席に戻り、記憶の中の会話に基づいて面談録を書き始めた。打ち合わせで決まったポイント、今後の検討事項、新たに分かった情報、それぞれを分けて項目別に書き出していく。情報は鮮度が命だから、面談メモは必ずその日の内に共有するんだぞ。疎《おろそ》かにする人が多いけど、これが地味に何より大事なんだ。高宮が新人時代にそう教えてくれた溝畑先輩は、もっと大事なものを見つけたのでメモを作らず帰ってしまった。

「毎日遅くまでお疲れ様ね」

振り返ると、帰り支度をした小西さんが立っていた。眠気覚ましに、と言ってミントの飴を高宮の机に置いてくれる。

「いえ、あたしは別に。小西さんこそお疲れ様です」

「何言ってるの、高宮ちゃんほどじゃないわよ。机の上、大変なことになってるわね」

改めて見てみると、汚いというどころじゃない。最後に整理整頓をしたのはいつだったか。書類とファイルが山のように積み上がり、微妙なバランスを保っている。隣の溝畑先輩の席にはディスプレイとノートパソコン、それから書類回覧ボックスしか載っていない。

「このオフィスビル、面積当たりの賃料そこそこ高いじゃないですか。たくさん使った方が経済的なんです」

「なあに、そのヘンテコな理屈。机は心を映す鏡なんだから、綺麗にしなきゃダメよ。良い仕事をするには、先ずは良い環境を整えることが大切なんじゃない」

「あたしはこっちの方が落ち着くんです。どこに何があるかはよく分かってるし。それに、仕事ができる人は机が汚い、っていうのがあたしの中での通説です」

小西さんは愉快そうにふふと笑った。お腹の肉がぶるんと弾む。

「たしかに、そういえば恩賀くんの机も汚かったわね」

先日盗み聞きした、平井部長と沢北の会話を思い出す。本来なら懲戒解雇のところを自己都合退職にしろだなんて、と沢北は言っていた。懲戒解雇は民間企業の中で就業規則に基づく懲戒の一つであり、ダントツで一番重い。再就職も一気に厳しくなるはずだ。そんな違反を犯してまで恩賀は何をしようとしたのか、またそれが揉み消されるに至った時に働いた力学は何なのか、高宮には想像がつかなかった。

「小西さん、恩賀さんが今何してるかご存知じゃないですか」

噂大好き小西さんが知らなかったら、誰も知らないだろう。少なくとも、一番仲が良かったはずの自分が知らないんだから。小西さんは小首を傾げた。

「それが分からないのよねぇ。彼のことだから、今でもバリバリ働いていそうだけど」

「じゃあ、恩賀さんが辞めた理由は知ってますか?」

ここで初めて、小西さんの目が光った気がした。赤いレーザーポインターで照準をじっと合わせるかの如く、小西さんはこちらをじっと見つめてくる。

「知ってるも何も、うちでの仕事が嫌になって辞めたって平井部長が皆に説明してたじゃない。それとも、他に理由があるっていうの?」

微笑みながら、つぶらな瞳が高宮の奥底を覗き込んでくる気がする。平井部長の会話を盗み聞きしたことを話してしまおうか。周りには誰もいない。

「そういえばね、昔のお客さんからわたしのところに電話があって、前に恩賀さんに渡した化学品のサンプルを返してほしいって言ってきたの。急に辞めちゃったもんだから、恩賀さんの荷物は全部まとめて箱詰めにしたわよね。その中に入っていると思うのだけど、どこにあるか知らないかしら」

「それなら、この前あたしと天恵で整理して、総務の保管室に送りました。たしかに、ギラギラした鉱物とかシャーレに入った変な粉とか、いくつかサンプルが入ってましたよ」

「あら、あなたたち開けたのね。そこから、何か取り出したりしてないかしら」

再び、自分に照準が合わされたと感じた。小西さんは一歩も動いていないのに、じりじりと距離を詰められている気がする。思わず肘掛けを摑み、椅子の背に体をぎゅっと押し当てた。

ふと、机の上に置いてある高宮のスマートフォンが震え出した。ディスプレイに「エリ」と出ている。オフィスに振動音が鳴り響き、小西さんはハッとしたように顔を上げた。

「あらやだ、すっかり長く話しこんじゃったわね。高宮ちゃん、あんまり遅くまで残って無理しちゃダメよ」

そう言うと小西さんはスタスタと去って行った。なにあれ、なんなのよ。毎日顔を合わせていたはずの小西さんのことが、急に分からなくなった気がした。着信音が止まってからも、しばらくはスマートフォンを手に取る気になれなかった。

仕事をそつなくこなして愛想も良い小西さんは、派遣社員でありながらバックオフィスの精神的支柱だ。TSフードサービスが設立される前から鶴丸食品で働いていて、期限満了を迎えるたびに他の部署で再契約を続けてきたという。TSフードサービスが鶴丸食品から分社化して立ち上げられた時の移管業務にも、小西さんは関わっていたらしい。TSフードサービスでも鶴丸でも知り合いが多く、噂や情報が小西さんの元に集まるのは自然でもあった。

恩賀さんの荷物について聞いてきた時の、こちらを覗き込む小西さんの瞳を思い出す。こちらを疑い、探るような目。つい最近似たようなものを見たなと思い、平井部長も同じ目をしていたことを思い出す。もう誰が気を許せるのか、分かったもんじゃない。

空席の周囲を見渡して、見えない何かに取り囲まれている気分になっていると、再びスマートフォンが鳴った。発信元は同じくエリだ。時計を見ると、二十一時を過ぎていた。この時間にかけてくるエリはたいてい酔っ払っていて「麻綾、今から東銀座！　ほら早くタクシー！」と、こちらが顔を出すまでずっと絡んでくるのが常だ。

「ちょっと今日はそういう気分じゃないのよ」

エリからの着信を無視して、帰り支度を始めた。その夜、高宮のスマートフォンが再び鳴ることはなかった。

翌朝出社すると、なんだかオフィスの空気がピリついていた。去年の今頃、夏休み明けで緩んだ雰囲気を見兼ねた平井部長が「みんな、しっかり声出していけよ！」と檄を飛ばしていたのを思い出す。今日はそれとは全く違う。誰も口にしないが、そこはかとない不安が漂っていた。

「天恵、なんかあったの」

「おはようございます。高宮さんはまだ見てないんですか」

天恵が「ちょっと送りますね」と言った数秒後、高宮の元にメールが届いた。ＰＤＦファイルが添付されている。タイトルは『【転送厳禁】ウラヨミ 47号 抜粋』。天恵からのメールの本文には「今朝出た最新刊です」と書いてある。ウラヨミ、という文字に不穏なものを感じた高宮が立ったままマウスを操作してファイルを開くと、雑誌の記事が表示された。

そこには、高宮が探していたものの一部が載っていた。決して、このような形で出会ってはいけないものであった。

『【独占公開】死亡事故を隠蔽する伏魔殿 食品大手鶴丸食品から漂う、度し難い腐敗臭』

――この度、ウラヨミ編集部宛にA氏から一通の封書が届けられた。中には、国内でも老舗の食品メーカーである鶴丸食品株式会社の内部情報が記された資料の一部と、B氏の退職願が入っていた。それらを繋ぎ合わせると、かつて鶴丸の子会社で発生した従業員の死亡事故に関する後ろめたい事実が浮かび上がる。一度は闇に葬られた事実に再び光を当てるべく、本誌独占で全文公開する。

「うそ、なんなのよ、これ」

あれだけ探しても見つからなかったカンコーのことが、異様に詳しく書いてある。投稿者であるＡ氏はカンコーの死亡事故について詳しい人物らしい。Ａ氏のコメントも掲載されており、「ウラヨミの記事を読んで、鶴丸食品が大阪の酵素メーカーと組んで事業化を目指していると知りました。鶴丸食品は昔、カンコーと呼ばれていた類似事業で従業員の死亡事故を起こしており、その総括をろくにせず闇に葬っています。私は愕然としました。同じ過ちを防ぐため、知っていることを全てお伝えします」と書かれていた。

記事によれば、出向者である志村典俊という社員が、鶴丸食品からのプレッシャーに負けてカンコーの不正会計処理を行っていたと書かれている。高宮は、志村の書いた「出向者の手記」を思い出していた。明るい文面で現場とのコミュニケーションの大切さを語っていた人と同一人物とは思えなかった。

志村が書いたとされるメールの一部も掲載されていた。不正を行ったのは偏《ひとえ》に自分の甘さと弱さが招いた責任だと、ただひたすら謝罪の言葉を繰り返している。少なくない行数を使って反省の弁を述べた後、志村はメールの最後に一つの解決策を提示していた。その後に書かれたウラヨミ編集部の注記が、結末の悲惨さを物語っていた。

——……これ以上、予算が達成できないと、従業員の解雇や会社の清算もあり得ると思い、粉飾決算に手を染めてしまいました。せっかく作り上げた彼らとの絆を守ろうとした結果、私自身の手で壊してしまったようなものです。

もう手遅れなのは重々承知していますが、最後に一度だけチャンスをください。ＦＢと話し合っ

た結果、一つの打開策が生まれたのです。旧式の反応器で稼働率向上のテストを行い、それが上手くいけば、鶴丸が求める予算の達成が見えてきます。私には、従業員たちを守る義務がある。東京から、実験の成功を祈っていただけると幸甚です。

志村典俊【2000年7月6日】

※編集部注：志村典俊氏は翌日、反応器の爆発事故に巻き込まれ亡くなられている。

記事にはご丁寧に、志村のメールをプリントアウトした原本の写真まで載せられていた。写真のすぐ下には小さな文字でウラヨミ編集部のコメントが書かれている。「当時から二十年以上過ぎているせいかインクは掠れている。思い悩んだ志村氏の悲痛な叫びが表れているようだ」というキャプションを見て無性に苛立ち、高宮は大きく舌打ちをした。

次のページに移ると、B氏が書いたという退職願が掲載されていた。志村が巻き込まれた爆発事故について、当時の鶴丸が志村一人に責任を押し付けようとしていたことを裏付けるような内容だった。

退職願

所属：食料品ビジネス本部　バイオテクノロジー部
2000年　9月　30日
氏名：[redacted]

今般、小職は会社の隠蔽体質と社内の価値観に対する不信感から、2000年9月末を以て鶴丸食品（以下、会社）を退職したく、ご認許の程宜しくお願い申し上げます。

小職は1998年9月から2000年8月まで、在カナダ神田酵素研究有限会社（以下、カンコー）に於ける株主業務を東京で担当し、その中で看過できない事案を経験して、会社に対し不信感を覚えたことから退職を決意しました。子どもも学校に上がったばかりで暫くは勤務を続けて参りましたが、自分の中での歪みが日に日に大きくなっていると感じ、体調にも異変をきたし始めたために退職する決断をいたしました。

事案とは、2000年7月7日に志村さんが反応器の爆発に巻き込まれて亡くなられた件です。志村さんがカンコーの黒字化を目指して功を焦ったために爆発事故が発生したと会社側は決めつけて、警察当局とやり取りを進めていました。強く異議を唱えましたが、死人に口なしと言わんばかりに全ての責任を志村さん一人に押し付けようとする会社の対応に小職は著しい不信感を覚え、通常通りの業務を続けることがいよいよ不可能となりました。本当の意味で事業が死ぬのはその未来を信じる者が一人もいなくなった時だと信じて業務に邁進しておりましたが、このままでは小職自

身の心身に異常をきたしてしまうと限界を感じたため、志半ばで誠に遺憾ながら退職させていただきたく存じます。志村さんの遺志を引き継げなかった自分を、ただただ恥じるばかりであります。

高宮は頭から何度も読み返した。桑守が持ってきた勉強会の資料は、希望と仲間への信頼に満ちていた。今目の前にあるウラヨミの記事から伝わってくるのは、追い詰められた者たちの悲壮感だけだ。

退職願の中の、「本当の意味で事業が死ぬのはその未来を信じる者が一人もいなくなった時」という一文に目が吸い寄せられる。この言葉を独り唱え続けながら、限界まで心身を擦り減らしてデスクに向かうB氏の後ろ姿が頭に浮かんだ。B氏の背中に恩賀さんの姿が被り、高宮は乱暴にノートパソコンの画面を閉じた。

「なんでこんなのが急に出てくるわけ。そもそも誰よ、こんなことウラヨミにリークした奴！」

「ウラヨミに鶴丸とデメテルの取り組みが出たのを見て、思うところがあった人がいたんでしょうか」

脳が一度に受け取れる容量を超えようとしていた。一度一人で頭の整理をしたくて、高宮はふらふらと廊下に出た。角を曲がる時、後ろから一団に追い抜かされた。温水社長、平井部長、そして桑守が足早に通り過ぎていく。社長も部長も緊迫した表情をしていて、高宮には目もくれなかった。三人はそのままエレベーターに乗り込むと、下に降りて行った。ドアが閉まる寸前、真っ黒な桑守の瞳と目があった気がした。

ウラヨミへの匿名の情報提供が、高宮によるプチリークに誘発されたものだとしたら、自分で仕掛けた罠に自ら引っ掛かってしまったようなものだ。いてもたってもいられず、エリの彼氏に電話する。二度、三度とコールし続けていると、ようやく繋がった。

「あたし、高宮です。今朝のウラヨミ、どういうことですか?」

「エリちゃんから聞きましたか。すぐに電話が来ると思っていました」

昨日のエリからの電話はこれか、と気付く。横着して出なかったことが今更ながら悔やまれる。キレ気味の高宮に気圧《けお》されたのか、電話口の向こうからサトシくんの恐縮していそうな声が聞こえる。

「匿名の記事、読みました。どういうことですか?」

「あそこに書いてある、そのままの通りです。匿名の投書が来たので、編集長の判断で載せました。高宮さんに迷惑がかかってしまうと思ったんですけど、編集長マターでしたので。ご迷惑をおかけして申し訳ございません」

こんな気弱で雑誌記者として大丈夫なのだろうかと、なぜか急に心配になった。こんなナイーブな男子が、いつもエリのわがままに付き合わされていると思うと気の毒だ。勢いに任せて電話した高宮だったが、余計なことを考えて少し落ち着くことができた。

「退職願を書いたっていうB氏の名前、伏字になってましたよね。なんて書いてあったか教えていただけませんか?」

「それが、あそこは元々黒塗りされていたんです。投稿者のA氏も、誰の退職願かは隠したかったんじゃないでしょうか」

A氏だのB氏だの、よってたかって第三者からおもちゃにされているようだ。メーグルを邪魔されただけでなく、現場で一人悩んでいた人が死んだという事実が数十年後に興味本位なゴシップ記事として消費されていくことに、高宮はどうしようもなく腹が立った。これが、A氏とやらの望んだ展開なのだろうか。スマートフォンを握りしめる手に、自然と力が入ってしまう。

高宮が黙っていると、電話口の向こうから弁解するような声が聞こえた。

「本当にあそこに載っているのが全てなんです。デメテルの話を提供してくれた高宮さんには感謝してるんですけど、お役に立てずにすみません」

今度エリちゃんと三人でご飯でも、という誘いを聞き流して高宮は電話を切った。

もう終わった、と思った。前より情報は増えて、カンコー爆発事故の真相に近づけるかもしれないと思ったが、最悪の形で大っぴらになってしまった。今回のウラヨミのリークを受けて、鶴丸は早晩デメテルの株式を叩き売るだろう。元々、本店が撤退方針を決めていた投資先だ。社外からの批判をまともに受ける前に、とっとと手仕舞いして幕引きを図るに違いない。

ここ数週間の疲れが一気にどっと出てくるのを感じた。自販機でドデカミンを買うと、高宮は静かに自席に戻った。キャップを開けようとするが、手に力が入らずなかなか開かない。普段なら舌打ちも出ようが、今日はその元気もない。椅子にもたれかかり天井を仰ぐ。蛍光灯の白が眩しく、高宮は気怠げに目を閉じた。

死刑宣告を待っている気分だった。昼に食べたはずの蕎麦の味もよく覚えていない。天恵も気を遣ってか、今日はあまり話しかけてこない。

「どうした高宮、失恋でもしたみたいな顔して」

こんな時でも能天気に話しかけてくるのは溝畑先輩だけだ。

「はい、今のセクハラ。今までお世話になりました」

「なんだ、いつも通りか」

溝畑はガハハと口を開けて笑う。

「先輩はいいですね。家に帰れば可愛いお子さんがいて」

「子ども嫌いな高宮らしからぬセリフだな」

「だって現代の子どもはほぼほぼ自動で育つじゃないですか、なんだかんだ言って」

「今お前、全国の子育て世代を敵に回したぞ。子どもを育てるっていうのはそんな簡単なもんじゃない」

「あたしでも知ってますよ、それくらい」

こんな話、したいわけじゃない。でも、口を開けば嫌な言葉がこぼれ出てきてしまう。どうしてあたしばっかり。怒りをエネルギーに変換するには、今の自分には余裕がなさすぎた。

「こっちは、あたしが気を抜いた瞬間に一発アウトの綱渡り状態なんですよ。ずっと足を突っ張っていないと重さがなくなるっていうか、この世に存在しちゃいけないような気がするんです。その点、子どもがいる人はいいですよね。いさえすれば、未来に何か残せた気になれるんでしょ」

「お前今日変だぞ、何の話をしてる？　もしかしてあれか、メーグルとかいうやつ？　大丈夫大丈夫、また次のチャンスがあるって」

この前は「俺だってほんとはお前らと冒険したいんだ」とか言ってたくせに、所詮はその程度の気持ちだったんだ。イラつきを通り越して、もはやどうでもよくなってきていた。

何も返さない高宮を見兼ねてか、溝畑は優しい声で「お前はちょっと働きすぎ。どうだ、今日仕事終わったら、サクッと飲みに行かないか？」と声をかけてきた。毒を吐いていた相手に優しくされると、余計に自分で自分が嫌になる。怒鳴られた方がまだラクだった。これ以上惨めな思いをしたくなく、「いえ、大丈夫です」とボソッと言うと席を離れた。自分のガキっぽい振る舞いにも嫌気がさし、廊下に出てから大きく舌打ちをした。

すっきりとしない不気味な不快感を抱えたままその日は終わり、何事も起きないまま一週間がすぎた。変わったのは、オフィスで桑守を見かける頻度が減ったことだ。外出から戻ったと思ったら、自席には戻らず、真っ直ぐ平井部長の元に向かっていく。そのまま意気揚々と何かを報告して、平井部長が満足そうに頷く。高宮の席までは声が届かない。最初の頃は少し気になったが、その内にそれもどうでもよくなってきた。

不機嫌な態度で過ごす日が増え、高宮は電話で取引先と話す時以外、オフィスで言葉を発さなくなっていった。同僚との雑談が殆どなくなったが、高宮自身はそれほど気にならない。黙って目の前の仕事に集中している時間が多い方が、余計なことを何も考えずに済んでラクだった。それでもふとした瞬間、自分の中で光り輝いていたメーグルを思い出し、気付けばビジコンの時に使った資料を開いてぼんやりと眺めているのだった。

「おい桑守、辞令見たぞ。お前すごいな、どんなマジック使ったんだよ」

「いやぁ、ほんと運が良かっただけですって」

少し遠くから溝畑の大きい声が聞こえてきて、高宮は顔を上げた。桑守に人事異動が出たらしい。そういうの同期には先にこっそり言うもんじゃないの、普通。少し前なら、そう言いながら近寄っていって大げさに小突いていたかもしれない。そういう気分へのなり方を忘れていた。バンバンと桑守の背中を叩く溝畑を見て、最近そういえば平井部長が「声出していけよ」と言わなくなったなとぼんやり思いながら、会社のポータルサイト上の『(臨時)人事異動のお知らせ』と書かれたリンクをクリックする。普通、人事異動が出るのは月初と決まっている。臨時で出るのは通常、突然退職するか、何かやらかして左遷される時だけだ。

ページ遷移してPDFファイルが表示された。いつもと同じ、現所属と新所属を併記する見慣れたフォーマットだが、普段より書いてある文字が多くて黒々として見えた。

――**桑守　昇　(現)営業部マーケティング二課**
(新)鶴丸食品株式会社　食料品ビジネス本部　戦略統括室(出向)

「は?」

見た瞬間、思わず声が出た。落ち着いてどういうことか理解しようとしたが、何も頭に入ってこない。海研でロンドン支店、だったら特大舌打ち三発くらいで済んだだろうが、どうしてよりによって食料品ビジネス本部の戦略統括室に。真砂室長と対峙した鶴丸ビル会議室での光景を思い出す。頭に血が上り、母が「ほら、短気は損気って心の中で三回唱えて」と脳内で言ってきたのを「ちょっと邪魔」と押し退ける。どんどん不利になる自分の今の状況と、同期の異例な辞令が無関係には思えなかった。「本件は白紙に」と言った真砂室長の死刑宣告が頭に響く。

こちらを目掛けて人影がゆっくりと近づいているのを感じ、ディスプレイから顔を上げる。桑守だ。ゆっくりと、ではなく、ゆったりと、と言った方が正しい。上から見下ろすかのように、顎を少し反らせている。

「これ、何でこのタイミングで桑守がこの部署に行くのよ」

高宮が指差した人事異動のお知らせを一瞥して、桑守はフッと笑った。そして目線で廊下を指し示すと、黙って歩き出した。高宮も同じく、黙って後ろをついていった。

「麻綾がおままごとって呼んでた、勉強会のおかげだよ」

脱毛でもしたのかツルッと白く尖った顎に片手を当てて、桑守はどうってことないように言った。

「あの勉強会で、本店にツテができたんだ。平井部長も推してくれて、真砂さんともお近づきになれた。あの人はすごいぞ、経営管理のプロだ。短気なお前は初対面で啖呵切ったらしいけどな」

話したくてしょうがないとでも言いたげな桑守の自慢げな声を聞いて、高宮は少し肩の力が抜けた。ちょっと考えすぎていたのかもしれない。一呼吸つきながら、高宮は両手で顔を覆うようにして前髪をかき上げた。

「そう、良かったわね。夢が叶っておめでとう」

高宮の反応を見て、桑守は意外そうな声を出した。

「なんだ、張り合いないな。もっと悔しがって逆恨みでもしてくるかと思った」

「何言ってんの。そんなのするわけないでしょ」

こいつ頑張る方向がズレてるなとは心の中で思っていたが、桑守なりに努力しているのは知っていたし、妬ましく思う理由は一つもない。

それに正直、今の高宮にとって、桑守が親会社に出向になることは心底どうでもよかった。そもそも高宮自身、鶴丸に出向することを目的にしたことはない。ただ自分のアイデアを形にできると思ったから、あの時は喜んでいただけだ。

「やっぱ見てる人は見てるんだよ。所詮お前はギャーギャー騒いで派手に目立ってただけだ」

二人の間の空気が冷えるのを感じた。廊下の向こうから諸林があくびまじりに歩いてくるのが桑守の肩越しに見えたが、不穏な雰囲気を感じ取ったのか引き返していったみたいだ。

お前、お前と繰り返す同期を目の前にして、珍しく怒りよりも悲しさが込み上げてきた。

「ビジコンだ、ロンドンだ、みんなお前の機嫌取りをしてただけなんだよ。下駄履かせてもらってることにも気付かないで『あたしはデキる』みたいに振る舞いやがって、マジ滑稽だったぜ」

V字に当てた親指と人差し指で偉そうに顎を撫でる姿が癪に障る。今すぐ逆向きにへし折ってやりたい気持ちを抑え込んで、高宮は下を向いた。

やっぱりこいつがいて良かった、嘗てそう思えた同期はもうどこにもいない。どこで間違ったんだろうと考え始めると、目の前の桑守がとても遠くにいるように感じた。

「俺はここからなんだよ」

ここから、に力を込めて桑守は言い放った。それからも何かペラペラと話し始めたが、耳に入ってこない。こいつとはもう、ここまでだ。高宮の頭にあるのはそれだけだった。お願いだからもう口を開かないで。これ以上がっかりさせないでよ。耳を塞ぎたい気持ちを堪えて、ぐっと下唇を嚙んだ。

「まぁ安心しろよ。お前の事業案も、俺と真砂さんで上手くやってやるよ。なんて言ったっけ、メーグル？　名前くらいならそのまま採用してやってもいいぞ」

「は？　何それ、どういう意味よ」

メーグル、と聞いて考えるより先に手が出た。やっぱり嫌な予感は当たっていた。急にシャツの襟を摑まれて、桑守は情けなくよろけた。高宮の手を振り払い、何でもないとでも言いたげに、でも忙しなく襟元を正す。

「お前、ほんと何にも聞いてないんだな。つくづく可哀想なやつだよ」

吐き捨てるようにそう言うと、桑守は立ち去った。追いかけようとしたが、足が動かなかった。その場で桑守の言葉の意味を考えても、あの冷たい目を思い出してしまう。

天恵は何か知っているだろうか。戻り際に話しかけようとすると、割り込むように「天恵!」と平井部長の声が轟いた。「呼ばれたんで、すみません」と小声で言うと、天恵は足早に去っていった。

色んなことが気になってしょうがない。頭が働いていないこういう時こそ、手だけ動かせばいい単純業務に限る。ここ数ヶ月、溜めに溜めていた交通費の立替精算に手をつけた。あたしにはこんなのよりも大切なやるべきことがある。そう思って、ずっと先延ばしにしていた。

タクシーと新幹線の領収書を一枚一枚広げ、スティックのりでA4用紙に貼り付けていく。領収書の日付と手帳のスケジュール欄を見比べて、その日一日の動きを思い出していく。

この日は食品寿命を延ばす最先端技術について学ぶため、新幹線で仙台に行ってから地下鉄で移動して大学教授を訪問。話し込んでしまって帰りの時間ギリギリになり、牛タンを食べずに帰社したら溝畑に「高宮、何のために出張行ってきたんだよ」と笑われた。この日は食品ロスの実態を実感するため、とにかくひたすら鶴丸グループの小売店やコンビニを巡った。この日は初めて大阪のデメテルを訪問し、帰りの新幹線の中で、面談中に思い付いたアイデアを夢中でノートに書き殴った。

メーグルを思いついてから、とても多くの場所に行き、また多くの人々に会ったことを思い出した。やっぱり、このままじゃ終われない。スティックのりを小物入れに放り込み、高宮はスマートフォンを取り出した。もう、なりふり構っていられない。電話をかけて、三コール目で相手は出た。

「はい、風間です」

「高宮です、一つ教えてください。今、鶴丸の中でメーグルってどうなってますか?」

風間は何も言わない。どう返すべきか、逡巡しているような間だった。

「ウラヨミに暴露記事が出たの、もちろん知ってますよね? 内部資料やら退職願やらが変に流出して。あれの影響で、デメテルの株式売却交渉に影響が出てたりするんですか?」

「声が大きいですよ、周りにも聞こえています……あの記事、高宮さんがリークしたんですか?」

「そんなことするわけないでしょ! 寧ろ、ずっと探していたカンコーの情報があんな形で出てきて驚いています。で、鶴丸の中では何か動きがあったんですか?」

再びの沈黙。高宮の視界に、中途半端に作業したままの交通費申請フォームが目に入る。この日々をあっけなく終わりにしないために、動けるのは自分しかいない。

「お願いします。あたし、このままじゃ終われないんです。このまま終わったら、空っぽになっちゃうんです」

話しながら涙が込み上げてくる。泣いているなど相手に絶対にばれたくなく、スマートフォンを顔から遠ざけて思い切り鼻を啜った。

「すみませんが、私から高宮さんにお伝えできることは何もありません」

少し大きめの風間の声が聞こえた。反射的に食い下がろうとする気持ちをぐっと堪えて、「どうか、よろしくお願いします」とだけ言う。少しの間が空き、「それでは」と言って電話は切られた。

「ちょっと麻綾、あんた飲み過ぎ」

もんじゃ焼きを挟んで向かい合った絵梨奈がたしなめてくる。月島のもんじゃストリートの端っこの店で、高宮は絵梨奈を相手に自分では処理し切れない愚痴をぶつけていた。

「そんな飲み方してたら、もんじゃ焼きの味が分からなくなるわよ。このお店、結構良いの出すんだから」

そう言うと絵梨奈はヘラを器用に動かして鉄板の上に土手を作り、具材と生地を混ぜ合わせていく。躊躇《ためら》いなく鉄板に打ちつけられるヘラの音は小気味良く、みるみるうちに水分がとんで香ばしい香りがしてきた。

「ほらできた、絵梨奈スペシャル。食べてみなさいよ」

小さなヘラに押し付けるようにしてもんじゃを取ると、高宮の方に差し出してくる。受け取り、そのまま口に入れる。

「どう?」

「あふい」

熱さに顔をしかめ、手元のいも焼酎で口の中を冷ます。グラスを置くやいなや、近くを通り過ぎた店員に「すみませーん、いもロックでもうひとつ」と注文する。

「どうしたのよ。人からの電話無視したり、かと思えばいきなり今から飲みに行こうとか鬼電してきたり」

「あたしも何が何だか分からないわよ」

それほど氷の溶けていないグラスを一気に傾けて空にする。

「サトシを連れてこなくて正解だったわ。今のあんたなら、裏事情を聞き出すために恫喝しかねないもの」

「全部喋るか鉄板の上で土下座するか、選ばせてたかも」

ウラヨミの暴露記事が、鶴丸の中の何かを動かしていた。ただ、その何かが分からない。

「私もサトシからは何も聞いてないの。ただ、麻綾に迷惑かかるかもって聞いたから、先に教えておいてあげようと思って電話しただけ。そしたらあんた、全然出ないんだから」

「なんかもう、何のために頑張ってるのか分からなくなってきた」

届いたグラスに浮かぶ大きな氷を指でつつきながら、高宮はテーブルに片肘をついて呟いた。

「そもそも、このメーグルだって本当に事業化するのは何年も先なのよ。上手くいくかどうかも分からないこと、何で頑張ってるんだろうって」

「あぁ、前に言ってた社内ビジコンの話？　この前聞いた時には、あんなに上機嫌で楽しそうに話してたのに」

つい一ヶ月ほど前のことなのに、大昔のように感じる。

「やっぱ、風香みたいなのが現代の勝ち組なのかしらね」

「そうかも」

絵梨奈は手元の指輪をいじっていたかと思うと、顔を上げて高宮をまっすぐ見た。

「でも、そういう生き方は麻綾には似合わないわよ」

「勝手なこと言わないで。あたしだって幸せになりたいのよ」

「幸せそうだったじゃない。私が何言っても、楽しい楽しいたまらないって言って退けて。キラキラしたあんたが夢を語って『たまんなくない？』って言うのを聞く時、こっちの方が別の意味でたまんなかったわよ」

たまらない。自分には何でもできると思っていた。無理なくそう思い込めるくらい、あの時の自分は無敵だった。絵梨奈と風香とパエリアを食べたのが、もう何年も前の出来事のように思える。

「あんたがいなきゃ存在しなかったビジネス、作るんでしょ。しゃきっとしなさいよ」

恩賀の言葉が蘇ってくる。お前がどうでもいいと思った瞬間に、その事業は死ぬ。お前の事業を守れるのはお前だけだ。とんでもないお節介焼きな呪いだ。ゆっくり休ませてもくれない。

「ありがと」

「私も風香もいるし、ほら、なんて言ったっけ、お気に入りの天恵きゅんだっているんでしょ。うじうじしているのは麻綾らしくないから、いつでもぶつかってきなさいよ」

そう言うと絵梨奈はニヤニヤ笑いを浮かべながら、高宮側のテーブルの隅を指差した。

「ほら、正義の味方からも電話来てるわよ」

見ると、高宮の会社用スマートフォンが着信していた。画面には【正義の味方気取りナルシストクソ野郎】と名前が出ている。

スマホを無造作に掴み、絵梨奈のニヤけ顔に見送られて店の外に出る。

まだ着信は続いている。ゆっくり時間をとってから、通話ボタンを押した。

「風間です、夜分遅くに」

「すみませんがあたしから風間さんにお伝えできることは何もありません〜」

生意気にも小さくため息をつくのが聞こえて、そのまま切ってやろうかとも思う。

「会社にいて周りの目もあったので、昼間はすみませんでした。実は、高宮さんにお伝えしたいことがあります」

「また御自身のアイデアの売り込みですか？　食品寿命を延ばす特殊なパッケージ、とかなんとか言いましたっけ？」

少し間が空いた。風間のムッとする顔が目に浮かんだが、意外にもその後聞こえてきたのはか細い声であった。

「その事業案は、私一人のものではありません」

「誰かのパクリってことですか？」

「私と、私が一番尊敬する同期が一緒に考えたアイデアです」

同期と言っても子会社の社員の方なんですが、と風間は付け加えた。

「蒔苗《まかなえ》って奴で、彼が思いついた事業企画を一緒に検討したんです。鶴丸からは私が、子会社からは蒔苗とその上司が出てきました。まぁその上司っていうのも、元を辿ればうちからの出向者だったんですけど」

ちょいちょい何急に語り出してんすか、とおちょくってやろうと思ったが、今の風間には聞こえない気がした。高宮に話しているというより、自分自身の中で整理をつけるために、過去の記憶を一つずつ丁寧に取り出しているように感じた。

「その上司が最悪で、何も波風起こさないのが美徳だと信じきってるような人でした。後から分かったんですが、蒔苗の案を抑えつけるためにその上司は動いていて、私は『親会社も支援している』という体裁を保つために選ばれた木偶《でく》人形の役だったんです」

蒔苗の努力も虚しく、結局プロジェクトは頓挫した。全てが予定通りだった。風間は、初めて自分の仕事を情けないと思ったという。

「だから、私から提案したんです。蒔苗に諦めてほしくなかった。自分とペアを組んで鶴丸のビジコンに事業案を出してみようと誘いました」

子会社の社員が単独でビジコンに出られるようになったのは今年からだ。だから高宮は一人でエントリーすることができた。

「去年の話です。私たちは圧勝しました」

蒔苗と風間は優勝し、事業化に挑戦する機会が与えられた。はずだった。

「それが急に社内で上層部の人事異動が起きて、それに伴って事業化検討は間もなくストップさせられたんです。体制が変わるかもしれないから、今は新しいことを始めるのはやめておこう、とビジコンの事務局に言われました。正直よくある話ですし、こればかりはどうしようもないので、私も仕方ないかなと思ってしまいました」

会議室を後にして、廊下で風間が「今回は残念だったな。また次のチャンスを狙おう」と言って蒔苗の肩をポンと叩いた次の瞬間、胸ぐらを摑まれて壁に叩きつけられたという。

「ふざけるな！　俺がどれだけこれに賭けてたか分かってんのか！　次っていつだよ。本気だったのは俺だけかよ。俺たちは、お前らの都合の良いおもちゃじゃねぇんだよ！」

その言葉に呆然としている内に、蒔苗はエレベーターに飛び乗って去ってしまった。気まずさから連絡を躊躇っていたが、勇気を出して二ヶ月後に連絡してみたという。電話は蒔苗の会社の知らない社員につながり、その電話口で、蒔苗がビジコン後すぐに退職していたことを知った。

「今年のビジコンで高宮さんを見た時、蒔苗のことを思い出したんです。そして今度は、何としてもメーグルは守らなければならないと思った。これは、私自身の身勝手なケジメでもあるんです」

「風間さん、もっと冷たい緑色の血が流れてる感じの人だと思っていました」

「それ、そもそも人なんですか」

ま、高宮さんの事業案にかつての自分達のアイデアも載せられるかも、と思ったのはちょっと下心が過ぎましたけどね、と風間は爽やかに笑った。

気持ちの良い夜風が高宮の頬を撫でる。さっきまでばかすか飲んでいたが、自分でも意外なほど頭はクリアだ。今なら、風間の話もスッと頭に入って来る気がする。

「すみません、無駄話が長くなってしまいました。お昼にオフィスでは高宮さんにお伝えできなかったことがあります。デメテルの株式と、メーグルの件です」


「天恵、鶴丸の本部投資審査会って出たことある?」

「D審《ディーしん》ですか?　ありませんよ」

「なにその略し方。D進って言ったら博士《Doctor》課程進学じゃない」

「本部投資審査会はちょっと長いじゃないですか。本部を英語にしてディビジョン《Division》。それを略してD審です」

D進は覚悟がないとキツいって聞きますけど、うちのD審は覚悟があってもキツいですよ。出席したこともないくせに、天恵はまるで見てきたかのように話す。

「出資額が一定のバーを超えたり鶴丸の知見がない分野だったり、幾つか条件があるんですけど、それに引っかかると開催される投資の審査会です。各部の部長が揃い踏みで、ロジックが弱いと一時間タコ殴りにされるんすよ」

親会社の投資制度なんて気にしたこともなかった。恩賀がよく「今日も全員黙らせてきた」と爽やかな笑顔で言っていたのはこの審査会のことだったのだと、今更ながらに分かる。

「どうしたんですか、急に」

「次のD審、デメテルが議題に上がるわ」

「え、そうなんですか？　よく知ってますね」

天恵は壁掛けカレンダーに目を遣った。

「D審は部長クラスの参加メンバーが多いから、予め年間通して開催日が決まっているんですよ。今月の開催日はたしか結構先なので、少なくともそれまでは猶予ありますね」

「今日の午後よ。デメテルの審議。臨時で開催されるって聞いたわ」

「え、ほんとですか？　ウラヨミのせいですかね。本店はやっぱり、そんなに早くにデメテル売っ払いたいんだ」

「違う。逆よ」

「逆？」

「今日の審査会では、デメテルへの増資が議論されるらしいわ」

「なんでまた急に！　さっぱり訳が分からないんですけど」

「分からないわよ。分からないけど、鶴丸がデメテルの株式を買い増して連結子会社化するそうよ」

連結化するということは、鶴丸が議決権比率を五十パーセント以上持つということだ。これにより、デメテルは完全に鶴丸グループの傘下に入る。TSフードサービスが株式をちょっとだけ持っていた今までとは訳が違う。

意味わからん、と繰り返す天恵を見て、高宮は昨夜の風間からの電話を思い出していた。

「は？　風間さん、どういうことですか？　全然見えてこないんですけど」

「僕にも分かりません。何らかの力が働いて、鶴丸はデメテルの子会社化を決めました。ウラヨミのせいで煙たがっているに違いないにもかかわらず、です。僕はてっきり、高宮さんが裏で暗躍しているとばかり思っていました」

いや、そうであってほしかった。風間はため息混じりにそう言った。

頭を冷やしてくれていた夜風が、今では薄寒く感じられ始めていた。自分の知らないところで物事が大きく動いているのを感じ、高宮は背中に寒気を覚えた。

「おかしな話なんですが、高宮さんが粘っているのであれば僕は安心できました。メーグルのプレゼンは素晴らしかったし、やり方や態度はどうあれ、高宮さんの熱意が本物なのはよく知っています」

風間の声は明らかに苛立っていた。初めて鶴丸の会議室で会った時、話が自分の気に食わない方向に進んでいる際に見せた風間のしかめ面を思い出した。

「ですが、立案者の高宮さんを置き去りにして話がどんどん変な方向に進んでいる。プロセスも結果もおかしい。こんな投資の審査、本来は決して起きてはいけないんです。仏作って魂入れず、この投資は絶対に失敗します」

「前に風間さんのところの偉い偉い室長さんから聞いたんですけど、この世に絶対は無いらしいですよ」

「いや、絶対上手くいきませんよ。だって、高宮さんがいないんですから」

風間からの最大限の褒め言葉と受け取った。この返しに「ありがとうございます」は間抜けすぎる。

「どうすれば審査会に忍び込めますか？」

電話口の向こうから、安堵したような「そうきますよね」が力強く聞こえた。

昨夜の風間とのやり取りを伝えると、天恵は勢いよく首を横に振った。

「無理無理無理無理、高宮さん、それは流石に無理ゲーですって。二年目の僕でも分かります。審査会を荒らすって、結構な社規違反ですよ！」

「天恵うるさい。荒らすなんて一言も言ってないじゃない。それに流石に会場に乗り込むわけじゃないわ。オンラインからひっそり陪席するだけよ」

審査会は十三時から始まる。この話を始めてから仕事がお互い手につかなくなり、高宮と天恵は会議室に籠っていた。壁の時計に目を遣ると、既に十二時半を回っている。もう今日は昼ごはん抜きだ。

「めちゃくちゃにしてやろうなんて思ってないわよ。ただ、議論がおかしな方向に進んだと思ったらカットインしようとしてるだけ」

「それがめちゃくちゃにするってことですよ。高宮さん、絶対にタダじゃすみません。てか誰なんですか。そんな無茶な提案してくる奴。そいつ、高宮さんを陥《おとしい》れようとしていません?」

風間の名前は天恵にも伏せていた。勇気出すのがおせーよバカとは思ったが、せっかく連絡をくれた風間を道連れにするのは寝覚めが悪い。

「誰だっていいでしょ。あたしにだって鶴丸の中に内通者くらいいるの」

最近何かにつけて本店とのコネを自慢してきた桑守の顔が頭にちらつく。

「冗談抜きで、やめてください。ただでさえ高宮さんはウラヨミのリーク疑惑でツーアウトなんですよ。次のアウトでゲームセットです」

「リークの件ならワンアウトよ。二回目はあたしじゃない」

「そんなの、上からしたらどうでもいいんですよ。てかマジで一回目もなんでリークしちゃうんですか」

天恵も軽いパニックになっている。くしゃくしゃ頭を掻きむしり「あぁもう!」と呟く。

「あたし以外にメーグルは見極められないし、メーグルが無ければデメテルの株式なんて買い増してもしょうがないのよ。これはあたしにしかできないことなの」

「ダメです。体を張ってでも止めます」

天恵なら「いっちょやってやりましょう!」くらい言ってくれるものと思っていた。段々とイラつきが表に出てしまう。

「メーグルをおかしなことにしたくないの。あんたに何が分かんのよ!」

「分かりますよ! 微力だったかもですけど、僕だって一緒にやってきたつもりです!」

いつもなら「すみません」で引き下がる天恵が、今日は身を乗り出してくる。高宮は短くため息をついて、窓の方に目を遣った。雲の切れ間から日の光が差し、茅場町のビル街に優しく降り注いでいる。

こんなに必死な顔の天恵、初めて見たかもしれない。二人とも黙ったまま、どれくらい時間が経っただろう。目線を逸らそうとしない天恵を見て、高宮は小さくため息をついた。

「そうね、悪かったわ。メーグルの生みの親はあたしだけど、名付け親はあんただったわね」

「高宮さんはメーグルを自分のものと思っているかもしれませんが、僕だって他人事じゃないと思っています」

名付けただけじゃない。生まれてから大きくなるまで見届けてきたのも天恵だ。目の前の後輩の存在の大きさに、改めて気付かされた。

でも、と天恵は続けた。

「高宮さんが割り込むのは危険です。良いじゃないですか、どこかの誰かが審査会を通してくれるんだったら。僕らの労少なくして、デメテルが鶴丸の子会社になれば言うことなしです。先回りして、どうやってこっちのもんにしてやるか考えましょうよ」

「言うようになったじゃない」

普段の営業でもそれくらい強かなガッツ見せなさいよ、と心の中で笑う。

「高宮さんがいなくなると、メーグルもトレ三もダメになります。それに、高宮さんとご一緒して、初めて仕事が面白いかもと思えたんです。全て自分の知らないところで決まっていくんだなと思ってましたが、自分でも何かできるかもって、そう思わせてくれたのは高宮さんなんです」

最初の歓迎会で「人生七割がモットーっす」と言っていた天恵から、そんな言葉が出てくるとは思わなかった。

「それに」

ルーズなもじゃもじゃ頭を右手でかきむしって、天恵は不貞腐れたような語気で続けた。

「こんな感じで高宮さんがいなくなるの、僕は嫌です」

なによそれ。いつものように茶化そうとしたが、言葉が出てこなかった。いつだったか、小西さんに桑守との喧嘩を疑われて、「いえ、青春してました」と返した時のことを思い出す。こんな修羅場の真っ只中でもあたしは立派に青春してるなと、場違いなことを考えて思わず笑みがこぼれる。

「分かった。審査会に口出しはしないわ。その代わり、陪席はするわよ。他の参加者には絶対バレないようにする。それなら構わないでしょ」

天恵は何か言いたそうにしたが、高宮が「あんた、あと十五分したら客先で面談でしょ」と言うと、諦めたように立ち上がった。

「分かりました、絶対に変なことはしないでください。絶対ですよ」

「絶対絶対うるさいわね。鶴丸のお偉いさんにケチつけられるわよ」

最後に高宮が優しく「分かってるって、ありがと」と言うと、天恵はようやく部屋から出ていった。ドアが閉まり、数秒数えてから、高宮は部屋の鍵を閉めた。

風間から送られてきたメールを開き、URLをクリックする。オンライン会議のアプリが立ち上がり、『プロジェクトGoldfish 本部投資審査会（9月 臨時開催）』というルーム名が表示される。

投資案件は秘匿性が高いため、全てプロジェクト名が決められると天恵から聞いていた。デメテル、出目金、金魚の連想でつけられた名前だと一発で分かり、思い入れを感じない安直さに高宮は腹が立った。

参加ボタンを押す前に、カメラも音声もオフになっていることを確認し、自分の表示名を「リスク管理部 陪席」に変更する。風間曰く、この部からの陪席参加者が一番多いため、一人くらい増えてもバレないだろうとのことだった。

審査会自体は鶴丸ビルの大会議室で行われるが、関係部署からも陪席者が多く参加するため、入りきらない分はオンラインから参加するらしい。発言予定も権限もない陪席者は皆カメラ・音声共にオフで参加するのが通例であるため、高宮にとって都合が良かった。参加者の中には部署名を書かずに「陪席」とだけ書いてある者もいる。おとなしくしていたら見つかるはずがなかった。

高宮のノートパソコンの画面に会議室の様子が映し出される。カメラは壁に固定で取り付けられているようだ。ロの字型の会議室のようで、カメラが据え付けられた壁側に座っている参加者たちは姿が一切映らない。風間の話では、温水社長と平井部長が座っているはずだ。

ちょうど、審査会のメンバーたちが会議室に入ってきたところのようだ。高宮の視界には五人の姿が見える。真ん中に座った険しい顔つきの男には見覚えがあった。食料品ビジネス本部の本部長である殿岡悠大《とのおかゆうだい》だ。前に見た時より白髪が増えているが、高宮が入社した時に挨拶をしに行った覚えがある。最も職位の高い殿岡本部長がこの審査会では決定権を持つ。

殿岡の左には、戦略統括室長の真砂が座った。カメラで俯瞰して見ているから分かるが、ちらちらとずっと殿岡本部長の方に気を遣っている。

「なんや平井、よう見んうちに細うなったな。今どれくらい上げるんや」

殿岡本部長を挟み、真砂室長とは反対側にドカッと座った大男が肘を曲げて何かを上げ下げする動作をする。

「お久しぶりです、雷門《らいもん》部長。それがここ最近忙しくて、ろくにダンベルも握れていません」

「またお前はそうやってすぐ忙しそうなふりをする。あかんで、上がせかせかしてたら下のもんはすぐ舐め腐る。子会社だろうがどこだろうが、腹から声出していけや」

平井部長の「声出していけよ」のルーツを垣間見ることができた気がして、なぜか高宮は軽い感動を覚えた。桑守は鶴丸に出向したがっていたけど、平井を上回るこのゴリマッチョの下ではやっていけないだろうなと、ふと思った。

雷門部長の斜め前に座った男が、大袈裟に咳払いした。すぐ近くの比較対象が大男のせいもあるが、随分と体の線が細く見える。風間の十年後みたいな風貌だった。

「殿岡本部長はこの後も予定が詰まっているんです。無駄話はそれくらいにして早く始めましょう」

「なんや潮見《しおみ》ぃ、アイスブレイクやないか。こういうのが大事なんや。それに結論は決まってるんやから、そんな急がんでも良いやろ」

「結論の決まった審査会などない。事前インプットは忘れて、この場で諸君らと一から議論がしたいと思っている」

殿岡本部長の声で会議室は静まり返った。大声を出していないのに、芯が通った声に一同は動きを止めた。

「はぁ、失礼しました。本部長の言う通りですな」

雷門部長も肩をすくめている。

会話が途切れた瞬間を見計らって、真砂室長が口を開いた。

「えー、それでは、定刻になりましたので、臨時の本部投資審査会を開始します。司会は私、戦略統括室長の真砂が務めさせていただきます。本件はＴＳＦから稟議書が提出されたものであり、既に同社が少額出資をしているデメテルの株式を追加で買い増し、鶴丸グループ傘下の連結子会社にする是非について本日議論いたします」

真砂室長はよどみなくスラスラと言葉を発していく。

「次に、出席者の確認をします。この場の長として、殿岡食料品ビジネス本部長。審査メンバーとして、雷門国内営業部長、潮見グローバルマーケティング部長」

名前を呼ばれた参加者たちが軽く一礼をしていく。

「藤丸《ふじまる》事業推進部長がご出張で欠席のため、代理として同部局より早乙女《さおとめ》次長」

これまで一言も言葉を発していなかった色白の男が、にこやかな笑顔で礼をした。早乙女次長は真砂室長の斜め前に座り、ここまでが審査会のメンバーらしい。

「原局からは、ＴＳＦの温水社長と平井営業部長。他、営業部局とコーポレート部局の皆様に多数陪席いただいております。それでは温水社長、どうぞ」

気付くと、画面オフでオンライン参加している人数は十を超えていた。こんなに必要なのかと呆れながらも、これなら一人くらい多くてもバレないだろうと思い少し安心する。

「このデメテルという会社の技術を活用した事業案は、ＴＳＦでずっと温め続けていたものです」

温水社長は一本調子で喋り始めた。カメラの位置のせいで見えないが、何か手元のメモをそのまま読んでいるように聞こえた。

「えー、よって、その『鶴丸グループの一体感醸成』の第一歩が、このデメテルを連結化して完全に技術を押さえにいくことです。それでは、具体的な内容は平井部長に説明してもらいます」

平井部長が投影資料を画面共有する。その一瞬、暗くなった画面に自分の顔が映った。眉間に皺がより、暗い画面でも顔が赤くなっていたのが分かる。

今の案件意義の説明、大部分があたしのパクリじゃない。寧ろ仰々しい余計な付け足しが多くて分かりづらい。机を叩きそうになる気持ちを無理やり抑え込む。下手にパソコンに振動を与えて、何かの弾みで画面と音声がオンになってしまったらマズい。

「私からは、この会社が開発中のＬＥＮＺをどう活用するかをご説明します」

平井部長の説明を聞いていて、高宮は確信した。こいつら、あたしの説明を殆どそのまま使うつもりに違いない。天恵に時間を測ってもらって何十回と口にした説明だ。今でも一言一句間違えずに空で言うことができる。繫ぎや言い切りの言葉こそ違えど、肝となる説明の部分は高宮が作った原稿と全く一緒。ビジコンの時、社内広報用にとカメラが回っていたのを思い出す。

「今のアドリブ、マジで要らない。そこで収益性がどうこう言うと論点がぼやけるのよ」

思わず独り言が漏れる。自分は考えに考え抜いた自負があるので、平井部長の説明全てに苛立ってしまう。本来、今の平井部長の席には自分が座っているはずだったのだ。

「少し長くなりましたが、原局からの説明は以上になります」

手柄を横取りされるってこういうことか。やり切れなくなった高宮はヘッドセットを少しずらして天井を仰いだ。

「要はこれ、Ｒ＆Ｄ《Research & Development》案件ですよね？」

質問の口火を切ったのは潮見部長だった。顔だけ平井部長たちの方に向ける姿は、蛇が鎌首をもたげているようにも見える。

「採算性について、大まかにしか示されていませんね。詳しく教えてください」

「えー、まだこの世に存在しない、未完成の技術です。リアクターの製造コスト、詳細な原料費、それにエネルギーコストが幾ら掛かるか、どれもまだ不明です」

違う！　それなら粗々だけど試算済みだ。高宮は画面を睨みつけた。

「技術の研究開発が終わった後、はじめて詳しい採算をはじけるようになります」

「ほんなら、その研究開発とやらが終わってからの投資検討でも遅くないんちゃうか？」

雷門部長も横から入ってくる。豪快に「やってみなはれ」と言い放ちそうな風貌でも、コメントは意外にも慎重だ。

「もう、基礎研究自体は完了しているんです。あとは商業化への繋ぎ込みだけで、そのためには追加の資金が必要です。今回の株式買い増しは、デメテルへの資金注入策でもあります」

「んなもん、親会社からの融資で十分やろ。将来の優先交渉権を寄越せぇ言うて。なぁ、潮見部長？」

「雷門部長に同意します。そもそも、独占的なライセンス契約に留めてアセットを軽く持つのが筋なのでは？　連結化にこだわる意味がない。私は事前ブリーフィングの時から納得いっていません」

言いたい放題の後、雷門部長は「真砂室長、ワシらの発言はちゃんと議事録に残してぇな」と釘を刺した。

「私の所見も述べさせてもらおうか」

殿岡本部長が動いた。部長勢の注目が集まる。

「率直に言って、私はこの投資に疑義を持っている。こんなアーリーステージの技術に投資する必要性を感じない。また、先日のゴシップ記事が暴露したように、かつてわが社は似たような事業を御し切れなかった。そのせいで、結果として従業員が二名亡くなっている。類似事業への再参入には違和感を禁じ得ない」

「ですが本部長、本件は重要性を鑑みて、即刻投資実行すべきだと」

平井部長が、言葉を選びながら恐る恐る発言している。

「それは誰にとっての重要性だね。そうやって空中戦で物事が決まるせいで、どれだけの意思決定が歪んできたと思っている」

「私からも一点宜しいでしょうか」

早乙女が律儀に手を挙げた。

「鶴丸食品には転職してきたばかりでして、的外れな質問であればすみません。このデメテルの中でのキーパーソンは誰なのでしょう」

「それは、出目社長です。彼が決定権を握っているので」

「でも、社長ご自身は技術屋さんではないのですよね？　この方の過去のインタビュー記事も読みましたが、技術は社員任せとご本人も発言しています。本件はデメテルへの投資というより、中にある開発中の技術への投資案件のように思いますので、技術のプロは何と言っているか生の声を聞いてみたいと思いまして」

平井部長に答えられるはずがない。デメテルの梅村技術部長とは名刺交換したことすらないだろう。今、自分が審査会の場にいれば何でも答えられるのに。ここ最近抑えていたつもりの貧乏ゆすりが無意識のうちに始まっていた。

「審査メンバーの皆様のご懸念、よぉく分かります」

それまで黙っていた温水社長が喋り出した。

「まずはですね、デメテル単独でも儲かる事業体を目指します。社員のリストラの断行、原料調達先の見直し、徹底的なコストカットで筋肉質な事業体にすることで」

「それはおかしいですね。先ほどの平井部長のご説明では、デメテル自体で稼ぐのではなく、あくまでも狙いはLENZと鶴丸グループの事業との間のシナジー創出ということだったと思いますが」

「ええ、まぁ、両睨みで取り組んでいくと言いますか、そういうことです」

そういうことです、じゃねーよ！　我慢の限界だった。

風間から聞いていた話と真逆だ。デメテルが謎の力で押し上げられるのを見張りにきたつもりだったが、これではただの集団リンチだ。しかも、そのガードマンであるはずの温水社長も平井部長も、表面だけパクってメーグルのことを全然理解していない。

事業を守れるのは、お前だけだ。恩賀の声が聞こえてくる。うっさいわね、いちいち言われなくても分かってんのよ。自分に考える暇を与えず、音声とカメラをオンにする。

「すみません、宜しいでしょうか？」

おっさんばかりの会話に女性の声が急に混じって、皆一斉に顔を上げた。

「おい、お前、何で入ってるんだ。なんだ、その『リスク管理部 陪席』って名前は」

声で分かったのか、まず反応したのは平井部長だった。構わない。ここまで来たら引き返せない。

「頂いたご質問について、私、ＴＳフードサービスの高宮から補足説明をしても宜しいでしょうか？」

「許可する」

温水社長と平井部長が何か言う前に、殿岡本部長が答えた。これでもう、高宮は正式に参加を許されたようなものだった。

「まず最初の採算性についてですが、デメテルの技術部長から詳しくお話を聞いています。初期的なものにはなりますが粗々な計算なら既に出来ております」

そう言って自分のパソコンの画面を共有する。細かい計算式をざっと見せた上で、サマリーシートを用いて一つずつ説明していく。

「この技術を今押さえておく重要性については、デメテルに出資した時に結ばれたこちらの合弁契約書に沿ってご説明します」

気付けば、雷門部長はメガネを取り出してディスプレイを見ている。潮見部長も、今日初めて何かをノートにメモしていた。

「他にもご質問があれば、何でも聞いてください」

「いやぁ、威勢のええ嬢ちゃんやな。助かったわ、ほんま」

「そうですね。受け答えも筋は通っていますし、これなら及第点でしょう」

高宮の肩から力が抜けていく。ようやく報われた気がした。約束は破ってしまったが、今の姿は天恵に見せたかった。ちっぽけな自分でも何か動かせるかもしれないんだぞと、伝えてやりたかった。

部長たちのやり取りには目もくれず、殿岡本部長はじっと手元を見つめていた。一瞬だけ瞳が揺らぎ、表情が歪んだように高宮には見えた。

「それでは決を取る」

殿岡本部長の一声で、再び場が静まる。自らの声に急き立てられるかのように、自分の右手を挙げた。

「本件の投資実行に賛成のものは挙手を」

合計で、手が三本挙がった。早乙女次長以外、全員が挙手している。満場一致である必要はない。自らの手を下ろすと、殿岡本部長は両目をぎゅっと瞑った。高宮は感情を読み取ろうとしたが、目を開いた時には無表情に戻っていた。

「オンラインで陪席している関係部局の皆さんもご苦労。本件は投資実行するものとする。以上、解散」

「ありがとうございます!」

殿岡本部長の態度は気になったが、何はともあれ、おかしな事態は避けられたのだ。続々と他の陪席者がオンライン会議室から退出していく中で、思わず高宮は深々とお辞儀をしていた。

「いやいや、お礼を言わなあかんのはこっちの方や」

雷門部長の優しい声が聞こえた。今顔を上げたら、目に涙が溜まっているのがバレてしまう。画面はオフのままでもよかったなと、頭の片隅で思う。

「嬢ちゃんがいなかったら、賛成の理由を捻り出せんかったわ」

「いえいえそんな……はい?」

「案件自体には大いに疑義が残るものの、原局の説明には一定の説得力があり、投資額が小規模であることからも本件は幾つかの指示事項付きで承認。指示事項の詳細は後日連絡。議事録への記載はこんなものでしょう」

潮見部長が一気にしゃべり、真砂室長が「はい」と受ける。

「繰り返しになりますが、我々が当初反対を表明していたことはちゃんと議事録に残しておいてくださいよ。後から責任を取らされるのはごめんですから」

状況が理解できない。これがハッピーエンドなのか、自信が持てない。

「会長のお友達案件とはいえ、こんなよう分からん会社に出資するくらいなら接待費の締め付けを緩めてほしいもんやわ。会長の指示も困ったもんや」

「あの、会長の指示ってどういうことでしょう」

ぼやいていた雷門部長が、高宮の声に「お」と反応する。

「お、なんや嬢ちゃんまだオンラインにいたんか。おっさんたちの汚い密談なんて聞いたらあかんで。今のは聞かなかったことにしてな」

迂闊《うかつ》さを呪うかのような潮見部長からの冷たい目線に苦笑いした後、雷門部長は大口を開けて笑った。

「でもまぁ、良かったなぁ。嬢ちゃんは生粋のデメテル投資賛成派やろ?」

良くない。結論は自分の望んだものであったはずなのに、誰かの手のひらの上でずっと踊らされていた気分だ。自分の両手首が見えない糸で吊られているような気がして、高宮は思わず手の甲を払った。

「どや、嬢ちゃんが本件の主担当になったらええんちゃうか。まだ入社して数年やろ。立派なもんやで」

「そうですね、昔から担当だったかのような受け答えでした。あなたがいてくれた方が、今後またD審をやるときに都合が良さそうですし」

これはチャンスなのか、罠なのか。出ている目は得と損のどちらだ。場に覆いかぶさる大きな流れがどこから来てどこに向かっているのか、状況に頭が取り残されて見当もつかない。「会長の指示」がデメテルの株式買い増しを指しているのだとしたら、その意図が見えてこない。

怖くなって机から体を遠ざけた時、手が引っかかってノートが落ちた。急いでかがみ込んで拾い上げる。たまたま開いたページは、他のページに比べて真っ黒だった。

初めてデメテルを訪問した時のメモだ。帰りの新幹線の中で、出張帰りと思しき周りのサラリーマンたちがビールとおつまみを手にしているところ、思いついたアイデアを一つも余さず記録し切ろうと夢中でペンを走らせた。損得を考えるのは、あの日の自分に失礼だ。メーグルの事業化を応援してくれた、天恵やデメテルのメンバーの顔も頭に浮かぶ。

「えー、残念ながら高宮は手元の仕事が忙しくてですね、本件からは外れて」

「やります!」

平井部長が勝手に断ろうとしているのを遮る。

「おい、お前は黙って」

「この事業、あたしが考えたんです。やらせてください！」

あたしにしか守れない。こんなところで終わらせない。

しばらく渋い顔を続けていた早乙女が、初めて微笑んだ。

「この事業の説明、先日のビジネスコンテストで聞きました。メーグルという名前でしたね」

「はい！」

「分かった。彼女も検討メンバーに入れる方向で」

殿岡本部長がまとめに入ったその時だった。

これまで参加者たちの顔が映されていたディスプレイが切り替わる。

まだ退出しないでオンライン会議室に残っていた誰かが、画面共有をしたのだ。画面の真ん中には大きな音符マークが出ている。誰かが、MP3の音声ファイルを共有している。共有している参加者の名前は「陪席」だ。オンライン参加しているのは、高宮とその陪席者の二人だけになっていた。

突然のことに皆が呆気にとられる中、ファイルが再生を始めた。

人々の騒ぎ声が聞こえる。グラスと食器がぶつかる音。どこかの居酒屋のようだ。

『で、そろそろ教えてくださいよ。ウラヨミにネタ持ち込んだの、高宮さんですよね？』

聞いた瞬間、血の気がひいた。天恵と桑守と、三人で飲みに行った新桃園での会話だ。

『当たり前でしょ。あたし以外に誰がデメテルの話なんて外に話すのよ。友達の彼氏がウラヨミの記者やっててね、メーグルやデメテルの話を教えてやっただけ……』

残りの音声は、高宮の耳には入ってこなかった。

新桃園での会話が録音されていた。何か言わなければ、そう思って口を開くが、カラカラに乾いていて言葉が出ない。

オンライン会議アプリのチャットボックスが動き出す。「陪席」が何か書き込んでいる。

——高宮麻綾はウラヨミというゴシップ誌に内部情報を暴露して、意図的に社規違反を行っています。死亡事故の隠蔽など虚偽の情報を外部に漏らし、わが社の評判に傷をつけました——

「待ってください、違います。匿名で文書を送ったのはあたしじゃありません。今の録音、メーグルの話をしていたでしょう。あたしが漏らしたのはその前の」

——他にも、隣の会議室に忍び込んで上司と本店広報部次長の会話を盗み聞きしたり、素行不良が日常化したりと、目に余る行いをしています——

「やめろ。子どもの喧嘩じゃあるまいし、二人とも口を慎みなさい。不愉快極まりない」

黙って聞いていた殿岡本部長が、怒気を孕《はら》んだ声で一喝する。それが終了の合図になった。

真砂室長が今後の進め方について何か話しているが聞こえない。終わった。

全てが終わったと思った。

高宮が呆然としている間に、実際の会議室にいるメンバーが一人、また一人と退出していった。

残っているのは、オンライン上の高宮と「陪席」の二人だけだ。カメラは相変わらずオフのままだが、何か話したいのか「陪席」は音声をオンにしている。

高宮も、震えが止まった指でヘッドセットのマイクを摘んだ。

「あんたも随分と必死なのね」

「悪く思うなよ、麻綾。せっかく手に入れたチャンスなんだ」

「メーグルにそんなに興味がおありだとは思わなかったわ」

「本店への逆出向者は一人で十分なんだよ」

相手は頑《かたく》なに顔を見せない。今、画面の向こうで笑いを堪えているのか、それとも怒った顔をしているのか、高宮には分からなかった。

「愛しの同期に刺されるとは思わなかったわ」

「お前はいつも邪魔だった」

桑守の声が冷たく響く。

「いつも俺より先にお前のところにチャンスがいく。不公平だろ」

不公平。高宮が他人の人生を見て心の中でいつも思ってきたことだった。風香ばっかり人生イージーモードでとんとん拍子に進んでずるい。溝畑先輩ばっかり「今の俺には守るべきものがある」みたいな顔してずるい。あたしにだって何かないとおかしい。夢中になってメーグルを追っている間は、こんな感情忘れていた。

「あんたは事業案だけじゃなくて、あたしが常々思ってたことまでパクるのね」

「さっきだってそうだ。お前にばかりスポットライトが当たる。割り込んでベラベラ喋り出して、みんなにすごいすごいって褒められて気持ちよかったか?」

「画面オフでダンマリしてる奴にライトが当たるわけないでしょ。それに、メーグルはあたしのアイデアよ。あたしが一番上手く答えられるに決まってるじゃない。男の嫉妬は見苦しいわね」

桑守は少し黙った後、ひひと笑った。気持ちの悪い、下卑た笑い声だった。

「まぁいいさ。俺は本店に逆出向。お前は懲戒解雇だ。なんでウラヨミに情報漏らすのか、俺には理解できないな。短気は損気って、小さい頃に親から教えてもらわなかったか？」

「メーグルの寿命を延ばすため、あの時はあれしかなかったのよ。あんたには一生分かんないでしょうけどね」

「分からないな。そうだ、そういうことも分かりやすく引継書に書いておいてくれよ」

高宮は殴りつけるような気持ちで退室ボタンを押した。これ以上、桑守と話したくなかった。

気付けば窓の外が薄暗い。部屋に入った時は晴れていたのに、いつの間にか雨が降り出していたようだ。天恵になんて言おう。椅子に背中で座るようにして足を伸ばし、誰かがドアをノックするまで、しばらくそのままぼうっと外を眺めていた。もう涙も出なかった。

トレーディング三課からの異動に関する引継書

2023年9月

本日を以てトレーディング三課を離れる事となった為、簡単ながら以下の通り引継書を作成します。顧客概要や業務フローといった本題に入る前に、入社三年目というペーペーの身分で恐縮ですが、私がTSフードサービス株式会社の皆様にお伝えしたい事を先ずはじめに四点記載いたします。

一、経営陣の皆様へ。ビジネスパーソンとしての基礎を叩き込んでいただいた事は私の一生の財産であり、もう一度社会人生活をやり直すとしてもTSフードサービスのトレーディング三課を希望すると思います。ただそれも、二年前のトレ三であれば、です。最近はどいつもこいつも鶴丸食品の意向ばかりを気にして、口を開けば「親会社はどう考えているか」ばっかり。あなたたちは親会社の鶴丸に死ねって言われたら死ぬんですか？　皆様が私にした仕打ちは人殺しと同様の行為だと思っており、未来永劫決してこの事を許すつもりはありません。どうかくれぐれも暗い夜道にはお気をつけてください。

二、トレ三の同志諸君へ。もっとしゃきっとしなさいよマジで！　ほんとムカつく。ムカつくムカつくムカつく！　うちは親会社のオモチャじゃないでしょ？　何をやるにも顔色窺いすぎ。別法人なのに鶴丸のことを「本店」って呼ぶのも気色悪いからマジでやめて。皆様お忘れかもしれませんが、うちの本店はこの茅場町のおんぼろビルです。
「気にかける人がいなくなった時、その事業は死ぬ」と、私は恩賀さんから教わりました。このままでいいと本当に思ってるわけ？

三、急にこの引継書が社内一斉送信のメールで送付されてきた皆様へ。本件の顚末は既に皆様ご存知かと思います。このような形で当部を去ることは誠に遺憾ですし、己の力不足に対して怒りが収まりません。せめてもの抵抗として、この引継書改めダイイングメッセージを皆様にも送ります。犯人たちを明日から白い目で見てあげてください。

四、被引継者に対して言いたいことは一つ。地獄に落ちろクソ野郎！　ばーーーか‼

引継者：　高宮麻綾

被引継者：桑守クソクソクソ野郎

「高宮さん、それ、本当に社内メールで一斉送信するわけじゃないですよね？」

いつから覗いていたのか、後ろから天恵が恐る恐る声をかけてくる。

「今、あたしは盗聴とか覗き見に超センシティブなの。ぶち殺すわよ」

「センシティブな割には、全然気づいてませんでしたけどね」

時刻は二十三時を過ぎていた。フロアに残っているのは高宮と天恵だけだ。

明日から高宮は二週間の自宅謹慎に入る。懲戒解雇には至らなかったが、一般の社員が謹慎とはそこそこ重い罰だ。まだ、戻り先の部署は通達されていない。

「ここしばらく働き詰めだったから、二週間のリフレッシュ休暇を満喫してくるわ」

「今の発言、大丈夫ですか。また桑守さんが録音してるかもしれませんよ」

「バカンスが延びて好都合ね」

D審が終わって三日経った。その間に天恵からは散々呆れられ、散々罵られた。しおらしく聞くつもりだったが、直ぐに我慢できなくなって高宮も吠え返し続けた。高宮が一番声を荒げたのは、天恵が温水社長に直談判に行くと言い張った時だった。

「じゃ、そろそろ帰るわ」

さっきまで気の向くままに書いていた「引継書」のファイルをゴミ箱に入れ、完全に消去した。このぐちゃぐちゃした気持ちを一番知ってほしかった相手が勝手に後ろから読んでいたのだから、もうそれで十分だった。

更地になった自分の机を見下ろしていると、天恵から声がかかった。

「高宮さん、また直ぐに帰ってきてください」

「当然」

「待ってますから」

このままだとその場からずっと離れられなくなりそうで、高宮は黙ってフロアの出口へと向かった。自動ドアを出て廊下を曲がる時、一瞬だけオフィスの方を振り返った。まだ天恵がその場に立ち尽くし、いつものように頭をかきむしるのが見えた。これからしばらく天恵は一人で残業するのかと思うと、初めて申し訳ないという気持ちになった。

4

窓際のいびり姫

——どうですか、新しい部署は——

私用のスマートフォンに天恵からメッセージが届く。会社のチャットツールは誰がチェックしているか分からず、今までのように雑談には使えなかった。

——悪くないわね。あたしは配属初日で超重要プロジェクトに任命されて、黙々と仕事をこなす優秀な相棒もつけてもらった。今は毎日、二人三脚で回してるわ——

その相棒が仕事を終えるのを立って待つ間、高宮は目立たないように返信をする。新しいリーダーに難癖をつけられると面倒だ。

——良いパートナーが見つかって良かったですね——

——そう、あんたと違って文句言わないからほんとラク。あ、ちょっとたんま——

ピーという耳障りな音がする。これで今日は三回目だ。高宮は小さく舌打ちをした。

——新しい相棒、文句は言わないんだけどたまに紙詰まりを起こすのよね——

カバーを開けて用紙を取り除いてください、とディスプレイに表示されている。苛立って片手で乱暴に給紙カバーをはね上げると、不服とでも言いたげに相棒からガコンと大きな音がした。天恵に「前言撤回、文句も言うし紙詰まりも起こすわ」と素早く送り、チャットアプリを閉じた。

自宅謹慎が明けて一週間が経った。元いた部署に復帰することはなく、高宮に命じられた異動先は人事総務部だった。

フロアが違っても、同じ会社ならオフィスの景色は画一的だ。見慣れたタイプの個人用デスクに、今までと変わらないオフィス用チェア。降りる階が十階に変わっただけで、出社時に乗るエレベーターもこれまでと同じだ。それでも高宮には、外の青々としたイチョウとは正反対の、どんよりとした灰色に染まったフロアに見えた。

ふとした時に、トレ三のメンバーと顔を合わせることもある。溝畑先輩は面白がって話しかけてくるし、逆に茂地係長はビビっているのか目も合わせてこない。平井部長には自分から駆け寄って「おはようございます!!」と半ば叫ぶように挨拶をしている。相手の嫌そうな苦々しい顔を見るのが、ここ最近の高宮の数少ない楽しみの一つだった。

「あなた、随分と優秀だったらしいわね？　平井くんから聞いているわよ」

出社初日、総務チームリーダーの姫川芳子《ひめかわよしこ》が高宮を出迎えた。不自然なまでに上がった口角に対して、目が一切笑っていない。

「我が強くて他人の言うことを聞かない。短気な性格で、気に食わないことがあれば舌打ちと貧乏ゆすり。レールを無視して突き進む、ブレーキのついていない暴走機関車だそうね？」

「よく見ていただいていて有難い限りです」

高宮が軽く流すと、姫川は目を大きく見開いた。リップクリームで潤いたっぷりの、ピンクの唇の両端が下がった。

「そんな目立ちたがり屋な高宮さんには、重要なプロジェクトをお願いしようかしら。今、TSFの中で進んでいるフリーアドレス化の話は知っているわね？」

諸林が自慢げに「鶴丸グループの中でもうちが最初に導入するらしいです」と話していたのを思い出す。この取り組みのために天恵と文書整理をしなければ、恩賀の文書箱を見つけることもなかった。

姫川の話では、フリーアドレス化と同時にペーパーレスも推進していくのだという。紙での印刷をやめて、全てクラウド上でのデータ保存に変える。たしかに自分の固定座席がなくなると、机の上や引き出しの中に置いていた紙の書類は処分せざるを得ない。

「今まで紙で保存していた書類も沢山あるんだけど、これを機に全て電子化する必要があるの。そこで、仕事が早くて優秀な高宮さんの出番ってわけ。書庫室に入れているものも含めて、全部そこのコピー機で読み取ってPDF化して、各データに名前をつけて整理してもらえないかしら」

「あたしがですか？」

思わず周囲を見回す。まじめに働いている社員ももちろんいるが、そうでない人もちらほら見える。さっきからAmazonのページをスクロールし続けている人もいれば、向こうの席のおばさまは朝からずっと机の上の鏡を眺めているようにしか見えない。

「あなたにピッタリの仕事でしょう？　平井くんから、高宮さんは忍耐強い人だって聞いてるわ。上司の指示も無視して、ずうっと同じ案件を追い続けているって」

「じゃあ、新しい上司の指示も無視しちゃうかもしれませんね」

姫川は大袈裟に目を見開いたまま、小首を傾げてゆっくりと頷いた。両方の鼻の穴が膨らんだように見える。

「あなたのやっていることなんてお見通しなんですからね。常に見られていると思いなさい。チャットやメールで雑談してもすぐ分かるんだから、ただ言われたことだけを淡々とやれば良いの」

姫川は短くやり方だけ伝えると、足早に立ち去った。最後の方は、同じ空気を吸うのもごめんだというような表情だった。

指示された小部屋に行ってみると、堆《うずたか》く積まれたダンボール箱の山脈がそこにはあった。これ全部を開いて、一枚ずつＰＤＦ化していくのか。ホチキスで綴じられた書類もあり、針も一つ一つ外さなければならない。本当に必要かも分からない、途方もない雑務だ。

「やっぱもう、転職先探すかぁ」

こうして、高宮の追い出し部屋ライフが幕を開けたのだった。


「ちょっとちょっと！　追い出し部屋ライフが幕を開けたのだった、じゃないのよ。あんたマジ何やってるわけ？」

「うっさいわねぇ、あたしもさすがにヤバいと思って転職活動はじめてるわよ。もうほんと、苗字に姫って入ってるくせに、いじわるな継母みたいないびり方してくるリーダーなの」

絵梨奈が電話口でギャーギャー騒ぐのでスマートフォンを一旦脇に置き、冷蔵庫から缶ビールを取ってきて開ける。ふるさと納税でもらった、山梨県産の地ビールだ。こちらの今の気持ちにはお構いなく、プシュッと小気味の良い音が鳴る。

「いやー、やっぱり労働集約的なクソ仕事の後のビールは美味いわ」

「麻綾、今日絶対悪酔いするからそのまま自宅から出ないほうが良いわよ」

絵梨奈に言われなくても、もう今日は外に出る元気も湧かない。ソファから動くのが面倒になり、先にルームウェアに着替えておくべきだったと缶ビールを傾けながら考える。

「ねぇ、私の話聞いてる？　今時そんな分かりやすい追い出し部屋、あり得ないわよ。弁護士の友達、紹介しようか？」

「それか、もう一回サトシくんの力を借りようかしら。ウラヨミに追い出し部屋の実態をいくらでも話してやるわよ。そうすりゃ自分で退職願を書く手間が省けるわ」

「麻綾、冗談言ってる場合じゃないわよ。今すぐ労基に行きなさいよ」

ソファにだらしなくもたれかかりながら、缶ビールを持っていない方の手で力なくクッションを叩いた。片付けが苦手な麻綾はシンプルなインテリアにすべき、とかつて口酸っぱく言ってきた母親には先見の明があったなと思う。もし部屋に物が多ければ、怒り狂っていた数日前に所構わず投げ散らかしていたかもしれない。

「ぶっちゃけ、なーんかもう疲れちゃったのよねぇ。次の仕事でも探しながら、しばらくはちんたら弊社のペーパーレス化に貢献しようと思うわ」

「らしくない、そんなのあんたらしくないわよ」

らしさってなんだろう。あたしが教えてほしいくらいだ。

中途半端な高さでふらふら漂う、ヘリウムガスが漏れ出た風船のようだった。高く浮き上がることも、その場に留まり続けることもできない。何もする気が起きなかった。

「分かったわ。でもせめて風香へはＬＩＮＥ返しときなさいよ。麻綾、既読無視してるでしょ」

「別に無視してるわけじゃないわよ。ただ、ちょっとそういう気分じゃないだけ」

絵梨奈と風香、三人のグループチャットに一昨日投稿があった。

――お久しぶりです◎　実は二人にご報告があって、来年の春には一児のママになることになりました！　産休に入る前にまたみんなでご飯行きたいな～――

高宮はＬＩＮＥを開いたのを後悔した。友人の幸せは、今の自分には致死性の猛毒だ。即効で奥深くまで入り込み、内側からも外側からも無遠慮に溶かしてくる。

風香の報告に絵梨奈が返信して、それに風香が返して、チャットはそこで止まっていた。

「だって、どいつもこいつも人生順風満帆でぃすって感じでどんどん先に行くじゃない。こっちは人生ゲームで『ふりだしに戻る』を引き当て続けてるようなもんなのよ。じたばたしてるあたしの姿を見て、みんなこう思うわけよ。自分じゃなくて良かった、幸せを噛み締めてこれからも気をつけていこう……ってね。勝って兜の緒を締める材料にされちゃたまったもんじゃないでしょ」

「今の発言、今日イチで麻綾らしくないわよ」

んなくらい、あたしが一番分かってるわよ。どいつもこいつも偉そうに。その後、絵梨奈から何を言われたかよく覚えていない。翌朝目が覚めると、五缶あったはずの地ビールが全て空けられていた。気分が最悪なのは、二日酔いで頭痛が酷いせいだけではなかった。


十時になって出社した。始業時間を一時間も過ぎているが、誰も咎《とが》めてくる人はいない。高宮が遅刻してきたのを見て姫川は嬉々とした表情で何事かをノートに書きつけているようだったが、それも別に気にならない。

ホチキスの針を外し、まとめてコピー機に読み取らせ、「ＰＤＦ化して自分宛に送信」のボタンを押し、戻ってきた紙の束を再びホチキスで綴じる。それを五セットくらい繰り返して座席に戻り、自分宛に届いているメールに添付されているＰＤＦファイルを開き、書類のタイトルを入力して、クラウドにアップロードする。誰とも何も話さず、これをただひたすらに繰り返す。

座席に戻る時に、隣のおじさんのノートＰＣの画面を少し覗き込んだ。延々とWikipediaの「日本サウナ名所」の記事を更新している。もしかしたら自分よりもこいつの方が世の中の役に立っているのではないかと真面目に考えてしまうほど、自分が空っぽに感じた。

午後になっても、高宮のやることは変わらなかった。唯一の環境の変化は、隣のおじさんがいつの間にか居眠りを始めていたことだ。夕方になり、次々に人がいなくなっていく。

終業を告げるチャイムが鳴っても、席を立つ気が起きなかった。家に帰れば、昨日の一人酒盛りの残骸が転がっている。惨めさに急き立てられるように、高宮は転職エージェントの登録サイトを開いた。

登録のためにプロフィールを書き始めたが、中途半端に氏名と現職を書いただけでなかなか進まない。これまでの仕事経験を書く欄に「新規事業の企画・立ち上げ」と記入し、少し考えて消した。希望職種・業務内容については何も書く気になれなかった。

「高宮ちゃん、流石にそれは冗談よね？」

顔のすぐ横で声がした。びっくりして身を離しながら振り向くと、小西さんが中腰で首を突き出すようにして覗き込んでいた。傍にはダンボール箱を載せた台車がある。

「ふざけないでしっかり書いた方が良いわよ」

小西さんが指差すスキル欄には『ホチキスの針を早く外したり付けたりできます』の一文が投げやりに書かれていた。高宮が咄嗟《とっさ》に首を伸ばして周りを見回すと、「ここに来る時すれ違ったから、いびり姫はいないはずよ」と小西さんは声を潜めて片目を瞑った。

「でも意外ね。高宮ちゃんのことだから、反乱分子をまとめて今頃クーデターでも起こしているんじゃないかって溝畑くんと話してたのに」

机もだいぶ綺麗になったわね、と小西さんは寂しそうに言った。

「他部署からそのダンボール箱が届き続けるなら、ボイコットも考えてみます」

小西さんが持ってきたダンボール箱は一つだった。横から叩いた感触で、書類がパンパンに詰まっているのが分かる。あたしの超重要任務らしいんで台車も一緒にここでもらいます、と言って箱を台車から下ろす。「営業部トレーディング三課　その他」と書かれたシールが貼ってある。

「これ、わたしと溝畑くんからの差し入れね。こっちは天恵くん。ここに置いておくから」

そういって机の脇に缶ジュースを二本置くと、小西さんは高宮の肩を叩いて去っていった。高宮はため息をつくと、登録サイトを閉じてダンボール箱に手をかけた。

「その他っていうか、ゴミばっかりじゃない」

小西さんが持ってきた文書箱の中には、トレ三のメンバーが客先との勉強会のために作ったプレゼンのスライドや、営業時に使用した説明資料が入っていた。幾つか見覚えもあり、入社一年目の高宮が作ったものもある。

「今だったら、こんなの絶対に作らないわね」

七色以上使ってカラフルに作り、恩賀と溝畑から「レインボー高宮」とからかわれた提案資料が出てきた。こんなのデータ化して残しておくようなもんじゃないと思いながらも、捨てる気にもなれなかった。

先輩たちにあーだこーだ言われながら残業をしていた頃を思い出す。それが今では、疎まれながら一人寂しく窓際部署で書類整理だ。張り合いのないため息が漏れた。

思い出に浸らないよう、無心で手を動かしていく。ようやく終わりが見えてきた頃、しわくちゃの書類が出てきた。丸めてゴミ箱に捨ててあったのを誰かが拾ってむりやり伸ばしたのか、メモ用紙にも使えそうにない。

「こういうのが詰まりやすくて一番困るのよね」

一枚目は白紙、と思いきや右下に走り書きが残されていた。

『2022年8月 高宮の新規事業提案書　保存者：恩賀』

めくってみると、一年前に自分が作った事業提案書が出てきた。当時の部長に中身も見ないで却下された、陽の目を見なかったプレゼン資料。悔しくて悔しくて、自席に戻る途中に丸めて共有ゴミ箱に叩き入れたことを思い出す。あの時の、ホチキスの針が指に刺さった感覚が蘇ってきた。自分の中だけで封印したつもりだった。

「恩賀さん、良い歳してゴミ漁りなんてしないでよ」

ぽつ、ぽつ、と手にした書類に小さな水玉が広がった。ぐちゃぐちゃになった紙のシワの上にいくつも涙が落ち、乾いてひび割れた大地に雨が降ったように見えた。

目元を拭い、小西さんが置いていった缶ジュースを見る。二本ともこの窓際部署には似つかわしくない、エナジードリンクだ。モンスターエナジーには四角い付箋が貼ってあり、下手な手書き文字で「負けるな！」と書いてあった。右下には溝畑と小西のハンコが並んで押されている。

もう一本はRed Bullで、こちらには細長い付箋が貼ってあった。名前はどこにもないが、頭文字だけ太字で「Fight, Buttobase!」と書いてある。

「ぶっ飛ばせがローマ字なの、もうちょっと上手く考えなさいよ」

Red Bullのふたを開けて、勢いよく飲み干した。髪をきつくひっつめて、バレッタで留める。どこか懐かしい、久々の感覚だ。

「反撃開始ね」

小西さんが置いていった台車を押して書庫室に向かう。途中でコピー機の前に立ち寄り、再起動のボタンを押してスリープモードを解除する。待ってましたとでも言いたげに、相棒が低く長い唸り声を上げた。


「姫川さん、お時間いいですか。今の仕事について相談が」

「あなたもう三年目よね？　見て分からないかしら？」

姫川はディスプレイに目を向けたまま、大袈裟にハァとため息をついて見せた。

「今、わたしが何してるか分かる？　言ってみて？」

パソコンの画面には作りかけの資料が映っている。「あたしをいびっています」と言ってやろうかと思ったが、グッと堪えて「会議の準備でしょうか」と答える。

「そう、とーっても忙しいの。あなたと違ってね。分かったら黙って手を動かしてちょうだい。言われたこともろくにできない高宮さんに、誰も創意工夫なんて求めてないの。とにかく黙々と」

「全て終わりました。フォルダに全データ格納済みなので、お時間ある時に確認お願いします」

「本当に？　あの量を？　雑なやっつけ仕事は許さないわよ」

怪訝《けげん》な顔をしてフォルダを開き、その場で幾つかファイルをクリックしていく。何とか粗を見つけてやろうとしているのか、壊れないか心配になるほどマウスを連打している。

「残りは後で見るわ。他にもやってもらうことは沢山あるから、待っていてちょうだい」

それからしばらく姫川はご機嫌斜めのようだったが、午後になると気持ち悪い笑みを浮かべて高宮の席までやってきた。

「次の仕事、あなたにぴったりなのがあったわ」

姫川は書庫室を指差した。部屋の中には、高宮がデータ化し終わった書類たちが山積みになっている。

「契約書だとか重要な書類は、決められた年数の間は原本を保管する必要があるの。本店の地下に大きな文書保管エリアがあるから、そこに運んでもらえるかしら？　もちろんタクシーなんて使っちゃダメよ。自費なら構わないけど」

「あの、わたし一人で鶴丸ビルまで運ぶんでしょうか？」

「そうよ、あなたが一番若いんだから。他の人は忙しいし、重い物は持てないでしょう？　あなた一人で運ぶの。どうせそれくらいしかできないんだから。お似合いの仕事よ」

これが移動しなきゃいけない書類の一覧ね、とA３サイズの縦に長いリストを渡してくる。これをまた一つずつダンボール箱から探し出して、人力で運ばなければならない。量を考えると、一人で運ぶなら何回かに分けて往復する必要がある。

高宮が何か答える前に、姫川は逃げるように去っていった。

オフィスを出る前から眉間にはシワができっぱなしで、鶴丸ビルに着く頃には舌打ちが止まらなくなっていた。今に見てろよ。受付を済ませて、こんな目に遭わせている姫川をいつ刺してやろうかとあれこれ考えているうちに、一階に鶴丸側の担当社員が現れた。小走りに駆け寄ってくると、辺りにふんわりと甘い香りが漂った。

「あの、ＴＳフードサービスの方ですか？」

緊張しているのか、小さな肩が強張っている。高宮の目つきが悪かったせいかもしれない。

「そ、総務部一年目の桜庭桃《さくらばもも》です。書類はこちらでお預かりします」

ハナからあんたたちが取りに来なさいよ、と心の中で毒づきながら「量が多いのであと数回また来ます」と言って、持ってきた書類の束を手渡す。

受け取っても桜庭はなかなか立ち去ろうとせず、思い切ったように顔を上げた。

「もしかして、高宮麻綾さんですか?」

「そうだけど」

高宮が答えると、桜庭は両手を口に当てて息を吞んだ。

「やっぱり! ビジコンの時にお見かけしてから、推させていただいております!」

小柄な体から言葉が溢れ出てくるように桜庭は勢いよく話し始めた。プレゼン感動しました、立ち姿もステキで、声のトーンもツボなんです、高宮さんみたいな方は周りに全然いなくって、すみませんわたしったらまだ出会ったばかりなのにこんなに喋っちゃって……。

人生で初めて出会い頭に推し宣言をされて高宮が驚いているうちに、向こうにペースを持って行かれてしまった。風香がアグレッシブになったらこんな感じになる気がする。

「桜庭さん、今から文書保管庫に行くのよね。あたしも入って良いかしら?」

「はい! ……あ、でも、あの、すみません、わたし一年目なのでその辺あんまり判断できなくて……やっぱり先輩に聞いてみます」

「それなら大丈夫。あたしの方で知り合いに確認しておくわ。また来るから、その時はよろしくね」

あたしがコソコソ嗅ぎ回っていると、桜庭を通じて変に広まると不都合だ。この手のタイプは勝手に動かれるより、指示待ちでいてくれた方がありがたい。

「このことは二人だけの秘密ね」

「はい！　いつでもお待ちしています！」

頭に血が昇るのではと心配なくらい深々と頭を下げる桜庭に見送られ、高宮は鶴丸ビルを後にした。十分に離れたと判断したところで、スマートフォンを取り出し電話をかけた。

「もしもし、高宮です。先日はすみませんでした。謹慎明けて、今じゃ追い出し部屋の住人ですよ。え？　いや、別に恨んでませんよ。たしかに最初はハメられたのかもと思いましたけど、勝手に暴走したのはあたしなんで、別に逆恨みで刺したりしませんって」

そんなにあたしって危ない印象なんだろうか。電話の相手がどこかすまなそうなトーンで話すのを聞いて、これなら多少は自分のために動いてくれそうだなと確信する。たしかにD審潜入はこの人が持ってきた話であったなと思い出し、高宮の顔に暗い笑みが広がった。

「ほんと、D審に潜り込む手引きをしたなんてチクリませんよぉ。で、今日電話した件なんですけど。風間さんって御社の総務部に多少顔が利いたりします？」


「こんなにまたすぐ会えるなんて嬉しいです！」

日を改めて鶴丸ビルを訪ねると、桜庭が待ち構えていた。

「戦略統括室の風間さんから話は聞いています。今日は一緒にご案内しますね」

お話しできる時間が増えてとっても嬉しいです、と笑顔で話す桜庭を見て、きれいにトリミングされたポメラニアンがちぎれんばかりに尻尾を振る姿が頭に浮かぶ。

地下行きのエレベーターに乗り、文書保管庫へと辿り着いた。想像していたより数倍広く、また部屋も複数に分かれている。

「この部屋には、過去の投資案件の稟議書が保管されています」

「これ全部がそうなの」

薄いファイルの背表紙一つ一つに案件名が書いてある。新規投資をするための提案書、撤退を決めた社内整理のための文書、様々ある。

高宮は近くにあったファイルを一つ手に取った。開いて読み進めていくと、当時の担当者の熱意が迸ってくるように感じた。

過去にアイデアを思いついた人たちがいて、そしてその内の多くが散っていったり、今でも事業として続いていたりする。このファイルと同じ数だけ、悲喜こもごものたまらない想いがあったのだ。手に取ったファイルを、高宮は取り出した時よりも丁寧な手つきで棚に戻した。

「書類はこの部屋だけじゃないんです。更に奥の鍵付きの小部屋には、一定の役職以上の人しか閲覧できない書類が入っているんですけど」

そこまで話すと「じゃーん!」と言いそうな手つきで桜庭は鍵を見せてきた。

「こっそり持ってきちゃいました!」

いくら門が堅牢でも、門番がこうだと意味ないわね。上場企業といえども、鶴丸食品のセキュリティがこの程度で助かった。数週間前に桜庭と知り合っていれば、また違った展開だったかもしれない。

「あ、でもこの鍵、予備を含めると二つあるんです。だから一つ持ち出し中でも大丈夫です」

鍵は二つあっても、目的地が一つならばったり遭遇するリスクがあるんじゃないの。突っ込もうかと思ったが、今は一分一秒がもったいなかった。

「助かる、借りるわね」

「わたしも探します。なんていう会社を探してるんですか？」

「神田酵素研究有限会社っていう会社よ。カンコー、って名前かもしれないわ」

さっきの部屋よりは小さいと言っても、百を優に超えるファイルが棚に並んでいる。こんなチャンスは滅多になく、見落とすわけにはいかない。高宮は端から一つずつ開いていくことにした。

この部屋に収められているのは主に二種類だと分かった。決済額が他のものとは桁違いな案件と、何らかの理由で外部への説明が難しい案件だ。後者の数は圧倒的に少ないが、表にできない込み入った事情が書かれているものが目立った。過去の環境汚染が発覚した件の補償金支払いなど、事案関連の書類もこの部屋に収納されているようだ。

奥の棚から順に開いて見ていく。一列確認を終えたところで、最近誰かが取り出したかのように埃をかぶっていないポケット式ファイルが目に入った。

「ようやく見つけたわ」

ファイルは薄く、中のポケットは一枚しか使われていなかった。

『神田酵素研究有限会社に於ける爆発事故の顚末書、後任への引継書』

震える手で書類を中から取り出す。恩賀の文書箱から見つかったものと同じく、紙は古ぼけて印字は粗かった。

「何よ、これ」
ファイリングされた正式な顚末書は、目次もついていないA4用紙一枚のみであった。「出向者の手記」も、一つも書かれていない。恩賀の文書箱から見つかった、血が通っているように思えた書類とは真逆の、経緯のみが淡々と記された冷たい無機質な文章がそこには並んでいた。
高宮の目は「本事故に関するカンコー社製造部長のコメント」の部分に吸い寄せられた。

——

製造条件を無理に変えることの難しさと怖さについて、社内で周知できていなかったことを悔やんでおります。本製造分野に於ける潜在的なリスクを、鶴丸食品本店の主管部メンバー含めて関係者皆が軽視していたように思い、深く反省しています。

——

きっとこれは、FBのコメントだ。当たり障りのないコメントで幕引きを図る姿が目に浮かぶ。
顚末書の最後、執筆者を表す「文責」の部分には、恩賀の文書箱から見つかったものとは違う人の名前が書いてある。高宮も知っている名前であった。

——

《引継事項》既にカンコー社は清算処理が済んでおり、保有資産も適切に譲渡・処分済みである。尚、遺族への補償については若村部長が主担当として交渉を行い、決定後の支払い処理については当該チームの事務職員が担当するものとする。

文責：バイオテクノロジー部　殿岡悠大

「何か見つかりました？」
高宮の独り言を聞きつけて、逆サイドの棚をチェックしている桜庭が寄ってきた。桜庭は一つ一つ丁寧に読み込んで確認しているらしく、タイトルと目次だけ見て判断している高宮と比べて進みが遅い。

「あたしが見つけたやつは、こんなうっすいペラペラの紙一枚じゃなかった」

最初に書かれた書類では、きっと誰かに不都合があったのだ。最後に記された名前を見る。桜庭も同じところを見ていたようだ。

「それにここ。あたしが見つけたのには、飯山信繁って書いてあったわ」

「この殿岡悠大って、今、食料品ビジネス本部長の殿岡さんですよね？　若い時、この案件に携わってたんですね」

高宮が無言で考えていると、外で物音がした。誰かが文書保管庫に入ってきたのだ。高宮は息を殺して、小部屋が開かれないことを祈った。

しばらくすると外の扉が開閉する音がもう一度聞こえて、再び静寂が訪れた。助かったと思うと、自然と安堵のため息が出た。

「あんまり長居するのも危ないわね」

自分が手にしている疑わしい書類は、スマートフォンで撮影しておく。気になる点は、オフィスに帰ってから考えれば良い。

「あの、わたしも見つけました」

桜庭が手にしていた紙を二枚差し出してきた。タイトルにカンコーの文字はない。よくよく読むと文中に一箇所だけ「神田酵素研究社」の記載があり、ゆっくり丁寧に読み込んでいた桜庭でなければ見落としていたかもしれない。

『**弊社元従業員　遺族からの訴訟対応**』

表題だけ読んで、爆発事故で死亡した志村への補償かと高宮は思った。

「え？　どういうこと？」

　そこに書かれていたのは、志村典俊の名前ではなかった。この人も亡くなっていたのかと思うと同時に、Ｄ審での殿岡本部長の「結果として従業員が二名亡くなっている」という言葉を思い出した。言い間違いだと思っていたが、そうではなかったのだ。

　桜庭が見つけた紙の二枚目は、システム上での支払い処理完了を示す画面のスクリーンショットだった。支払いが適切に済んだことを示す証拠として、このようにスクショを残すことは多々ある。

「処理担当者」の欄に、支払い対応をした社員の名前がカタカナで書かれていた。高宮のよく知っている名前だった。内容をもう一度よく読もうとすると、社用のスマートフォンを見ていた桜庭が慌てた声で言った。

「大変です、風間さんから連絡が来ました。この部屋の鍵を持って、早乙女次長がこっちに向かっているみたいです」


　間一髪であった。地下のエレベーターが開く瞬間に高宮と桜庭は女子トイレに飛び込み、早乙女をやり過ごすことができた。

「早乙女さんって、一年前に転職してきたばかりの人なんです。重要文書庫に何の用なんでしょう」

　地上に着いて緊張が緩んだのか、ようやく桜庭が口を開いた。

　Ｄ審の時、デメテルへの出資に唯一反対していたのが早乙女だった。落ち着いた声で平井部長に質問していたのを思い出す。口調は誰よりも丁寧だったが、獲物を一歩ずつ追い詰める雰囲気を纏っていた。

「ただでさえ頭がこんがらがっているんだから、これ以上新キャラはやめてほしいわね」

ＴＳフードサービスに帰ったら確かめなきゃならないことが山ほどある。全てが明らかになるまでは、もう誰も信じることができなかった。

自分の席に戻ると、いつもと変わらない弛緩し切った空気が待っていた。ひんやりとした文書保管庫で緊張の連続だったので、落差で耳鳴りがしそうだ。

先日よりもだいぶ鶴丸ビルに長居したが、それを気にする人は誰もいない。姫川が打ち合わせで席を外す時間を狙ったので、誰からもノーマークであっただろう。

その後は書類整理のために手を動かすふりをしながら、終業時間後に備えて頭の整理をした。聞きたいことは山ほどあるが、正しい順番で解きほぐす必要があった。

終業を告げるチャイムが鳴った。姫川が帰るのを確認すると、高宮は九階へ向かった。

事前に声をかけていた人物は、既に小部屋で高宮のことを待っていた。

「突然お時間もらってすみません」

興味津々の目がこちらを見ている。桑守の一件があってから他人を容易に信じられなくなってきたが、この人は味方であってほしいと思った。

「今日は元気そうで何よりね」

「お陰様で。先日エナドリを差し入れていただいたおかげです、小西さん」

小西さんはいつもと変わらない表情だ。何も知らずに「あらあら、何かあったのかしら」というような顔をして、実際は何でもよく知っている。鶴丸グループでの派遣社員歴が長いと言っていた。

「全然知りませんでした。鶴丸食品では随分昔から働かれていたんですね」

小西さんは黙ったままだ。高宮は何も言わず、スマートフォンを差し出した。鶴丸ビルの重要文書庫で桜庭が見つけた書類が写っている。

「この訴訟対応の送金、小西さんが処理されてますよね。送金先は、飯山信繁さんという方のご家族です。飯山さんが退職後に自殺されたことに関する訴訟でした」

担当者欄にコニシカナエの文字が入力されている。

「同姓同名じゃないかしら……って、高宮ちゃんに意地悪する意味もないわね」

小西さんはスマートフォンの画面をしげしげと眺め、懐かしそうな目をした。

「話したことなかったわよね。まだ若かった頃、鶴丸食品のバイオテクノロジー部っていうところでバックオフィス業務をしていたことがあるの」

本当に懐かしいわ、そう言うと小西さんは小首を傾げて見せた。何が聞きたいの、と問いかけられている気がした。

既に陽は落ちて、窓の外は暗い。真っ白な照明に照らされてはっきりと見えるはずなのに、小西さんの表情は読めない。

「カンコーという会社について調べています。そこで昔に死亡事故が起きたみたいなんですけど、何かがおかしいんです。顚末書が書き直されていたり、担当者が退職後に亡くなっていたり。出向者が亡くなった件も事故で処理されてますけど、きっと事件なんです」

「随分昔の会社のことを聞きたがるのね。どうして知りたいの？　野次馬根性？　それとも正義感かしら」

「違います、あたし自身のためです」

色んな人を巻き込んで走る中で、どうして自分はこんなことをしているのか分からなくなる時もあった。だが、悩んで悩んで、最後に辿り着く答えはいつも同じだった。あたしはまだ、自分のアイデアを諦めきれていない。それに、もはや自分一人だけの案ではないような気もしていた。

「話せば長くなるんですけど、カンコーで起きた事故が原因であたしの事業案が潰されそうになっています。思いついたあたしが諦めたら、メーグルは本当になくなってしまうから。あたしはまだ、終わらせたくないんです」

メーグルっていうのはあたしが考えたサービスの名前で、というかあたしじゃなくて天恵が思いついて、でも中身は正真正銘100％あたしのアイデアで、あ、ちよっとは恩賀さんの案も入っていて……。話しながら補足情報を付け足しまくったせいで、自分が何を話しているのか分からなくなってきた。身振り手振りで話す高宮を見て、小西さんはふふと笑った。

「諦めたら終わり、か。志村さんのことを思い出したわ」

小西さんはハンカチを取り出して目元を拭いた。

「志村さん、飯山くん、恩賀くん、そして高宮ちゃん。脈々と引き継がれてきたのね」

「やっぱりご存知なんですか」

「ごめんなさいね、事故だ事件だ、そういうことは分からないの。私はバックオフィスで社員の皆さんの支援をしていただけ。でも、当時の志村さんや飯山くんが一生懸命カンコーを良い会社にしようとしていたことは、近くにいるだけでよく伝わってきたわ。裏方の私にもね」

高宮にというより、その場にはいない誰かに語りかけているようだった。大丈夫、私はよく分かっていたから。誰かを励ますような、慰めるような、そんな語り口だった。

「でも、志村さんは事故死。飯山くんもその後に急に退職しちゃったかと思ったら、一ヶ月後に奥様からすごい剣幕で連絡が来てね。夫は鶴丸での仕事を苦に自殺した、慰謝料を払えって。私は背景もよく知らされず、上司に言われるまま送金手続きをしたわ。電話口で何度も怒鳴られてね。まだ子どもも小さいのに、お前たちのせいだ、この人殺し、って。私だって真実を知りたかったけど、何も分からなかったから、ただただ謝ることしかできなくて」

色んなことが悔しかったわ、そうぽつりと呟くと、会議室に沈黙が広がった。

「志村さんがカンコーに出向して、飯山くんが東京のオフィスで現場から送られてくる情報をまとめて社内報告をする。二人三脚で素敵ですね、ってあるとき私が言ったら、飯山くんは『違いますよ。小西さんもいるから三人四脚です』って言ってくれたの。あれは本当に嬉しかったわ」

高宮の知っている小西さんはいつも聞き役だった。相手の話を聞くのが上手だから、小西さんには情報が集まってくる。そんな小西さんが、体の中から溢れ出すように言葉を出している。ずっと溜め込んできたのだろうと思い、高宮は黙って先を促した。

「ウラヨミの暴露記事を見て驚いたわ。名前が黒塗りになっていたけど、あの退職願はきっと飯山くんのものよ。あんな文書に残してただなんて、全然知らなかった」

小西さんは立ち上がると、「一応ね」と言って扉の鍵を閉めた。

「あの頃はみんながピリピリしていたの。他の食品メーカーとの競争も激化していて、不採算部門だって決めつけられると部署ごとお取り潰しになっていた。私は派遣社員で部署を転々としていたからよく分からなかったけど、自分の古巣は潰されたくないと思って、躍起になる人が多かったわ」

感傷的な理由だけではない。潰されるということは、そこは花形部署ではないという証左だ。そうなったら、その後の出世レースにも影響が出ると考える人は多いだろう。

「カンコーの事故があったから、酵素やバイオの分野は危ないっていう整理になってね。若村さんっていう年配の方が部長を務める部署だったんだけど、そのまま解散させられたわ。バイオテクノロジー部、って名前だったんだけどね。若村さんはその後も粘って別のポジションを手に入れていたけど、あれがなかったら鶴丸の社長にもなれてたかもしれない。飯山くんが会社を辞めちゃったのは、部が解散させられる直前だったわ。その部の出身者で今も重要な役職に就けているのって、殿岡本部長くらいじゃないかしら。バイオテクノロジー部の中でそれぞれ別のチームだったけど、飯山くんと殿岡さんは同期でね。配属一つで人生が変わるって、なんなのかしらね」

しみじみと話す小西さんの目の前でメモをとるのも少し違う気がして、高宮は忘れないよう頭の中に情報を刻み込んでいった。

一気に話して疲れたのか、小西さんは深いため息をついた。話し始める前よりも、なんだか歳をとったようだ。ただ、その目はとても穏やかに見えた。

「以前、恩賀さんの文書箱を探していましたよね。もしかして、これを探されていたんですか」

そう言って高宮は、恩賀の文書箱から見つかった顚末書を差し出した。高宮がオリジナルだと信じている、不完全な方の書類だ。

「やっぱり高宮ちゃんが持っていたのね」

顚末書を引き寄せると、小西さんは愛おしそうに表面を撫でた。昔の想い人に久しぶりに出会ったかのように、優しい笑みを浮かべている。

「これは私が飯山くんにもらったの。書きかけの顛末書を印刷してくれてね。志村さんが亡くなった後で相当憔悴《しょうすい》してたんだけど、この事故を無かったことにはできないって、こういう形でしっかり後世に全て残さなきゃいけないって言ってたわ。その数ヶ月後に飯山くんまで亡くなるなんて、思ってもみなかった。もしかしたらあの時も、気丈に振る舞っていたのかしら」

私が気付けてあげていたら、と小西さんは肩を落とした。

「この作りかけの書類だけは、どうしても捨てられなくてね。恩賀くんにこれを渡したのは私。彼を見てたら何だか飯山くんのことを思い出しちゃって。きっと何か解き明かしてくれるんじゃないか、そうじゃなくても、飯山くんが残そうとしたものを汲み取ってくれるんじゃないかって思ったの。志村さんや飯山くんと同じような志を持っていた彼が持つべきだって、そう思ったのね」

そこまで話すと、小西さんはいたずらっぽい目を高宮に向けた。

「だから、ある日たまたま高宮ちゃんの机の上にカンコーの事故の新聞記事が置いてあって驚いたわ。昔の記憶がばーっと蘇ってきて、その内にあの顛末書をもう一度読みたくなって、いてもたってもいられなくなった。恩賀くんの文書箱の中に無かったから、もしかしたら高宮ちゃんなら持ってるかもと思って聞いてみたの」

たしかにあの時期は気が緩んでいた。カンコーやデメテルがこんな大ごとになるとは思ってもいなかったので、高宮の汚い机の上に乱雑に置いていたこともあった。

「さすが、小西さんはなんでも知っていますね」

「GMをナメちゃダメよ」

「あたしがそう呼んでるのもご存知ですか」

小西さんは楽しそうに笑った後、急に真面目な顔をした。

「単に噂好きなわけじゃないのよ。志村さんが亡くなって、部署が解散して、色んなことが超特急で起きた。それ以来、これ以上周りに振り回されないためにもアンテナ高くして情報を集めておくのが大事って思ったの」

こんな無害で何の力も持たないおばちゃんになら、みんな何でも話してくれるでしょう？　そう言うと小西さんは悪い笑顔を浮かべた。

「オフィスラブなんかにも詳しくなったわ。私が把握している限りで三件はあるわね。しかもその内の一つは不倫よ。叶うことのない、プリンセスの儚き恋ね」

「小西さん、やっぱり噂好きなだけじゃないんですか」

うふふと微笑むと、小西さんは高宮に向き直った。

「私で良ければ力になるわ。いいえ、高宮ちゃんの力になりたいの」

小西さんは、今日一番のまじめな顔で高宮の目をじっと見た。自然と背筋が伸びるのを感じた。

「志村さんと飯山くんの無念を、晴らしてちょうだい」

「小西さんがカンコーに関わってたなんて、いよいよすごいことになってきましたね」

カフェで向かい合っている天恵が感心した声を出した。さっきから腕組みをしており、そのまま右腕だけカップに伸ばしてコーヒーを啜っている。人手不足のトレ三で音を上げているかと心配していたら、変わらず偉そうな態度だったので安心した。

「あの、殺人の告発書みたいなやつも小西さんが？」

「志村さんは会社とＦＢに殺された、ってやつね。あれは違うらしいわ。小西さんにも見せたけど、何も知らなかった」

恩賀さんはあの紙を一体どこで手に入れたのか。こっそり盗み聞きして知った、恩賀が親会社の内部情報に不正アクセスしたという話と無関係でないように高宮は思った。

「そういえば、デメテルの方はどうなのよ。十階にいると全然情報が入ってこないの」

天恵は周囲を見回すと、声を潜めた。

「なんか、あんまり上手くいってないみたいです」

天恵の話では、平井部長たちが稟議書に書いた内容とデメテルの実態に想定以上の乖離があって、鶴丸食品内で問題視されているらしい。

「実態と違うってどういうことよ」

「事前に実施した技術ＤＤの内容と、デメテルの技術力が全然違ったらしいです」

ＤＤとはDue Diligence《デュー・デリジェンス》の略で、投資を行うに当たって対象先の資産価値やリスクについて調査・評価することだ。技術ＤＤでは、その会社が保有する特許や技術力について調べることになる。

「出目社長のことだから、盛りに盛ったんでしょうね」

「騙されるウチもアホですよ。拙速に進めすぎたせいで、交渉も相手の思うツボだったらしいです」

「そもそもなんで、鶴丸は急にデメテル株式の買い増しなんて実行したがったのかしらね」

雷門部長の言葉を思い出す。既にデメテルへの投資は決定済みであり、実質的にＤ審は出来レー

スだった。どういう理由で誰が決めたのか、風間も知らないという。「会長のお友達案件」という
よく分からないワードだけが残った。

「ところで天恵、あんたの方はどうなの。あたしの仕事、ちゃんと回せてる？」

「ギリギリ黒字の取引は思い切って止めました。手間だけかかっていた商売もいくつか、商圏ごと他の商社にまとめて渡す予定です」

そう言って天恵は何社か名前を挙げた。中には、高宮が新人時代に開拓した取引先も含まれていた。

「今までと同じじゃダメなんです。ＴＳＦも少しずつ変わっていかないと。面倒臭いから止めた、なんてテキトーに決めた取引は一つもありません」

高宮が文句を言おうとするのを制するかのように、天恵が語気を強めた。その剣幕に何も言い返せなくなり、「そう、よろしく頼むわ」とだけ返答した。その後は何となく気まずい空気になり、すぐ店を出ることになった。

過去の事件について見えてきた気がするのに、前に進んでいる実感がない。それから一週間が経ち、もう一度理由をつけて重要文書庫に忍び込もうかと考えているところに、少し焦った表情をした溝畑が座席までやって来た。

「よぉ高宮、久しぶり。ちょっと聞きたいことがあってさ」

営業部のフロアとは違って誰も喋らず黙々とパソコンに向かう人事総務部の面々を見回し、「ここじゃ目立つから」と言って溝畑は高宮を廊下に誘った。

「実は今日の午後、鶴丸の事業推進部とかいう部署からヒアリングが入るんだよ。だから、お前が

昔担当していた客先について聞きたくってさ」

「ヒアリング？　何のですか？」

溝畑は振り返り、廊下に誰もいないのを確認した。

「表向きに聞いているのは、鶴丸グループ内のシナジー創出のためとか言って、各グループ会社の事業内容を今一度把握したいんだそうだ」

「本当の理由は？」

「……これは俺らの想像なんだけど、採算が悪い事業の見極めが目的じゃないかって噂だ」

「それって、この会社がなくなるかもってことですか」

「いや、流石に会社一つ潰すのはないだろう。でも、課単位ならあり得る。トレ三がなくなるかもしれない」

「ヒアリングは誰が受けるんですか。あたしの仕事は天恵に渡したんですけど」

「トレ三からは俺と茂地係長の二人が別々に受ける。天恵はダメだ。お前忘れてるかもしれないけど、あいつは鶴丸側の人間だぞ。面倒臭がりな天恵の性格からすると、むしろ喜んで『こんな手間のかかる仕事は止めるべき』って言い出しかねないだろ」

「……天恵はそんないい加減な奴じゃないと思いますけど」

思わず、ムッとした声が出てしまった。先日の、天恵とのカフェでの会話を思い出す。「今までと同じじゃダメなんです」と、天恵が声を荒げたのは意外だった。

「とにかくだ、高宮ならその辺の微妙なニュアンス分かるだろ。これは防衛戦なんだよ」

「それこそ、温水社長や平井部長が事業推進部とやらにうまく話してくれれば良いんじゃないですか？」

「それが、ヒアリングを務めるのが割と最近鶴丸に転職して来た人らしくて、どういう奴かよく分からないんだ。平井部長も先日初めて会ったらしくて、とんだ堅物だって怒ってたよ」

「事業推進部って言ってましたよね。今日来る担当の名前、分かりますか」

溝畑はスマートフォンを操作してメールを開くと、「こいつだ」と見せてきた。高宮の想像した通りの人物だった。

「そのヒアリング、あたしも同席して良いですか？」


「ご指摘の通り、たしかにその原料取引の利益率は低いですけど、あくまでトレ三だけで見た時の話です。バーターと言いますか、お陰でマケ二の方で高収益の商売が繋がっています」

「高宮の言う通りです。それに、その食品加工のメーカーは鶴丸グループの他の会社が戦略的な提携先と位置付けているので、定性的な意味合いも強いです」

高宮と溝畑の説明を聞いて、早乙女次長は何やらパソコンに打ち込んでいる。うんうんと丁寧に頷きながら指を動かしているが、自分たちが話した内容通りに書いているか分かったものではない。

ヒアリングの相手が早乙女次長だと知って、ここしかないと思った。D審で唯一反対したのは早乙女で、それはつまり事前に受けていた指示に不服だったのだと高宮は睨んだ。

「なるほど、大変よく分かりました」

早乙女は深々とお辞儀をした。溝畑の方をちらと見ると、まだ険しい表情をしている。

ヒアリングが始まる直前、「外から来た連中に、トレ三が潰されてたまるかよ」と溝畑は息巻いていた。実際にはお取り潰しの抜き打ち調査という雰囲気は一切なく、早乙女は柔らかい表情で各取引の内容について一つ一つ丁寧に話を聞いていった。

「本日はお時間を頂戴し誠にありがとうございました。グループの成長のため、引き続きよろしくお願いします」

溝畑も頭を下げると、立ち上がって会議室の入り口へ向かった。

「早乙女さん、ちょっとお話よろしいですか」

高宮は席を立たず、早乙女に話しかけた。溝畑には事前に「早乙女に一人で聞きたいことがある」と伝えていた。溝畑は「無茶はするなよ。お前はもう懲戒ダービーの首位独走なんだからな」とだけ言って、特に理由は聞かなかった。

溝畑が扉を閉めて出て行くのを確認すると、早乙女は「次のインタビュー相手の方が来るまでの間なら、大丈夫ですよ」と笑顔で答えた。

「単刀直入に聞きます。デメテルの株式買い増し、どうしてD審を通ったんですか。そもそもなんで買い増しを?」

早乙女は少し考えた後、高宮の目をまっすぐ見た。

「事業が上手くいくために、高宮さんは何が必要だと思いますか」

「その事業の可能性を信じる、担当者の想いです」

高宮は即答した。早乙女の目元が緩む。

「半分正解だと、私は思います」

半分正解です、と言い切らなかったところに、この男の性格が表れていると思った。自分は今、目上の人に諭されているのではなく、同じ目線で対等に対話しようとされていると感じる。

「担当者の想いは必要条件です。それがなくては話にならない。でも、それで十分というわけではないと私は考えています。複数の目によって十分に議論がされ尽くしたか、自身とビジネス環境の現状を正しく認識できているか、先々の見通しに偏りはないか。それらをやり切ったと言える状態になって、初めてうまくいく可能性が高まる。そういうものだと思っています。そういう意味では、事業が上手くいくために何が必要か、という質問も不適切だったかもしれません」

「何が言いたいんですか」

「デメテルの件は、とりわけ想いが強い人が多い。あなたもその一人です」

普段なら「分かったような口利くんじゃないわよ」と心の中で言い返すところだが、今はそういう気分にならなかった。早乙女の言葉がすっと耳に入ってくる。

「その想いの強さで、押し通そうとする人と、それを拒もうとする人が何人もいる。あの会社には、何かあるんじゃないかと私は思っています」

転職して来たばかりの私にはまだ全貌が見えていませんが、と早乙女は付け加えた。

「ここだけの話でお願いします。鶴丸のOBに若村善司《わかむらぜんじ》さんという方がいます。最終的に西日本支社の支社長を務められた方で、今も鶴丸の経営陣に顔が利くそうです。なんでも会長とご同期なのだとか」

若村、と聞いて直ぐに思い当たった。小西さんも話していた、カンコーを主管していたバイオテクノロジー部の部長だ。恩賀の文書箱から見つかった顚末書にも、その名前が出て来ていた。

「その若村さんがウラヨミの記事を見て、鶴丸とデメテルの関係を知り、すぐに会長へ連絡をしてきたそうです。今度こそ上手くいくからあの会社を急いでつかまえろ、株式を買って子会社化しろ、とね。言葉を選ばずに言うと、恐らく最後に圧力をかけてきたわけです。思うところがあったのでしょう、それを今の経営陣は無下にできなかった。若村さんはご高齢で、体調が芳しくないようでした」

D審の出席者たちはそれに従わざるを得なかった。ただ、当の本人たちは事業性に疑問を持っていたので、後で大コケした時の言い訳を作るために反対意見を表明していたのだ。

「若村さんの意図までは分かりません。これ以上の質問は、ご本人に直接聞いてみると良いでしょう。私ではダメでしたが、高宮さんなら何か聞き出せるかもしれない。これが若村さんの連絡先です」

そう言うと早乙女は一枚の紙を取り出した。初めから渡すつもりだったかのように、紙はすぐに手帳のポケットから出て来た。

「自分で聞いておいてなんですけど、早乙女さんがこんなにあっさり教えてくれるとは思っていませんでした。どうしてですか」

高宮は素直に疑問を口にした。鶴丸食品の管理職が、子会社の社員に話す内容から大きく逸脱していると思った。

「フラットな目で見て、あなたが一番この事業をあるべき姿にしてくれそうだと思ったからですよ」

高宮がその言葉の意味を考えていると、扉がノックされた。

「お時間ですね」

それ以上の質問を遮るように、早乙女が有無を言わさぬ声色で言った。

高宮が会議室を出ると、すぐ近くで待っていたのか、溝畑が駆け寄って来た。

「お前大丈夫か？　またやらかしてないか？　まさか、啖呵切ったりぶん殴ったりしてないよな？」

「あたしがそんなことすると思います？」

「思う」

若村の連絡先を手に入れて、アドレナリンが静かに沸々と湧いてくるのを感じた。デメテルには何かある。それが良いことであれ悪いことであれ、あたしはそれを解き明かさなきゃいけない。久々に溝畑と話せて元気が出たことも、高宮の背中を後押ししていた。

「なぁ高宮」

階段で十階に向かおうとする高宮の背を追うように、溝畑の声が引き止めた。

「お前、どうしてそこまでやれるんだよ」

「ここまで来たら、自分の目でしっかり見極めたいんです」

それに、と高宮は続けた。

「これはあたし一人の問題じゃないんです。名付け親から託されてもいるし、今じゃＧＭの意志だって引き継いでいるんですから」

名付け親とかＧＭって誰だよ、という溝畑のぼやき声を遠くに聞きながら、高宮は階段の最後を二段飛ばしで上った。

早乙女に連絡先を教えてもらったその日のうちに、鶴丸ＯＢである若村の家に電話をした。ろくに相手にされないのではと思うと手が汗ばむ。

「どちら様でしょうか？」

電話口から聞こえたのは女性の声だった。

「夜分遅くにすみません、私、ＴＳフードサービスの高宮と申します」

「ＴＳ……？　あの、不動産の投資とかそういうことであれば……」

「いえ、怪しいものではなくて、鶴丸食品の子会社でして」

鶴丸食品と聞いた途端、相手は「あぁ、その件については父がご迷惑をおかけしてしまいまして誠に申し訳ございません」とすまなそうな声で言った。両手を重ねて受話器を持ち、深々と頭を下げている姿が目に浮かんだ。

「えっと、それはどういう」

「この度は父のわがままで皆さんを振り回してしまいまして」

父、と言っていた。相手は若村善司の娘だろうか。このまま話していても埒《らち》が明かない気がして、実際に会って話したいと伝えた。

相手は少し考え込んだ後、「次の土曜日なら私も父に会いに行く予定ですので、その時で良ければ」と言い、時間と場所を伝えてきた。

告げられた「きらやかグループホーム」という名前で、どういう場所か想像がついた。

高齢の若村善司は認知症が進み、今は東京郊外の老人ホームで暮らしていた。若村の娘である美《み》沙《さ》子《こ》の話では、もう最近では美沙子のことも思い出せない時があるという。

「私たち家族には仕事の話なんて全くしてくれなかったんですけど、やっぱり長年勤めていた会社には思い入れが強かったらしくて、鶴丸食品が載っている新聞記事なんかを見せると反応してくれることが多かったんです。だからあの日も、たまたま見つけた雑誌の記事を見せたんですけど、そうしたら急に目を大きく見開いて、『急いで鶴丸食品に連絡をしろ』って言い出して。なんとかっていう会社に今すぐ投資しろ、ようやく見つけた、つかまえるなら今だ、そんなことを言っていました」

皆様に気を遣わせてしまって本当に恐縮です、と美沙子は何度も頭を下げた。一人のOBがそこまで発言権を持っているものなのかと不思議にも思ったが、美沙子の「鶴丸食品さんの会長さんと父は同期で、昔から懇意にしていたらしくて」という言葉を聞いて、そういうこともあるのかもしれないと思った。早乙女も同じことを言っていた。会長の肝入り案件、という体裁なら、下々の者たちは動かざるを得ないのだろう。そういう面倒くさい世界には関わりたくないと思っていたのに、今、その真っ只中にいる。

「面会の時間になりました。高宮さんも、よろしければどうぞ。父と話せるかは分かりませんが」

美沙子と一緒に大広間へ向かう。介護士が押す車椅子にちょこんと座り、真っ白い髪の若村がやってきた。体は小さく丸まり、入れ歯を入れていないのか口はすぼまって見える。

「ほら、お父さん、鶴丸食品の方が来てくれたよ。聞こえてる？　お父さん！」

美沙子の呼びかけにも、若村はこっくりこっくり頷くだけだ。傍から見ると、今の若村は言葉の意味が分かっているようには思えなかった。

「はじめまして、高宮麻綾と言います。カンコーと、デメテルについてお聞きしたくて来ました」

何か引っ掛かればと思って幾つか名前を出してみるが、どれにも微動だにしない。

「これでも若村さん、今日はお元気な方なんですよ」

後ろについていてくれている介護士の女性が話しかけてきた。ネームプレートには「福田敬子《ふくだけいこ》」と書いてある。

「ここにいるお年寄りの方たちはね、全部を忘れてしまっているわけではないの。ただ、頭の働きが鈍くなってしまっているだけ。何かの拍子に、ある時突然パチッと脳の回路がはまって、一瞬でバーッと記憶が込み上げてくる時もあるんだから」

その回路とやらが前に繋がった時に、残っていた電池も全部切れてしまったのではないかと思うほど今の若村は静かだった。目の前で数十センチの距離にいても、その目がこちらの顔を捉えているようには見えない。

「若村さん、教えてください。どうして今になって、デメテルに投資して子会社化しろなんて仰ったんですか」

気付くと高宮は、膝を抱えるようにして車椅子の前にしゃがみ込み、若村に語りかけていた。あの会社には何かあるんじゃないかと思います、という早乙女の言葉を思い出していた。

「志村さんと飯山さんのことを覚えてらっしゃいますか？　昔あなたの部下だった方々です。それと、庶務の小西さん。小西さんは今でもお元気ですよ。私はいつもお世話になっています」

高宮から三人の部下の名前を出されて、若村は困ったように曖昧にはにかんだ。ようやく口を開いたかと思えば、微かに吐息を漏らしただけだった。

「若村さん、お願いします。思い出してください」

車椅子の手すりに手をかけて、高宮は頭を下げた。

「あなた、そんな風に話しかけたら若村さんが疲れちゃうでしょう。少しは気を遣って」

「お願いします。あたしが諦めたら、全部終わってしまうんです。あたしが気にかけなくなったら、この事業は死んでしまうんです」

福田に注意されても高宮は止めなかった。頭を下げたまま喋りながら、色んな人の顔を思い出す。その人たちとまた堂々と会うため、ここで諦めるわけにはいかなかった。

「お父さん！」

「ちょっと、若村さんどうしたの！」

美沙子と福田が同時に驚いた声を出した。その声に弾かれるように、高宮もパッと頭を上げた。

大木のウロのように落ち窪んだ若村の目に、溢れんばかりの涙が溜まっていた。瞬間、その目に正気が宿り、「あぁ……」と嗄《しゃが》れた声が小さく漏れた。

「お前はまだ、おれの言葉を覚えていてくれたのか」

若村は高宮の方を向いているが、その目は他の誰かを見ていた。

「大丈夫だ、お前と飯山がいる限り、大丈夫だ」

そう言うと若村は、羽織っていた上着のポケットから赤いお守りを震える手で取り出した。年季が入ってボロボロになっている。「安全第一」の文字が掠れてしまっていた。

「辛かったな。頑張ったな。お前の無力さも、歯痒さも、ここから痛いほど伝わってきた」

高宮は差し出されたお守りを両手で受け取った。見た目はぺたんこだが、手で摘んでみると中に何か入っているのが分かる。

「お前の帰ってくる場所を守ってやれなくてすまなかった」

溢れ出す言葉と共に、涎《よだれ》が一筋垂れた。涙ぐんだ美沙子がハンカチを押し当てて拭ってやっている。

「でもな、もう大丈夫だ、うちの娘がまた見つけてきてくれた」

急に話の矛先が向いて、美沙子は「えっ」と声を出した。思わず高宮も美沙子と目を合わせる。

美沙子にはなんのことか分かっていないようだった。

「雑誌でな、リオを見つけたんだ。だから、またやり直せる。これで今年はみんなS評価だ」

幸せそうな笑みを浮かべたかと思うと、そのままぼすっと魂が抜けたかのように瞼を閉じて押し黙ってしまった。次に目を開いた時、さっきまで宿っていた光はもうどこかに飛んでいってしまったのが分かった。

「高宮さんの何かが、父の回路を繋いでくれたんでしょうね」

美沙子は「すみません」と言って自分の目元を拭った。福田が手を回して美沙子の背中を撫でてやっている。

「美沙子さんのおかげ、とも言われてましたね。娘がリオさんという方を見つけてくれたって」

「ええ、でも父の記憶違いだと思います。リオさんなんて方、わたし知りませんし」

福田の言葉に、美沙子は戸惑ったように返した。

「美沙子さんがお見せした雑誌って、ウラヨミですよね。誰かが暴露した退職願が載っていた」

「たしかにその雑誌ですが、そんな記事じゃありません」

美沙子は鞄の中から、小さく切り取った記事を取り出した。それは、高宮がエリの彼氏に漏らした話が掲載された方の号だった。

「この方がリオさん……ですか？」

「いえ、出目豊照っていう社長ですね……」

出目社長が、自慢の反応器の前で得意そうに話す写真が載っている。助成金の王子の名に恥じない、相手を納得させるような妙に堂々とした貫禄がある。

「あらぁ、マイケルさん、お孫さんかしら。みんな来てくださって嬉しそうねぇ」

近くを通った老婆が、高宮たちを見てにこにこしながら話しかけてきた。福田が「トメさん、今日も元気そうね」と言って目を細める。このグループホームの住人らしい。

「マイケル？」

場違いな名前に高宮が聞き返すと、トメさんは嬉しそうに近寄ってきた。

「そうよ。ずいぶんと前に教えてもらったんだけど、昔海外で働いていた時そういうあだ名で呼ばれていたらしいの。イングリッシュネーム、って言ってたかしら」

「父はどうしてマイケルと呼ばれていたんですか？」

美沙子が尋ねる。トメさんはかわいらしくウフフと笑うと「娘さんね、じゃああなたもマイケルだ」と言った。

「若村、を音読みするとジャクソン。だから、マイケル・ジャクソン。ね、あなたのお父さん、面白い人でしょう？」

リオという謎の人物の話の直後だったので何か秘密が隠されているんじゃないかと思っていたら、拍子抜けした。蓋を開けてみれば、カンコーで志村がウィルソンと名付けられたのと同じ発想だ。

当のマイケルは、車椅子の上でこっくりこっくりし始めていた。もうそろそろ体力の限界らしい。高宮は無理を聞いてもらったお礼を言って、若村から渡されたお守りを美沙子に渡して帰ろうとした。

「それは父が高宮さんにお渡ししたんです。どうか持っていてあげてください」

いえ結構です、ともさすがに言えず、高宮はお守りを丁重に引っ込めた。

部屋に戻る美沙子たちを見送り、高宮はグループホームを後にした。駅で待合室のベンチに座って電車が来るのを待つ間、頭の中を整理した。

リオ、という名前は前に一度見たことがあった。恩賀の文書箱から見つかった、オリジナルの顛末書だ。現地従業員からの撤退完了レポートの中に、リオという名前が何度か出てきていた。繰り返し読んだので覚えている。「私の心の支えになってくれたのがリオであり、唯一の希望でした。リオには、いつかまた必ず会いにいきたいと思っています」と書かれていた。

待合室にいる他の人たちがのろのろと立ち上がっている。もうすぐ電車が来るらしい。

立ち上がった拍子に、もらったばかりのお守りを落としてしまった。拾い上げ、手で軽く払う。年季が入って黒ずんでいる箇所もあり、とてもじゃないが自分の鞄にぶら下げようとは思わない。

人差し指と親指で挟むと、袋の中で何かがカサと動くのが分かった。

今更バチなんて気にしてもしょうがない。袋の口を縛っている紐を解いて中を見ると、折り畳まれた紙が入っていた。何重にも折られた紙を広げると、見覚えのある言葉が目に飛び込んできた。

「え、うそ」

電車がホームに入ってきたが、高宮はその場を動くことができなかった。

ずっと欠けていた最後のピースが、思いがけないところから出てきた。折れ目で破けてしまいそうな紙を丁寧に両手で持ち、頭から読み返す。

Ａ４サイズの古い紙の冒頭には差出人と送り先のメールアドレスが書いてある。差出人は志村典俊、宛先は若村善司・飯山信繁・殿岡悠大の三人だ。志村からのメールを印刷したものらしい。本文に書かれていたのは、もう続きはないだろうと思っていた「出向者の手記 ⑤」だった。

電車が去っていくのを気にも留めず、高宮はその場で立ったまま何度も読み返した。書かれている一節に目が留まる。

「現場に来て初めて分かること、ね」

もう一箇所、気になる点があった。反応器《リアクター》の名称に目が吸い寄せられる。美沙子との会話を思い出し、なぜ若村がデメテルへの出資を会長に懇願したのか分かった気がした。きっとあれが「リオ」の正体なのだ。

「もう、直接乗り込むしかないかな」

プライベートのスマートフォンを取り出して、天恵にメッセージを送る。ここから先はもう後戻りできない。初めてメーグルを思いついた時から考えるとずいぶん遠くまで来てしまったなと思いながら、高宮は次の電車に大股で乗り込んだ。

――《出向者の手記　⑤》

今回は経営の現場について書かせてください。

現場は極限までコストカットし、幹部たちにもかなりの無理を聞いてもらっています。しかし、それでもまだ鶴丸の求める利益水準には届いていない。経営者という立場で当地に赴任しながら、これ以上なす術のない自分自身に嫌気がさしております。嫌気だけならまだしも、今期の仕上がり見込みの数字をじっと見ていると、魔がさしそうになる時もあり、自分も相当限界を迎えているなと思っています。

私が弱音を吐く理由の一つには、FBの変貌もあります。彼は変わってしまいました。次世代型反応器の十号機「R-10」、通称リオに関する研究開発費を私が無理やり削ったところ、「私の長年の夢を奪うのか」と叫びながら、血が滲むほど私の腕に爪を立てて縋り付いてきたのです。彼は今、精神的に不安定で危険な状態です。リオの完成は私にとっても魅力的ですが、それにはきっと何十年もかかります。まだ、周辺技術がFBの仮説に追いついていないのです。どうしたら彼は分かってくれるのでしょうか。

そんな中、若村部長と飯山くんが現地訪問してくださり、とても心が安らぎました。きっと、現場に来て初めて分かることもあったと思います。

若村部長の「カンコーの成長可能性を改めて感じた。たしかに今は苦しいかもしれない。でも本当の意味で事業が死ぬのは、その事業のことを誰も気にかけなくなった時だ。いつでも自分ごとに捉えてくれるミスターウィルソンが諦めない限り、この事業は死なない」というお言葉は、荒《すさ》んでいた私にとって恵みの慈雨でした。一言一句、生涯忘れません。今は毎日、若村部長のお言葉を自分自身に言い聞かせております。

志村典俊【1999年 10月 7日】

——ヤバい、見つけちゃったかも——

送ったメッセージを天恵はなかなか見ない。既読マークがつかないことにやきもきしながら待つこと数分、ディスプレイの右下にピコンと青いウィンドウが出てくる。天恵と社内チャットで雑談するのも久しぶりだなと思う。

——君子危うきに近寄らずですよ——

ウザい返しにイラッとしながら、即座に返信をする。

——あたしは君子じゃなくて策士なの。文書整理している時に、デメテルのすんごい秘密を知っちゃった。これは全部ひっくり返るわよ——

——策士は策に溺れると相場が決まっていますー——

だんだん腹が立ってきた。その場で電話してやろうかという気持ちをグッと抑える。

——今から二時間後、十階の書庫にしてる部屋の一番奥の棚まで来て。そこなら、まず誰も来ないから——

天恵のリアクションが薄い。もうちょい気を引くべく、もっと派手にぶちかましておくか。

——これは関係者全員のクビが飛ぶわよ。たぶんマジであたししか気付いていないし、拷問されても絶対に吐かない。特別に、あんただけに教えてあげるわ——

今度はすぐに返事が来た。

——二時間後、了解です——

これで準備はできた。あとは待つだけだ。時計を見ると、ちょうど十四時になったところだ。二時間先、っていうのは余裕を持たせすぎたかなと思い、久々に小さく舌打ちが出る。あんまり早くに自席から離れると、姫川に怪しまれてしまう。

——いま席たちました——

自分のスマートフォンが小さく震えた。予想より早く来た天恵からのチャットに「了解」とだけ返し、高宮も立ち上がった。

素早く書庫室に入り込み、最奥の柱の陰で息を潜める。もう、すぐに来るはずだ。

静かにドアの開く音がした。入ってきた影は迷いなくまっすぐ進み、高宮がいる一番奥の書棚に向かってくる。ピコンと小さな音がした後、足音が離れていく。

「すみませーん、忘れ物ですよ」

高宮の声に、立ち去ろうとする人物の肩が大きく上がった。柱の陰から突然出てきた高宮に驚き、声を出せないでいる。

「あれ、聞こえませんでした？　ボイスレコーダーの忘れ物ですよ、平井さん」

目を見開いた平井部長がそこにいた。こめかみの血管が浮きでている。

「高宮、お前どこから」

平井部長はハッと気付いたような顔をして、高宮が持っていた細長い機械をもぎ取るようにして奪った。

「一時間も早くに仕込みに来るなんてぇ、やっぱりビビりました？　関係者全員クビ、なんて言われたらそりゃ気になっちゃいますぅ？・」

高宮は壁掛け時計に目を遣った。時刻は十五時を少しすぎたところだ。

「平井部長はお忙しいんですから。部下の雑談を四六時中監視するほど暇じゃないはずです」

高宮と天恵の社内チャットでのやり取りが監視されているであろうことは分かっていた。その気になれば、上長は部下のメールやチャットの中身を閲覧することができる。異動初日の姫川の言葉で、自分は常に見られているのだと気付いた。

「教えてくれたヒマ人がいたんですよね、あたしがチャットで何やら良からぬ話をしているって。危うきに近寄っちゃった平井さんの負けです」

平井部長は大きく一歩踏み出そうとしたが、すんでのところで留まった。わずかに残った良心が咎めたのではなく、高宮が何かわざと挑発してきていることに警戒したのだろうと思った。あんたや桑守みたいに盗聴なんてしないわよ、と心の中で舌を出す。

「お前、俺を嵌めたつもりか。脅迫して、部署異動させてもらおうっていう魂胆だな」

「半分合ってます。でも脅迫なんてしませんよ。こうでもしないと、最近の平井さんはあたしの話を全然聞いてくれないじゃないですか」

平井部長は高宮を露骨に避けていた。話しかけても無視されるため、ちゃんと会話するには二人きりになれる状況をこうでもして無理やり作り出すしかなかった。

「平井さん、デメテルは上手くいっていますか？」

嫌そうな顔で「お前に心配されるようなことは何もない」と吐き捨てるように言った。

「平井さんたちはお払い箱にしたがってたのに、会長のお友達案件として急に対応することになって災難ですね。しかも連結化する前の技術の想定と会社の実態が大きく違って大苦戦、って聞いてますけど。業績も急激に悪化して、早速融資をせびられてるらしいじゃないですか」

「DDしても分からないことだってある。想定と実態が乖離していることなんて、株式買収ではよくある話だ。そんなことでいちいち狼狽《うろた》えることはない」

「あたしはその点も織り込み済みでしたけどね」

高宮の言葉を聞いて、平井は鼻で笑った。無言のままだが、お前は何も分かっていない、とその目が雄弁に語っていた。

「あたしがデメテルに出向すれば、立て直せます。あの会社を一番よく知っているのはあたしです」

平井が何か言おうと口を開く前に、高宮は畳み掛けた。

「てかぶっちゃけて言うと、あたしに責任押し付けた方が良くないですか？　あたしが立て直せたら、寛大にも罪人にチャンスを与えた平井部長の器の大きさと人を見る目のおかげ。デメテルがこのまま沈没しても、無理やり頼み込んで出向したにもかかわらず成果を出せなかった発起人の責任」

少し考えるようなそぶりを見せたが、平井の中ではやっぱりナシの結論になったらしい。

「お前にそんなチャンス与えられるわけないだろう、バカバカしい」

そう言うと高宮を置いて部屋を出て行こうとした。

『そう、とーっても忙しいの。あなたと違ってね。分かったら黙って手を動かしてちょうだい。言われたこともろくにできない高宮さんに、誰も創意工夫なんて求めてないの』

甲高い声が書庫室の中に響いた。平井が再びすごい勢いで振り返った。

「これは傷つきましたねぇ。これ言われた後、トイレで一人泣いてました」

高宮は手元のスマートフォンをいじりながら話す。画面上に出ている再生ボタンを押す。

『そうよ、あなたが一番若いんだから。他の人は忙しいし、重い物は持てないでしょう？　あなた一人で運ぶの。どうせそれくらいしかできないんだから。お似合いの仕事よ』

「聞いてくださいよぉ。姫川さんに重い書類持たされて、うちと鶴丸ビルを何往復もさせられたんですよ。それから何か腰も痛くって。これって労災おりますかね？」

「何が言いたい。それと俺に何の関係がある」

短く冷たい返事に、高宮は大袈裟に両手を口に当てた。

「ひどーい！　愛する不倫相手のピンチに、よくそんな冷たい態度を取れますね」

みるみるうちに平井の顔が赤くなっていく。やっぱり持つべきものは情報通なお仲間だよなぁと思い、後で小西さんに御礼のコンビニスイーツを差し入れしようと決めた。

「安心してください、まだ誰にも言ってないんで」

まだ、の部分を強調する。

しばらく押し黙った後、平井部長は目を瞑って息を長く吐き出した。

「分かった。検討しよう」

小さな声を出してうなだれる平井に、高宮は「ありがとうございます！」と大きくお辞儀をした。腰を浅く曲げたまま、小首を傾げながら顔だけ上げる。平井部長の顔を下から覗き込む形になった。

「声出していきましょう。ね？」

5

事業が死ぬのはいつだと思う

「ですから、いきなり供給ストップするなんておかしいでしょう。原料切り替えるのにどれだけ時間かかるか分かってます？　試験して、サンプル評価して、お客さんに見てもらって、実機で回してみて、またお客さんに見てもらって、最短でも三ヶ月はかかりますよ。は？　これでうちが潰れたら、あなた責任取れるんですか？」

白い受話器からくるくると伸びたコードを指で弄《もてあそ》びながら、高宮は朝から元気に恫喝していた。

一呼吸置いて少し座り直すと、打って変わって優しい声で語りかけ始める。

「御社とうちと、昨日おとといに始まった関係ではないでしょう。前任者から聞いてますよ。海外からの新規の原料、うちが積極的にサンプル評価の協力をしてきたじゃないですか。信頼している竹商さんだからこそ、引き受けてきたんですよ。どうか考え直してください」

社長室のドアが少し開き、にやけ顔の出目社長がこちらを覗いてきているのが見える。出目社長を呼び寄せるリスクがあるなら、電話での怒鳴り声も考えものだ。

「ありがとうございます。ええ、そうしていただけますか。はい。はい。はい、ありがとうございます〜」

ある程度乱暴に受話器を置いても、所定の溝に一発で入るようになってきた。久々に固定電話を使って慣れない内は、何度か置き直してがちゃついていた。

「なんやぁ、マヤちゃん、朝からお盛んやねぇ。経済ヤクザも顔負けのど迫力や」

「相手はピヨピヨの伝書鳩だったんですけど、なんか『もう社内で決まったので〜』とかふざけたこと抜かしてくるからいけないんです。竹林商事の社内教育がなってないようだったので、あたしが代わりに指導してやっただけですよ。業務委託費でも追加で請求しておきますか」

「おぉ、怖。マヤちゃんがうちの調達部に来てくれて、もう怖いものナシやわ」

気色悪い笑みを浮かべて近づいてきた出目社長には目もくれず、高宮はキャスター付きの椅子を滑らせて「すみません、この書類なんですけど」と別の社員に話しかけに行く。

出目社長の「んもぅ！」という気色悪い唸り声を聞いても、舌打ちが堪えられるようになってきた。エロジジイに構っている暇なんて一秒もない。

高宮がデメテルに出向してから一ヶ月が経った。弱みを握られた平井部長の行動は早く、書庫室で話してから一週間後には高宮の新しい辞令が社内で発表された。


——高宮　麻綾　（新）（現）人事総務部　デメテル株式会社　調達部（出向）

「高宮、お前やっぱすげぇや」

出向に伴って新しい勤務地は大阪になる。西に旅立つ前日に、溝畑、天恵、小西から新橋の居酒屋で送別会を開いてもらった。

「なんだかんだ言ってさ、メーグル実現しちゃったわけだろ？　とんでもない力業だぞ」

「溝畑さん、あたしのプレゼンちゃんと聞いてました？　これはメーグルじゃないです。デメテルの技術が完成して、鶴丸グループの持ってるコンビニ各店舗へのロジとか他の食品加工技術とか、その辺のパズルのピースが全部上手くハマった時、『メーグル』って名付けたサービスが始められるんです。こんなのまだ建設開始前の地均《じなら》しみたいなもんです」

「地均しというより、地上げ屋みたいな暴力的な手段の連発でしたね」

うまいこと言ったつもりの天恵の呟きに、テーブルの下で足を蹴飛ばす。「ほら、また暴力だ」

と漏らした天恵と高宮のやり取りを聞いて、溝畑が大声を上げて笑った。

「なんだか懐かしいわねぇ」

そんな若手たちを笑顔で見つめながら、小西さんは美味しそうにビールジョッキを傾けた。

「でも高宮、真面目な話、お前大丈夫なのかよ。平井さん、上手くいかなかった時の責任を全部お前になすりつけるつもりじゃないのか」

「そうでしょうね」

手元のビールを全部飲み干し、「ハイボール、メガジョッキで三つ」と注文する。

「でも、別にそれでいいですよ。デメテルの立て直しが上手くいったら続ける、上手くいかなかったらあたしがTSフードサービスを辞める。それだけです」

「なんかお前、凄みが増したな」

変に茶化す意味じゃないぞ、と溝畑が慌てて付け加えた。

「前までは常時殺気がダダ漏れだったけど、いやそれも高宮らしくて良かったんだけどさ、今はなんていうか、内にグッと溜め込んで溜め込んでここぞの時に刺すというか、なんか迫力が増したよ」

「知ってます？　短気は損気なんですよ」

高宮の頭の中の母親が驚いた顔をして、目元にハンカチを当てている。たしかに自分でも、貧乏ゆすりが減ってきたなと感じる。

「でも高宮さん、これからが大変ですよね。あのエロジジイの下で働くんでしょう？」

「出目社長はまぁ何とかするわ。それよりも技術をちゃんと見極めなきゃいけないから、梅村さんとか尾藤さんと早く仲良くなりたい。新参者の角田さんから落としていくのが早いかしら」

天恵は手元のビールの残りをゆっくりと飲んだ。まだ何か言いたそうな目をしている。

「しかも、鶴丸側の対面《トイメン》はあの桑守さんだっていうじゃないですか。高宮さんの邪魔、してきませんかね」

「どうかしらね。その辺は風間さんにもお願いして、鶴丸内での報告がどうなされるかよく見ていてもらうつもり」

高宮がデメテルの活動や中にいる人にしか分からない情報を報告する時、まず鶴丸食品側の担当者である桑守に送り、それを桑守が社内の上司なり経営陣に対して報告を上げることになる。

二度手間のように感じる時もあるが、何十もの出向先から一斉に報告が上がってきても経営陣は全てを精査しきれない。鶴丸サイドに現場を正しく理解してもらうためにも、桑守の立場の担当者が上手く咀嚼と翻訳をしてくれることが案外重要なのだ。

「カンコーで言うところの、志村さんと飯山くんの関係になるのね」

小西さんがポツリと言った。天恵も心配そうな顔をしている。

「まぁ、あんな野郎、今じゃ我らが高宮先輩の敵じゃねぇだろ、な？」

溝畑が明るく笑い飛ばしてくれる。来週からは、溝畑先輩も小西さんも天恵もいない環境になるのだと思うと、ほんの少しだけ心細くなった。

「ここぞの時にメッタ刺しにしてやります」

目の前の茹で餃子を箸で思い切り突き刺して、二つ同時に頬張った。

さっき注文した、特大サイズのハイボールが三つ運ばれてきた。よく飲みますね、という天恵の言葉を無視して、溝畑と天恵の前にも一つずつ置く。

「大阪でも蹴散らしてくるので、見ててくださいよ」

流れでもう一度乾杯することになった。次にこうして飲む時も皆で笑い合えていたら良いなと思いながら高宮はメガジョッキを傾け、不安な気持ちを喉の奥に流し込んだ。

「このチャンス、モノにしてきますから」


「それでは、全員集まったので定例会を始めます。まず参加者の確認ですが、デメテル側、技術部からは梅村部長と角田担当、製造部からは尾藤部長、調達部からは私、高宮が出席しています。鶴丸側は主管部局の真砂室長、桑守担当のご参加です」

マイクとカメラがオンになっているのを確認して、高宮は話し始めた。月に一度開催されるデメテルの生産管理定例会では、毎回高宮が司会を務めている。早いもので、高宮が出向してからもう二ヶ月が経った。定例会は二回目なので、前回より司会進行がスムーズだ。

高宮たちはデメテルの会議室で向かい合って座り、全員がモニターの方に顔を向けている。モニターには投影資料が映し出され、画面の右側には真砂室長と桑守の顔が映し出されていた。二人は鶴丸ビルの自席から参加しているようだ。一瞬、桑守の後ろを通る風間の姿が見えた。

大阪の本社工場で全員顔を突き合わせて定例会をすべきだ、と高宮は主張したが「いつの時代の話だ。オンラインで十分だろ」という桑守の一言でリモート開催に決まってしまった。

「それではまず、製造部の尾藤部長からご説明お願いします」

尾藤部長はでっぷりとしたお腹をもぞもぞと動かしてモニターの方に体ごと向き直った。

「先日、主力リアクターの一つが緊急停止した件ですが、バルブの老朽化が進んでいて、液漏れしていたことが原因と分かりました。幸いにも、現場の作業員に怪我はありません。親会社の皆さんにはご心配をおかけしました」

体を前に傾けて、尾藤部長は頭を下げた。丸い巨体が重さに耐えきれず今にもそのまま前に転がり出さないか、高宮は少し心配になった。

「つきましては事業計画から予算超過にはなりますが、修理費として約五百万円、見込ませてください。正式な金額は見積もりが出てきた段階でまた報告します」

桑守が頭を抱えるようにして何かメモしている。渋い顔をしているが、鶴丸側から特に何も発言は無さそうなので高宮は先に進めることにした。

「続きまして、技術部の梅村部長、お願いします」

「はい、LENZのラボテストの件ですが、ご覧の通り先月よりも収率が向上しています」

桑守たちは分かったような顔をしてふんふんと頷いているが、投影されている数字が何を意味するかは全く分かっていないだろう。何を隠そう、高宮もよく理解できていない。

「以上の通り、新製品であるLENZの製造安定性は改善しています。製造設備について、今回からは角田担当から説明してもらおうと思います」

「角田です、先月製造部から異動しました。よろしくお願いします」

画面越しに角田が挨拶をした。平均年齢が四十五歳と高齢化が進むデメテルの中で、角田はとびきり若い。童顔なので高宮は年下かとも思っていたが、聞いてみると四歳年上だった。

「LENZ製造に用いるR-Xについてご説明します。安全性を第一にした設計となるように一部変更を加えており、人為的なミスによる事故が起きにくい機構になっています」

最初は緊張が見られたが、角田も話しているうちに調子付いてきたのか特に躓《つまず》かず説明は終わった。高宮が一安心しているところに、真砂室長がミュートを解除した。

「一つ、よろしいでしょうか」

司会の高宮が発言を許可する前に、真砂室長は喋り出した。

「事故が起きにくい機構というのは大変有難いです。有難いのですが、実際にモノが作れなければ意味がありません。デメテルさん、商業生産に移れるのはいつなんでしょう。わが社が出資する前の技術DDでは『商業化は目前』とご説明を受けていたように思うのですが、そのR‐Xというのが本稼働するのはいつでしょうか？」

「リアクターを稼働させた時の安定性を重視すると、今の設計ではこれ以上製造効率を上げることはできません」

「では、安定性とやらに多少目を瞑れば、商業レベルでの生産に移れるということですか？」

「安全より大事なものがあるとは、私には思えないのですが」

角田がムッとした表情で返した。角田の語気は強く、真砂室長に便乗して横から質問を挟んできた桑守は一瞬怯《ひる》んだようにも見えたが、直ぐに言い返してきた。

「時間は限られています。譲れないゴールを決めて、落とし所を探っていくべきだと思っています」

「その絶対に譲れないゴールというのが、我々メーカーにとっては安全性なんです！」

角田の返答を聞いて、桑守は顔を歪めた。「どうしてこいつは分からないんだ」と表情が叫んでいた。

「私からもよろしいでしょうか」

ここは自分が収めるしかない。高宮は桑守を遮って話し始めた。

「製造業は安全第一です。安定稼働が全てのベースになって、その先にどうやって収益を出していくかという話になってきます。土台を疎かにして開発を進めても、砂上の楼閣が出来上がるだけです」

「デメテルさんのポリシーは分かりました。我々が知りたいのは、いつ黒字化するか、それだけです。LENZ製造が肝なんでしょう。商業生産できるまで、どれくらいかかるか、高宮さんはどうお考えなんですか？」

苛立った声で桑守が責め立てる。商業化の年数について、高宮がテキトーなことは言えない。見かねて、梅村部長が口を開いた。

「最短で見積もってあと半年というところで」

「違います！　それは全てがトントン拍子に進んだ場合です。現実的に考えて、あと三年はかかる！」

角田が割って入った。現実と離れた議論には我慢ならないと、必死の形相だった。

「機械を動かすのは現場の作業員たちです。彼らの命を危険に晒すことはできません！」

角田の言葉を聞いて、前の上司である尾藤部長は深く頷いた。

「なるほど、実態としてはあと三年ですか。よく分かりました」

教えていただきありがとうございます、と真砂室長は丁寧に頭を下げた。その下に映る桑守は顔色がどんどん悪くなってきている。

「弊社の見込みとズレが出てきているようですので、社内検討の上で、追って目線合わせをしましょう。本日はお時間をいただきありがとうございました」

最後に真砂室長から主力リアクターの修理費に関する質問が出て、そのまま定例会は終了した。

「あれで分かってくれるといいんやけどね」

さっきまで隠していた訛り混じりに、尾藤部長がぼやくように呟いた。

「角田、ナイスガッツや。わしも反省したわ。実態のないポンチ絵を描いてもしゃーない。ちゃんと地に足つけて、腹割って議論せなあかんな」

何を言われているかよく分かっていない角田は、困ったような顔で高宮の方を見た。

高宮が答えようとすると、手元の携帯電話が鳴った。デメテルに支給されたガラケーだ。

小さな画面に表示された【クソ】の二文字に、高宮はため息をついた。

「何よ、言いたいことがあるなら会議中に言いなさいよ」

狭い社内ではどこにいても会話が他の人に聞こえてしまうので、高宮はわざわざ少し離れた大通りまで出てきていた。会社の前でタバコを吸っていた作業員の人たちに軽く頭を下げ、アウターを羽織りながら足早に歩く。

「お前、ちゃんと出席者の発言はコントロールしろよ。今日の定例会には真砂さんも出てくるの、お前も知っていただろ」

「修理費の話？　仕方ないじゃない、老朽化対策はちゃんとやっていたわよ。更新投資だってケチってるわけじゃないし」

「違う！　ＬＥＮＺの開発期間の話だ！」

「桑守、何テンパってんのよ。最短で半年、最長で五年。現実的な落とし所は三年ちょっと。前から定例会で話していた内容じゃない」

「お前なぁ、この会社をどうしたいんだよ！　知ってんだろ、真砂さんは元から本当はこの出資には反対していた。会長の肝入りだから仕方なく株式買い増したら、蓋を開けるとこのザマだ。事前に聞いていたほど技術開発は進んでいなくて、崖っぷちなんだよ！」

「……さてはあんた、開発期間を短く社内報告してたわけ？」

「そうするしかないだろ！　この会社を守るにはこれしかないんだよ。今頃真砂さんは喜んでデメテルを潰す算段を考えてるぞ。梅村技術部長はその辺を分かってそうだったのに、あの角田とかいうのがしゃしゃり出てくるから」

「呆れた。あんたの言う『この会社を守る』って何よ」

「分かったような口利きやがって。あぁもう、真砂さんから着信が来てる。麻綾、お前はもっと話が分かるやつだと思っていたのに残念だ」

そう言うと、桑守は一方的に電話を切った。

「それはこっちのセリフよ」

一雨降りそうな曇り空を見上げ、久々に大きく舌打ちをする。大通りを行き交う車が途切れたタイミングで、高宮は足元の小石を思い切り蹴飛ばした。

「すみません、自分が余計なことをしました！」

角田が本日何度目かの謝罪をした。机に両手をついて、深々と頭を下げている。

「謝るなっちゅうねん。次すみません言うたら、てっちりに頭ぶち込んだるからな」

「はい、すみません！」

お前っちゅうやつは、と尾藤が角田の頭にヘッドロックをかけた。その様子をにこにこ眺めながら、梅村はちびちびと焼酎のソーダ割りを飲んでいる。

居酒屋の個室で旬ど真ん中のフグ鍋を食べながら、日中の定例会参加者たちで反省会をしていた。それぞれ思うところがあったのか、高宮が提案すると即決だった。

「親会社の人の前で馬鹿正直に答えてしまって……何も考えてなかったです」

「いや、あの場で一番ＬＥＮＺのことを真面目に考えていたのは角田や。わしらが無責任にのらりくらりと数字遊びしとったのが悪い」

「耳が痛いですねぇ」

梅村は緊張感があるのかないのか、ぽりぽりと首筋を指で掻いた。

尾藤が両膝に手をつき、下からグッと突き上げるような視線で梅村を見る。

「今日こそはっきり聞こうと思うとったんや。梅村、お前ほんまにＬＥＮＺを完成させられると思うとるんか。実は無理筋と思っとるんちゃうんか」

梅村はじっと尾藤を見返した。尾藤が身じろぎするほど、真剣な表情だった。

「ＬＥＮＺの完成は私の長年の夢です。無理だと分かっていて追いかけ続けるほど、私はロマンチストじゃありません」

そう言うと、梅村は微笑んで角田の方を見た。

「天才、角田くんも来てくれましたしね。お父上譲りで、実験条件を決めるセンスは抜群です。たられればですが、もっと早くに技術部にほしかったところです」

「みんな、角田さんに期待されているんですね」

高宮の言葉に、角田は「いえいえそんな……」と小刻みに首を振った。

「ほんと、僕なんて大したもんじゃないです。前職では、何でもシステマチックに進めたがる上司と反りが合わなかったので、今はのびのび楽しくやらせてもらっています。でも、父と同じレベルになるのはまだまだ先です」

「お父様もこの分野でお仕事を？」

「はい、反応工学のプロでした。デメテルも、先代の社長さんと父が懇意にしていたので、その縁でお世話になることになりました。父はお客さんが海外でプラントを立ち上げる時とかに一緒について行って、製造設備や装置の配置の設計などを行っていました。家を空けてばかりで、あまり一緒に遊んだ記憶がありません」

珍しいお土産が楽しみだったのでそんなに文句はなかったですけどね、と角田はあどけなく笑った。色んな国の硬貨をよく持って帰って来てくれたのだという。

「角田はお父上の跡を追って技術屋になったわけやな。立派な親孝行や」

それまで朗らかに話していたが、角田は急に俯《うつむ》いた。

「でもある日、父の設計した製造設備が不具合を起こして、死者の出る事故を起こしてしまったんです。それに仕事のことで母とも上手く行ってなかったみたいで。色んなことが重なってその頃は地獄みたいな日々でした。だから」

そこまで言って、角田は言葉を切った。

「だから、安全第一の機械を僕は作りたいんです。機械の事故によって現場の人たちが危ない目にあっちゃいけない、それは当然です。でもそれに加えて、機械事故は目の前にいない、どこか遠くにいる人たちまでみんな不幸にしちゃうんです。これは、昔の僕を救うための戦いでもあるんです」

角田は目の前にあった焼酎のぬる燗を一気に飲み干した。「こいつぅ」と尾藤が角田の肩を抱く。

「そんなことがあったんですね」

軽率なコメントはできないと思い、高宮は声を詰まらせた。高宮も出向したばかりの時に、「研究開発のスピード、もっと上げられませんか?」と無遠慮に尋ねたことを思い出して恥ずかしくなった。

角田は「すみません、飲み過ぎました」と言い残し、フラフラと個室を出てお手洗いへと歩いて行った。あまりお酒に強くないのか、足取りが危なっかしい。

「高宮さんから見て、うちはどうですか」

角田の姿が見えなくなったのを確認してから、梅村が尋ねた。シワが垂れた瞼の奥にある瞳が、きらりと光ったように見えた。

「可能性を秘めた、これからの会社だと思っています。上から目線な言い方になってすみませんが、人も、技術も、どちらも本当に素晴らしいと思っています」

一瞬、「それってボクのことも?」とニヤける出目社長の姿が頭に浮かんだが、高宮はそれを無視した。

「高宮さんが出向して来てくれたということは、鶴丸食品さんもうちに期待してくれているのかな?」

梅村には珍しい茶化すような言い方が、心にもないことを言っていると示していた。

「子会社にしてみたは良いものの、いざ中ぁ見てみたら古びた中小企業で期待外れやったんちゃうか」

尾藤からも覗き込まれる形になった。高宮は軽く咳払いをして姿勢を正した。

「たしかに、出資して初めて分かったこともあるのは事実です。あたしが考えていたメーグルも、実現できるのはもっと先だと分かりました。でも、だからと言ってやっぱり止めます、なんてことは全く考えていません。そんなの、あたしが許しません」

「威勢の良いこと言うやないけ。でも実はお払い箱にする前の偵察部隊でした言うんなら、生きては帰さへんからな」

「あたしもタダじゃ帰りません」

尾藤はフッと口元を緩めると、冷えたフグ鍋の汁をすすった。

「堪忍な、麻綾ちゃん。わしらはもう後先短いけど、角田はこれからなんや。あいつにはエエもんを残してやりたい」

尾藤は身を乗り出して、向かいに座っている梅村の肩をバシッと叩いた。肉付きの良い尾藤の腕がのしかかり、痩せこけた肩ががくんと下がる。

「角田には梅村の下でどんどん力を伸ばしてほしい。この酵素大好きおじいちゃんの元やから、あいつも色々自分の才能を試せるんや。鶴丸食品がうちの会社をよう分からん外資のファンドにでも売ってみぃ。わしも梅村も即刻これやで、これ」

尾藤は舌を出して、親指で自分の首を掻き切る仕草をする。

「私はまだ、おじいちゃん、というほどの歳じゃないですよ。昔に壊した膝が悪いだけです」

「首元もだるんだるんで、どっからどう見てもおじいちゃんや」

お二人ともまだまだ若いですよ、と言って高宮は次の飲み物を勧めた。よう見えんがな、と文句を言いながら尾藤がメニューに顔を近づけているのに対し、梅村は「私は糖尿なんでこれくらいで」と断った。角田を育て上げるためにも、二人にはこれまで以上に健康に気をつけてほしい。

「愛弟子のやつ、遅いな。便所で倒れてるんちゃうか」

尾藤が巨体を揺り動かして立ち上がった。狭い通路を通る時、ハンガーで壁にかけたみんなの上着が引っかかって落ちてしまう。「少し寒くなってきたので、私の分はください」と言って、梅村はそのままスーツのジャケットを尾藤から受け取る。ぶかぶかのジャケットを羽織ると、梅村の貧相な肩が更に際立って見える。

尾藤が個室を出て行ったのを見送って、梅村は高宮に向き直った。

「お願いするときは、一張羅を着なきゃと思いましてね」

文字通り昔からこの一着しか持っていないんですけどね、とはにかんだ後、梅村は真面目な顔をして深々と頭を下げた。

「高宮さん、デメテルをこれからもよろしくお願いします」

頭を上げてください、と高宮が慌てて声をかけても、梅村はその体勢からしばらく動かなかった。

「どうです？　桑守のバカは血迷ったことしてませんか？」

桑守のバカは、くらいで電話は切られていた。何よ失礼な、と思っていると折返し電話が来た。

「ちょっと、なんで急に切るんですか」

「毎回毎回、高宮さんは声が大きいんですよ！　これ、デメテルが支給したケータイからかけてますよね。知らない番号だと思ってオフィスの席で出たら、急に桑守のバカとか叫ぶんですから」

「叫んでないでしょ！　それに、外からかけてるからこっちはトラックの音とかうるさいんですよ。むしろ風間さんはもっと叫んでください」

何やらぶつくさ言う声が聞こえたが、後ろで鳴ったクラクションにかき消された。大通りに背を向けてガードレールにもたれかかる。寒さで手がかじかみ、手袋をしてくれば良かったと思う。

「鶴丸の中で、デメテルは今どんな扱いになってますか。真砂さんや桑守が暗躍して、もう撤退まで秒読みだったりします？」

「高宮さんからしたら許せないかもしれませんが一応本人の名誉のために言っておくと、桑守くんはよく頑張ってますよ。何十パターンも事業計画と資金調達プランを作り込んで、なんとかデメテルを黒字化できないか夜遅くまで粘っています。全部一人で抱え込んで、声をかけても『大丈夫ですから』しか言いません」

「プライドだけは一丁前ですからね」

桑守がデメテルを残すために動いているというのは意外だった。先日の定例会後の「この会社をどうしたいんだよ！」という叫びを思い出す。苛立ちよりも、悲痛さが勝っていた。

「問題は真砂室長です。あの人は一刻も早くデメテルをお払い箱にしたがっています」

「買手との交渉も、実は進んでいたりするんですか」

「タイムリーな質問です。実は、水面下で進んでいます。今朝、真砂室長がM&Aサポートチームのリーダーと会話しているところを桜庭が偶然聞いたらしいです」

「偶然」を強調して風間は言った。高宮の役に立ちたくて真砂室長の予定表を四六時中チェックしていた桜庭が、立ち話している二人の会話をこっそり盗み聞きした、というのが実際のところらしい。「高宮さんの出向先のケータイ番号聞いてなかったんですぅ」と、ついさっき風間に泣きついてきたという。

「今残っている交渉相手は、宮戸酵素化学株式会社とイーサン・インキュベーションの二社。宮酵《みやこう》は自分達の事業領域とのシナジーがあるからと言って、結構気前の良い金額を提示してきていて、なんならまだポケットがある雰囲気らしいです。一方でイーサンの方が恐らくデメテルをより深く研究しているようで、かなり妥当なバリュエーションをしてきている。よく知り過ぎているくらいです。ただそこまで気前は良くないというか、お財布事情は厳しいらしくて、今の路線なら宮酵に決まるのが濃厚です」

「タイムリミットは？」

「宮酵が技術DDに加えて、土壌汚染などを調べる環境DDもやりたいと言って来ているので、実施期間を考えるとあと半年は猶予があります。でもそれまでに『デメテルは売らずに保有し続けた方が良い』と鶴丸の経営陣に示せなければ今度こそいよいよ終わりです」

「あと半年……」

LENZ開発が全て都合良く上手くいっても尚、半年に間に合うかどうかはかなり厳しい。それまでに、せめて何かとっかかりを摑まなきゃいけない。

「原料交渉を真面目にするようにしたり、ちゃんと値上げも行ったりして、一会社として見れば筋肉質にはなってきてるんです」

「デメテル自体が儲かることが出資の目的ではない。あくまでデメテルの新技術と鶴丸の保有資産を組み合わせて新しい仕組みを作ることを狙っての子会社化なので、それが早期に実現できないとなると、とっとと売ってしまえということになると思います」

「だから株式買い増しなんてしないで、関係をつなぐ程度にちょこっと出資しておくくらいがちょうど良かったんですよ。どいつもこいつも余計なことして！」

風間は高宮の怒りには付き合わず、「これは私の予想ですが」と続けた。

「このままいくとデメテルはまたD審にかけられます。おそらく名目としては、出資してから半年が経過しての経営モニタリング。そこで真砂室長はデメテルに将来性がないことをアピールして、そのまま売却の承認取得の審議にすり替えるんじゃないかと睨んでいます」

デメテルへの出資が決まった時のD審を思い出す。始まってからのピリついた空気。自分が話している内にあっという間に時計の針が進むような、一方で全方位から永遠に質問が続くようにも感じるような、不思議な一時間。本部長と部長たちの前に、今度は高宮自身が正式に座ることになる。

「正真正銘、これが最後の勝負です」

「何言ってるんですか、風間さん。違いますよ。社内のいちゃもんなんて軽くクリアします。メーグルにとっては、これが始まりなんです」

自分自身の言葉に突き動かされるように、高宮の話すスピードが速くなる。負けられない。こんなところで終われない。

「そうですね。そうでした」

電話の向こうで風間が微笑んだ気がした。

「風間さん、力を貸してください」

「もちろん」

間髪入れぬ返事が心強かった。

「ここからは総力戦です。絶対勝ちましょう」


「あんた、主管部局の担当者なのに一度も出資先に出張してこないなんて頭おかしいんじゃないの？　カナダにあったカンコーならまだ分かるわ。でもデメテルは大阪よ。新幹線のチケットの買い方、手取り足取り教えてあげましょうか？」

「朝からうっせーな、分かってるよ！　真砂さんが許可しないんだよ。撤退方針が見えている会社に行く暇なんてあるなら別の仕事をしろって言ってさ」

「はぁ？　良い歳して上司に許可もらわないと国内出張ひとつもできないわけ？」

「麻綾は知らないだろうけどTSFとは違って鶴丸は出張の手続きが面倒なんだよ。出張申請用の社内システムがあって、それには直属の上司の事前承認が必要で」

「桑守、あんたいつからそんなにバカになったの？　有給でも使って日帰りで黙って来りゃいいじゃない。こっちは何なら土日でも構わないわよ」

桑守が口ごもる。こんなに視野と発想が狭くなっているとは、思っていたより重症ね。何としてもこのバカ担当者を大阪に引っ張り出す必要があると高宮は改めて決心した。

「あたしは別に、あんたに正式に出張してもらって何か鶴丸に報告をあげてほしいわけじゃないの。桑守自身の目で、ちゃんと現場を見てほしいだけ。分かる？」

しばらく沈黙が続いた後、桑守がボソッとつぶやいた。

「……言ってたよな」

「何？　よく聞こえない」

「恩賀さんも、前に言ってたよな。機械や技術を全部分かりきれなくても、現場で実際に触れてみて初めて分かることがあるって。そういうはっきりと言葉にできないものを見極めるのが、俺たちの仕事の醍醐味だって」

「言ってたかもね」

少し間が空いて、「行くよ」と桑守は言った。

「そう。いつにする？　平日の方が社員の皆さんも揃ってるから良いと思うけど。来週の水木金あたりが良いかも」

「そっちが良ければ、今日の午後行ってもいいかな」

それはそれで急過ぎでしょとツッコミを入れそうになるが、余計な茶々は不要だと思った。今日の予定表を思い出す。たしか今日、出目社長は東京に出張予定があったはずだが、他のメンバーは外出予定がなかったはずだ。

「分かった、話つけておくわ」

宣言通り、桑守は午後一で大阪にやってきた。両手には高島屋の大きな紙袋を提げている。日本に爆買いしに来た外国人旅行者にも見えた。

「会社、よく抜けてこられたわね」

「親父にエア危篤になってもらった。本人は今年トライアスロンに出るつもりで、俺なんかより全然健康体なんだけどな」

他の社員がやってくるまで、高宮がデメテルの応接室で桑守の相手をしていた。紙袋の中身を覗き込むと、有名なスイーツ専門店のパッケージが見える。こぢんまりとした質素な部屋の中で、桑守のお土産スイーツは明らかに浮いていた。

「ちょっと、こんなに気取った高いお菓子、そんな大量に持ってくるものじゃないでしょ。貰う側も警戒するわよ」

「俺の自腹なんだから文句言うなよ」

不貞腐れた顔で桑守はそっぽを向いた。目の下にはどす黒いクマができていて、以前よりもだいぶ老けて見える。この二ヶ月で白髪も増えたようだ。

こうして顔を直に合わせるのは久しぶりだ。高宮が出向に出る直前、主管部局の担当者に対する形式的な挨拶として会いに行った時以来になる。

「なぁ、麻綾」

桑守が何か言いかけた時、控えめなノックの音がしてドアが開いた。

「すみません、梅村も尾藤もちょっと手が離せず、遅れて参ります」

角田が部屋に入って来て、「直接お会いするのは初めてですね」と桑守に名刺を渡した。

「いつもお世話になっています。桑守昇と申します」

名刺交換をした後も、角田はちらちらと桑守の方を気にしている。

「あの、いきなり出会い頭にこんなことを言ってすみません。先日の定例会で、私が勝手にLENZの完成に三年かかると言ってしまったんですけど、何とか半年でできるように頑張りますので、どうかよろしくお願いします！」

桑守は一瞬ぽかんとした顔をしたが、すぐに表情を作り直し「角田さん、大丈夫ですよ」と言った。

「でも親会社の人がこんなにたくさん高いお土産を持って急に現れるなんて、何か悪い報せがあるんじゃないんですか！」

「それは桑守さんが加減を知らないせいです」

笑いを堪えながら高宮が口を挟んだ。「いえ、それはほんとに皆さんにと思って……」と小声で弁解した桑守は、うつむき気味に顔を赤らめている。

誤解をなんとか解くと、今度は角田が張り切る番だった。

「そんな、わざわざ足を運んでいただき嬉しいです。工場と、それから研究室にあるLENZの製造設備もぜひ見ていってください」

高宮たちは角田から渡されたヘルメットと防護用のメガネを装着して、軍手をはめた。「あとこれも」と言って渡された耳栓を、桑守はしげしげと眺めていた。

「製造エリアに入る前はクリーンルームで汚れを落としてください」「研究室は地下なので電波が入りません」といった注意事項を一通り聞く。二人ともメモ用の小さな手帳を持って、準備は完了した。

「たしかにこれは耳栓が要りますね」

製造エリアに入ると、顔をしかめて桑守が大声で言った。リアクターが立ち並び、体の内側に響いてくるようなモーター音が鳴り響いている。

「ここに並んでいるリアクターの中で大きいプロペラが回って、反応槽を撹拌《かくはん》しているんです。工場内の室温がそこそこ高いのも、これが原因です」

説明役の角田も声を張り上げて返す。二人は角田が指し示すタンクに目を遣った。高さは自分たちの背丈よりやや大きい程度だが、胴回りはかなり太い。高宮は修学旅行で行った屋久島の縄文杉を思い出していた。

「簡単に言うと酵素は微生物が作るもので、人間はそれを有効活用させてもらってます。まずこの発酵槽の中で微生物を液体培養して数を増やし、その後に遠心分離機で上澄と微生物に分けます。この微生物の中に酵素があるので、ブレンダーやビーズミルで物理的に破砕して取り出すんです」

高宮も梅村に連れられて工場ツアーを行ってもらったことがあるが、製造工程に関する角田の説明は一段と丁寧だった。しかし嚙み砕いて技術の詳細を説明してくれているのは分かるが、細かい部分になると高宮には何のことかやっぱりよく分からない。

「この機械、酵素を固定化する際にはどのような手法が使われているんですか」

桑守の質問に角田が嬉しそうに答えている。何往復か会話が続いているのを見て、高宮は少し意外に思った。

「なに、あんた理系だっけ?」

さっきよりは静かになった通路を移動しながら、桑守を小突いて聞いてみた。

「ちがう。でも、担当している投資先を理解するために勉強しとくのは当然だろ」

鶴丸の中では自分が一番この会社をよく分かっていると思っていたのに、悔しい回答だった。

「おぉ、桑守さんですか。まいど、製造部長の尾藤です。後で合流するんで堪忍してください。夜は大阪の美味いもんぎょうさん食わしたりますんで、楽しみにしといてな」

途中、「停止中」と張り紙の貼ってあるリアクターの前で修理業者と話している尾藤部長とも遭遇した。隣に備え付けられているパネルを指差して、何やら話し込んでいる。

「これが先日話されていた、液漏れしたリアクターですか？」

「せや、よう分かりましたな。思ったより早く直りそうで良かったですわ。旧型なもんで、気付かずに運転を続けてたらえらいことになってた。この兄《あん》ちゃんが勉強してくれる言うから、五百万円より安うなるかもしれんで」

「もう尾藤さん、勘弁してくださいよ」

苦笑いをする修理業者を尻目に、最後に地下の研究室へ向かった。

「これが、R‐Xです」

小さなどんぐりのような外観のリアクターが設置されている部屋にたどり着いた。これがＬＥＮＺ製造の要だ。先ほど見たものよりも小さく、百葉箱を少し大きくしたようなサイズだった。

「素人なので表現が合っているか分からないのですが、稼働率をＭＡＸにできる条件を見つけるために一気に出力最大にしてみることはできないんですか」

桑守の質問にどう答えたものか角田は少し考えているようだったが、やがてきっぱりと言い切った。

「安全性の観点から、製造条件を極端に振ることはできません。徐々に、徐々にです」

何か言い返すかと思ったら、桑守は静かに「分かりました」と言っただけだった。

「これ、どなたか落とされましたか」

後ろから声をかけられた。梅村が小さな手帳を手にしていた。

「すみません、私のです」

桑守が挨拶をしながら受け取る。「ラボは常に清潔に保つ必要があるので、外部からの持ち込みにはご注意ください」と、梅村はやんわりと注意した。

梅村が最後にR-Xの開発経緯と思い入れを語り、工場と研究室の見学は終了した。桑守が質問攻めにしたのであっという間に時間が過ぎて、もう夕方だ。高宮と桑守は応接室に戻り、角田たちが着替えてくるのを待つことにした。

「もっと気をつけなさいよ。手帳の中、見られたらどうすんの」

「モーター音がうるさくて落としたのに気づかなかったんだよ。まだ新しいのに替えたてで書き込みが少ないし、海研だのD審だの、うちの社内用語ばっかりだから中を見ても分からないさ」

「なになに、桑守にも海研の声がけあったの」

「真砂さんから、デメテルが終わった後にどうだ、ってな。それではまだしばらく先ですねって返したら、すごい嫌そうな顔されちゃったよ」

ふと、昔に戻ったような気がした。誰かの異動の話で意味もなく盛り上がったり、ダラダラと仕事の愚痴を言ったり、かつては当然と思っていたものが、この場にあった。桑守のことは今でも許せないが、再起不能になるまでぶちのめしたいわけではない。今日は応接室の暖房が強めだから、少し頭がぼうっとしているのかもしれないと思うことにした。

「お待たせしました。桑守さん、終電で帰られるんですよね。早速移動しましょう」

角田が顔を出して、同期との久々の時間は終わった。少し寂しい気持ちを抱えて、高宮は鞄を持って応接室を後にした。

会食は新大阪駅近くのお好み焼き屋で開かれた。尾藤、梅村、角田が桑守を囲む形で座り、高宮は少し離れた席から見守ることにする。お酒で心もほぐれたのか、昼に顔を合わせた時よりも桑守は明るい表情をしているように見えた。

実は自分の方が年上だと分かった角田が「また来て。また来てよ、桑守さん」と酔っているのかシラフなのか分からないような絡み方をしているのを引き剝がして、その場はお開きになった。

部長勢が帰路に就くのを見届けて、高宮は会社に戻った。今日桑守がやって来たことで生まれたエネルギーを、明日に持ち越すのは勿体無い。自分の机の上だけ電気をつけて、パソコンを立ち上げた。

二十一時を過ぎた頃、高宮のケータイが鳴った。画面を見なくても、誰からの電話かは予想がついた。

「お前のことだから、どうせ会社に戻ってるんだろ」

桑守からだった。電話口の向こうからガタガタと音がする。新幹線の通路から電話してきているんだろう。

「会食終わりにオフィスに戻るなんて、今どき鶴丸でもないぞ」

高宮は操作中の画面を保存して、椅子の背を少し倒した。桑守の軽口には答えず、足を伸ばして寝っ転がるような姿勢をとる。

「あんた、何で今まで出張してこなかったのよ」

沈黙が続いた。トンネルに入って電波が悪くなったかと疑っていると、ぽつりぽつりと桑守は話し始めた。

「怖かったんだよ。実際にデメテルを見るのが」

心なしか、声が少し震えているように聞こえた。

「鶴丸に来て、すぐに分かったんだ。俺が逆出向で呼ばれた理由が。都合の良い生け贄《い にえ》、トカゲの尻尾切りだ。誰もデメテルがうまく行くなんて思ってない。会長がゴリ押ししたから仕方なく出資した忖度案件だ。誰が担当しても、貧乏くじの中身は凶しか入ってない。でも、誰かが引かなきゃいけない。だから逆出向を狙ってた俺が選ばれた。それだけだ」

「考えすぎよ」

「ちがう、分かるんだよ。誰も俺に期待なんてしてない。ただ自分達に都合よく踊ってくれる操り人形がほしいだけ。でもさ、そんなの納得いかねぇだろ。俺だって活躍したくて、同期のお前を売ってまでこっちに来たんだ。上の言いなりになるだけじゃなくて、一矢報いたい。お前や恩賀さんみたいに、自分が誇れる成果を出したいんだよ」

高宮は立ち上がり、窓のそばまで歩いた。クリスマスが近く、外のネオンが明るい。部屋の中が暗い分、眩しすぎるように感じる。

「でも、デメテルから上がってくる数字は絶望的なものばかり。実際に現場を見て、現実を目の当たりにしたら、もう俺なんかが足掻《あが》いたってどうにもならないんじゃないかって思っちゃって、デメテルに行くのが怖くなったんだよ。で、うじうじ悩んでる間にいつの間にかお前が出向してた。そしたら、もう行けるわけないだろ」

「桑守、それは今まで辛かったわね。……なんて言うと思った？　あんた、いつからそんなに偉くなったのよ。念願の親会社様に出向したら、神様にでもなったつもり？　陰気にポンチ絵ばっかり描いてるからそうなるのよ。こっちで頑張ってる梅村さんや尾藤さん、角田さんに失礼でしょ。あんた、今すぐ新幹線降りて這ってでも戻ってきて、明日皆さんが出社するまで玄関前に全裸で夜通し土下座してなさい」

「はは、やっぱ手厳しいな。まぁ、当然か」

全部俺が間違ってたよ、と桑守はため息混じりに言った。

「で、どうだった？　初めて見るデメテルは。がっかりした？」

「設備の老朽化がひどいな。工場は整理整頓されてるけど、ところどころガタが来てるのが素人の俺でも分かる。年度末にも修理費の追加申請が来ると思って、今から覚悟しておくよ」

でも、と桑守は続けた。

「がっかりはしなかった。ＬＥＮＺが上手く行くかどうかは分からないけど、良い会社だと思った。実際に中で働かれている皆さんを見て、自分が心底恥ずかしくなったよ」

「それでも上から目線は変わらないのね」

そんなつもりないんだけどな、と桑守は自嘲気味に笑った。

「デメテル、またＤ審にかかるぞ」

「知ってる。三月くらいだっけ」

「なんだ、知ってたのかよ。こっちはてっきり、また麻綾がギャーギャー騒ぎ出すと思って構えてたのに」

「あたしにだって、鶴丸の中にお友達くらいいるの」

昼に出会った時よりも幾分リラックスした声で、桑守は続けた。

「デメテルを手放すべきかどうか、殿岡本部長は相当悩んでる」

「なんで急に殿岡さんが出てくるのよ」

「前回のD審は既定路線だった。今回は違う。トップの本部長の意見が鍵を握っている」

「殿岡さんは出資反対派じゃなかったの？」

ここからは噂だけど、と桑守は声を潜めた。聞き漏らすまいと、高宮はケータイを耳に強く押し当てた。

「殿岡本部長自身としては、デメテルやメーグルの将来性を実は高く評価しているらしい。ただ、過去の事故処理案件を通じて、安全性に関しては誰よりも口うるさくなったそうで、その点でデメテル買い増しには大反対だった。ビジコンで優勝した麻綾の案に難色を示して潰したのも、製造リスクを重く見た結果って話だ。事故処理案件っていうのは、恐らく麻綾が探ってたカンコーって会社だ」

D審の時の、殿岡本部長の苦悶の表情を思い出す。会長の指示によって、自分の信念を曲げることに苦悩していたのだ。だったら戦えば苦しまなくて済むのに、と高宮は思ったが、本部長にまで偉くなるとそうもいかないのかもしれない。自分自身にムカつきたくない高宮からすると、想像はできるが一ミリも共感できない悩みだった。

高宮が初めて殿岡本部長にじっくりと想いを馳せているとは知らずに、桑守は話し続けた。転籍を狙っていただけあって、鶴丸の社内事情には異様に詳しい。

「それに殿岡本部長は、たとえ文系出身の営業社員でも製造技術は細かく理解すべきだというお考えだって評判だ」

これもきっと、カンコーの事故からの教訓だ。あの事故の記憶は、きっと殿岡の中ではまだ色褪せていないのだ。

「前回のD審で殿岡本部長が厳しい態度だったのは、原局の平井さんたちの技術理解が甘々だったせいもあるらしい」

「意外。殿岡さんって案外まともなのね」

「清濁併せ呑むタイプらしい。過去の事故処理では嫌な役回りを引き受けて、潰される予定の部署で一人だけ蜘蛛の糸を垂らしてもらったとも聞いてる。当時の派閥争いも絡んで、ぐちゃぐちゃだったそうだ」

目に涙を溜めて言葉を捻り出した若村の姿を思い出す。小西さんが恩賀に渡した顚末書と、実際に重要文書庫に保存されていた文書が異なっていたのは、上からの指示によって若き日の殿岡が飯山の原本を破棄し、都合よく作り直させられたからだろう。

「今の俺たちが気にしなきゃいけないのは、どうやってデメテルの命を繫ぐか。キーマンは殿岡本部長だ。あの人の気持ちを動かさなきゃいけない。普通に審議を進めたら、結構勝ち目は薄いぞ」

「ピンチに陥ったら、お偉いさんの秘密でも入った録音テープでも流してよ。得意技でしょ」

「……あれは悪かったよ。せっかく手に入れた鶴丸出向のチケットを、お前に取られるかと思ったんだ。俺が裏で平井部長のご機嫌とりとかしてせかせか手に入れたポジションを、裏技使って現れたお前が、誰よりも真っ直ぐな正攻法で掻っ攫《さら》っていくのには耐えられなかった」

「ようやく罪を認めたわね。今の、録音しといたから。次は法廷で会いましょ」

桑守は楽しそうに笑った。そしてまた一言、「ごめん」とだけ言った。

「お前とまたこうして話せる日が来るとは思わなかったよ」

「キッショ、あんたがぶっ壊したんでしょ」

自然と涙が滲み出てきていた。これだけは桑守にバレたくない。

「D審、絶対モノにするわよ」

「おう」

そこで電話は切れた。エナジードリンク無しで、今夜はまだまだ頑張れそうだった。


「マヤちゃんは偉いっ！　錬金術師や。無から有を生み出す現代の錬金術師や！」

年明けの予算進捗会議で、出目社長は高宮を褒めちぎっていた。

「デメテルが喰い物にされてた分を取り返しただけです」

数字が間違っていないか改めて確認しながら、高宮はそっけなく返した。

「昔から付き合いのあった廃棄物処理業者、この辺りだとだいぶ高い価格帯でうちに見積もり出してました。他の業者に相見積もりを出してもらって交渉中なので、もう少し安くできると思います。いざとなったら切り替えましょう」

「でも渡辺興業さんとは長い付き合いです。あそこからは良い中古機器の紹介もしてもらっているので、そことのバランスも考えてくれませんか」

普段は研究開発費以外の項目に興味を示さない梅村が、珍しく口を挟んできた。

「そんなこと言っていたら、いつまで経っても補助金頼みの資金繰りですよ。まずはデメテル自身でしっかり立てるようにならないと。研究開発費の捻出が一番大変なんですから、ご理解ください」

「渡辺興業さんは、R-Xとかニッチで良いものを紹介してくれるんですけどねぇ」

梅村から気になる発言が出たが、会議の本筋とはズレるので深く聞くのを我慢した。

「社長、老朽化の液漏れの件も麻綾ちゃんの入れ知恵のおかげで何とかなりそうですわ」

尾藤が契約書のコピーを出目社長に差し出した。何箇所か黄色いマーカーが引いてある。

「これ、設備を導入した時のエンジニアリング会社との契約書なんですが、経年劣化によって性能が著しく低下する可能性があることに言及してないんですわ。うちは何も知らんかったから、相手さんに補償してもらえる可能性があるそうや。せやな、麻綾ちゃん」

「はい、そういう解釈ができると、鶴丸の法務部もコメントしています」

「きてる。これ完全にきてるで。今年は予算達成や。そしたら社員全員でハワイ旅行や!」

「絶対にダメです」

そんなことした翌月には、銀行への返済が滞る。「冗談やん、みんなの士気を上げるための冗談やん」と出目社長が拗《す》ねた顔をする。高宮は無視することにした。

「それにさっきの件は私の手柄じゃありません。契約書が甘いことに気づいたのは鶴丸の桑守さんです。法務部と連携してくれたのも彼なので、お礼なら彼にお願いします」

桑守はあれから、二週間に一度はデメテルに来るようになった。引き続き、真砂室長の許可は取っていない。出目社長も呑気に「人手が増えるのはええことや」と、桑守が大阪に来ることを喜んでいる。唯一、「自分がデメテルに来ていることは、他の鶴丸社員には内密にお願いします」と言った時だけ、「桑守くん、まさかうちのマヤちゃん目当てで来てるんちゃうやろな?」と不機嫌な顔をした。

予算会議の目玉は、来年度の技術開発費だった。デメテルは明らかにこの部分での出費が大きすぎる。メーカーなので、R&Dを疎かにしてはいけないのは分かるが、ここに潤沢に資金を拠出している割に成果が薄いのが、経営課題の一つなのは間違いなかった。

「梅村部長、これ以上の研究費の増加はさすがにぼくも容認できん。この前東京に行った時、鶴丸食品の真砂さんと会食したんやけど、ちくちく言っとったで。そこまではっきりは言っとらんけど、見込みちがいやったー、みたいなことをな」

「はい、それは重々承知しています。LENZの開発がわが社の将来を担うと定めてもらったのに、だいぶ遅れていて申し訳ございませんでした。ですが、これを見てください」

そう言うと梅村はスクリーンに資料を投影した。表に数字が並んでいる。

「見ての通り、十一月までとそれ以降で数値が大きく改善しています。このペースでいけば、鶴丸食品さんの求める時間軸にも何とか間に合わせられるんじゃないかと」

「それは朗報や。何が変わったんかな?」

「要因はいくつかありますが、原料選定と条件設定を思い切って変えたのが効いてきているのではないかと思います」

「このデータ取ったんは、梅村部長か?」

尾藤の質問に、梅村は首を振った。

「いえ、角田くんです。もちろん私も監督していますが、仮説構築とデータ採取は最近では主に彼に任せています」

「やっぱり技術部に渡すには惜しい人材やったな」

その後は出目社長の「ええ調子や。腹が減っては戦もできぬ、言うてな。何人か若いのも連れて、今日は近くの中華にでも行こうや」という言葉で、会議はお開きになった。

「梅村さん、ちょっといいですか」

皆が外に向かおうとする中、高宮は梅村を呼び止めた。

「さっき言われていた、R-Xは渡辺興業から買ったっていう件なんですけど。あれってデメテルで梅村さんが開発したものじゃないんですか?」

「違いますよ。渡辺興業さんから割安で購入した機械に手を加えたものです。そういう意味ではうちのオリジナルとも言えますかね。ちょっと待ってください」

梅村はキャビネット棚を開けて、昔の契約書を取り出した。渡辺興業からデメテルが複数の機械を購入した時のものだ。その中の「R-10.sMUH-216851I」という型番を、梅村は指差した。

「R-Xはこれです」

「ちょっとこの契約書、お借りしてもいいですか?」

もちろんどうぞ、と言い残して梅村も出目社長たちを追って行った。高宮はプリンターでPDFを取ると、メールに添付して送信した。一分ほど待って、送り先に電話をする。

「もしもし、元気？　お昼休み前に悪いんだけど、今あたしが送ったメールを開いてくれる？　ちょっと調べてほしいことがあるの。なるはやでよろしく」

一ヶ月待って連絡が来なかったらプッシュしよう。そう思っていた高宮の期待を良い意味で裏切って、二週間後には調査結果が来た。二十二時過ぎ、真っ暗なオフィスで卓上ライトの灯りを頼りに高宮が来期の原料調達計画の練り直しをしていると、ケータイに着信があった。

「もうできたの？　急いでくれて助かるわ」

「そりゃ急ぎますよ。僕が調べるのが遅くなったせいで、デメテルの皆さんが高宮さんの舌打ちと貧乏ゆすりを怖がるようになってたら嫌ですもん」

「何よそれ、天恵のくせに言うようになったじゃない。……あたし、そんなに酷かった？」

「控えめに言って最悪でした」

「半年前はとにかく全てにムカついてたの。今度チキン南蛮おごるから全部忘れてよ」

「結局ウルフギャングもまだなんですけど」

天恵が話している間にメールが届いた。添付ファイルがずらっと並んでいる。

「今メール届きました？　ＰＤＦはエビデンスなので後から見てください。Excelファイル、開いてもらえますか？」

ファイルを開くと、三列のリストが表示された。一番上のタイトル行には、取引年月、売手、買手と書かれている。この機械は幾つかの企業の手を渡ってデメテルにやってきたようだ。

「見てもらうと分かると思うんですけど、R-10.sMUH-2168511っていう型番の持ち主の変遷をまとめています。一番直近では、二〇二二年十月にデメテルが渡辺興業から購入していますね。一社ずつ電話とメールで連絡していって大変だったんですよ。何社かには、所属してる会社名を偽っちゃいましたし。これ、僕も追い出し部屋行きですかね？」

天恵の声が耳に入ってこない。高宮の目は最後尾の一行に吸い寄せられていた。

「二〇〇〇年八月、神田酵素研究有限会社がReacTecに売却……」

このR-Xは、元はカンコーで作られたものなのだ。それが、回り回って今はデメテルにある。

若村が見た写真に写っていたのは出目社長と、その背後に鎮座していたR-Xだ。

「高宮さんの睨んだ通りでしたね。R-10がFBや若村さんが言っていた『リオ《RIO》』で、今はR-Xっていう名前でデメテルが保有してる」

「お手柄よ、天恵。渡辺興業にケンカ売ってる真っ最中だったから、あたしが調べようとしても最初の段階で躓いてた」

「結構色んな企業を渡り歩いてきたみたいですけど、それだけ魅力的だと思う人や企業が多かったんですかね？　ほら、若村さんが『デメテルをつかまえろ！』って圧をかけてきたのも、デメテルがR-X《リオ》を持っていると分かったからじゃないですか」

頭では理解できないが、何となく感じることはある。R-Xには、人を引き寄せ、執着させる何かがある。今思えば恩賀がデメテルに目をつけたのも、その何かが理由だったのかもしれない。

「話変わりますが、D審の準備は大丈夫ですか？　もう来月ですよね」

「何とかなりそう。LENZの開発も順調で軌道に乗ってきてる。D審までには良い報告ができそうよ」

後ろで物音がした。「誰か来た、切るわね」と言って通話オフのボタンを押すのと、角田が入ってくるのは同時だった。

「すみません、机の上に忘れ物をしたのに気付いて」

おどおどした様子で角田は言い訳をした。入り口からこちらにまっすぐ向かってくると、角田は高宮が手にするケータイに目をやった。

「話し声が聞こえたんですけど、高宮さん、誰かとお電話していたんですか」

「えぇ、ちょっと会社の後輩と」

「すごいですね、こんな夜遅くまで。高宮さんは優秀な上に努力家で、きっと後輩さんも超人みたいな方なんでしょうね」

「後輩はともかく、あたしなんて全然です」

言葉がすっと出てきた。

「引いちゃうかもしれないんですけど、ちょっと前まではどいつもこいつも頼りにならない、なんであたしばっかりって、毎日ムカついてたんです。そのくせ周りの人の幸せには敏感だから、自分と比べてまたイライラしちゃって」

舌打ちをしながら夜な夜なキーボードを打っていた頃を思い出す。全方向への怒りとやるせない想いが、あの頃の原動力だった。

「でも、自分ばっかりなんて思い上がりでした。あたしこそ、色んな人に助けられてここまで来ることができました。今も、後輩にお願いしていたことについて報告を受けていたんです。あたしが手取り足取り教えてやんなきゃ何もできない、甘えた奴だと思ってたのに」

「その後輩さんのことを、信頼されてるんですね」

角田は全身から漏れ出るようなため息をついた。

「僕こそ全然です。皆さんからの期待に全く応えられていない。前の職場でもそうでした」

「何言ってるんですか。梅村さんも尾藤さんも、角田さんのことをいつも褒めてますよ」

「それは、僕が久々に入ってきた若手だからです。大袈裟に褒めてはくれますが、それに見合う働きはできていない。LENZも早く何とかしないと、このままじゃダメなんです」

「数字は良くなっているじゃないですか。角田さん、あんまり思い詰めないでください。目の下のクマもひどいですよ。ちゃんと寝られてますか？」

それから角田は何か言いかけたが、「もう遅いので、早く帰ったほうが良いですよ」と言い残してそのまま出口に向かった。足早な角田の姿はすぐに見えなくなった。

帰り支度を始める前に、今の進捗と、来月のD審の報告内容を頭の中で整理する。

角田が向かった方向を見る。思い詰めたような表情が頭をよぎって、どうにも嫌な予感がした。最悪の可能性に思い至り、桑守にメールで連絡を入れておく。「了解、タイムリーな報告助かる。続報を頼む。　桑守」と直ぐに返信が来た。

時計を見ると、だいぶ時間が経っていた。

「一杯飲んで帰ろうと思ったけど、今日は無理そうね」

独り言を呟くと、高宮は卓上ライトを消してオフィスを後にした。

一日中稼働して空調の入っている工場とは異なり、夜の地下研究室は冷える。普段は音も光もない無機質な空間が広がるが、今日は違った。

わずかに白い光が漏れている。リアクターのブーンという低い唸り声も聞こえる。体の芯に響いてくる、地の底から聞こえてくるような重低音はR‐Xだ。だれかがパネルを操作している。パネル脇にＵＳＢが挿し込まれるのが見えた。安堵か後悔か、微かなため息が聞こえる。

「そこで何してるんですか」

相手がこちらの声に気を取られている内に、高宮はパッとモニターの前に飛び出した。数字データが並んでいる。パネルを操作していた人物は慌てたように話し出した。

「ちょっと気になることがあったので確認を」

「あたしも勉強したので、この数字が何を意味しているか分かりますし、おかしな部分がたくさんあるのも気付きます」

さっき直感した通りだった。もっと早く気付けなかった自分が本当に許せない。

「先週の報告と比べて、今モニターに出ている数字は適合率も反応速度も全てが悪すぎます。こっちが本当の実績値ですね。考えられるのは一つだけです。R‐Xの数字を改竄《かいざん》してましたよね、角田さん」

下からパネルの光を受けて、角田の悲痛な顔が照らし出されていた。眼球が潰れてしまうのではと思うほど、固く目を瞑っている。

「……どうして分かったんですか」

「さっきオフィスで会った時に『机の上に忘れ物をした』って言われてましたよね。ちゃんと持って帰れましたか？」

角田は額に手を当てて呻《うめ》いた。予期せず高宮と遭遇して気が動転していたのか、角田は自分の机に近寄りもせずそそくさと退散していた。

「なんでこんなことを」

「だって来月三月には鶴丸食品さんの中で、Dなんとかっていう大事な会議があるんでしょう。高宮さんと桑守さんは隠されてるみたいですけど、みんな知ってますよ。そこでR–Xの開発がちゃんと進んでいることを示せないと、デメテルが売り飛ばされるかもしれないって。だったらもう、こうするしかないじゃないですか」

「ふざけないでよ！」

高宮の叫び声が研究室にこだました。突然の大声に角田はすくみ上がっている。

「ようやくここまできたのに滅茶苦茶にして、どうしてくれんのよ！ これで、これまでの努力が全部パーよ。期待に応えたいだか何だか知らないけど、自分が何しでかしたか分かってんの？」

「本当にすみません、僕のせいで高宮さんの事業計画にも狂いが出てしまって。でも何とか成果を出さなきゃと思って」

「そんなことどうでもいい！」

高宮はR–Xに目を向けた。リアクターは目の前のことには我関せずとでも言うように、一定のリズムで稼働を続けている。カンコーで設計され、稼働ボタンを押されて以来、ずっとこうして動いてきたのだろう。

「少しでも良い結果が出るように、そのパネルの前で色んな人が必死に努力して、色んな想いを込めてきたのよ。もうこの世にはいない多くの人たちの願いも引き継いで、R–Xはここまでやってきたの。それを、あんたがラクになるために簡単にズルしてんじゃないわよ！」

角田の真っ赤になった目からは涙が流れ続けていた。目の充血は泣いているためだけではなく、データ改竄のために夜な夜な研究室に忍び込んでいたことによる寝不足もあるのかもしれない。

「本当にすみませんでした」と絞り出すような声を出すと、角田は深々と頭を下げた。

「やってしまったことはしょうがないです。明日、皆さんに報告しましょう。来期の事業計画も全部練り直し。しばらく泊まり込みになるかもしれません」

無意識のうちに、高宮はR－Xの胴体に手を伸ばしていた。うねるような振動が手と腕を伝って全身に響き渡る。かつて何とかしてリオを完成させようと、自分でもできることは全部やろうと素人なりに動き、その結果命を落とした志村に想いを馳せた。志村も二十四年前に、こうやって祈るようにリオに触れていたのかもしれない。

放心状態だった角田も落ち着きを取り戻してきた。まず角田をタクシーに乗せて、「明日、よろしくお願いします」と言って送り出す。震えた声で、でも力強く「はい」とだけ返した角田のことくらいは信じてやりたかった。

研究室から出たので、ケータイに電波が入るようになった。さすがにもう寝てるかな、と思いながら「クロだった」とだけメールを送る。

相手はまだ起きていた。「お疲れ、了解。今日のところはしっかり休めよ。桑守」と書かれた返信が直ぐに届いた。もしかしたら、まだパソコンを開いているのかもしれない。

高宮はケータイを鞄にしまうと、ふらふらと歩き出した。近くのコンビニに、最低限の着替えとメイク落としを買いに行かなきゃいけない。一分一秒が惜しくなり、高宮は駆け足で向かった。

次の日から、デメテルは戦場と化した。出目社長と尾藤の叱責、監督不行き届きを悔やむ梅村の謝罪、そしてひたすらに頭を下げ続ける角田。

「申し訳ない、私の責任です」

梅村の顔は、真っ青を通り越して白くなっていた。

「気が急いたんだと思います。私もこの先長くない。これまでのように、待つことができなくなってしまった。なんとかして、私が生きているうちにLENZを完成させたい。させなければならない。そういう気持ちが、目を曇らせました。好調な結果を疑いもせず、ただそうであってほしいという願いだけが先走りました」

「あかん、あかんでこれは。LENZができる言うて府から引っ張った助成金もあるんや。それが全部嘘でしたぁなんて、返還を求められるかもしれん」

「麻綾ちゃん、鶴丸食品に融資をお願いできんか。この通りや」

出目社長は頭を抱え、尾藤は高宮を拝み倒している。

「正直言って、かなり厳しいです。もう皆さんご存知だと思いますが、来月早々に鶴丸の中で、デメテルへの出資の結果を振り返る社内会議があります。そこでLENZの研究開発が進んでいることを押し出すつもりでしたが、それもできなくなりました」

あちこちから呻き声が漏れる。弱音を吐きたいのは高宮も一緒だった。

バン、と机を叩いて注目を集める。

「メソメソしてる暇なんてないです！　あたしもできる限りのことをします。来期の計画も、それ以前に今期の成果見通しも、全部やり直しです。何とか間に合わせましょう。あたしたちがここで諦めたら、全部終わってしまいます！」

立ち上がり、一人一人に向かって頭を下げる。

「せ、せや、ここで終わりやないで。親父が作った会社、二代目の阿呆《あほう》は社名だけカタカナに変えて潰してしもたなんて、親戚中の笑い者や」

「麻綾ちゃんの言う通りや。わしらがしっかりせんと。なぁ梅村。先代に拾ってもらった恩、ここで返さなあかんわ。こら角田！　お前もいい加減しゃきっとせい！」

「そうですね。ＬＥＮＺがもう少しなのは間違いないんです。私の人生を賭けて、絶対に完成させます。そのためには、今の環境を守らなければならない」

皆の目に光が戻ってきた。ずっと震えていた角田がよろよろと立ち上がる。再び顔を上げた時、覚悟を決めた目をしていた。

「皆さん、本当にすみませんでした。許してもらえるとは思っていませんが、僕、何でもやります。高宮さん、まず何をすればいいですか」

全員の注目が集まる。今までだって何度もピンチがあった。今回だって大丈夫。そう言い聞かせる高宮の中で、これまで立ち塞がってきた人たちの顔が浮かんできた。真砂室長、平井部長、姫川リーダー、そして桑守。彼らとぶつかって、いいようにやり込められて、それでも打《ぶ》ち負かして、ようやくここまで来たんだ。セラミックと思しき白い歯を見せて笑う平井部長の顔面に脳内で右ストレートを決めて、高宮は指示を出した。

「今直ぐにできることが一つだけあります。ここから先、全員の力が必要です。誰一人欠けてもダメ、最後までやり切るんです。そのためにみんな、声出していきましょう！」

「明日のD審、私が司会になりました。助け舟は出せませんが、ご武運を祈っています」

「風間さん、空気がヤバくなってきたら一発芸でも披露してくださいよ。ほら、ジャケットの内側から鶴でも鳩でも出してください」

フッと笑うと「大丈夫そうですね、それでは明日」と言って風間は電話を切った。

「大丈夫かしらねぇ」

既にD審出席者たちに送付済みの資料を眺めながら、高宮はつぶやいた。やるべきことはやった。それでもやはり、元々話す予定だった内容からすると見劣りがしてしまう。

データ改竄を報告した時、真砂室長の第一声は「残念です、D審も近いというのに」だった。その一言で、開催時期を後ろ倒しにするという温情はないのだなと察した。

「明日の会議は鶴丸食品の本社でやるんですよね」

今日くらいは早めに帰って休もうと思っていたら、角田から声がかかった。

「はい、昼過ぎからなので、早めの新幹線で行こうと思ってます」

「申し訳ないんですが、よろしくお願いします」

よろしくお願いします、が言えるようになっただけでも良かったなと安心する。

「全部終わったらまたフグ食べにいきましょう。もちろん角田さんのおごりで」

「いやぁ、それは……いえ、でも、はい、みんなで行きましょう」

何か話したいことがあるのか、角田はその場から離れようとしない。

「……もしかして、まだ別の爆弾抱えてたりします？」

「いやいや、そういうんじゃないんです！　でも、なんかデータ改竄した奴からこんなもの渡されても迷惑かなぁと思って」

そう言うと、角田は銀色の硬貨を差し出した。大切に扱われているのが光沢から分かる。

「これ、お守りにと思って。前にお話ししたでしょう。父が海外土産に外国のコインを持ってきてくれるって。子どもっぽいですかね」

「いえ、ありがたくお預かりします」

高宮は卓上ライトからぶら下げていた色褪せたお守りを手に取った。若村から託されたお守りだ。「安全第一」の文字がすっかり剝げてしまっている。どうせならこの中に入れて、明日のD審に持って行こうと思った。

「そのお守り、気になってました。大事な人からもらったんですか」

「うーん、あたしにとって大事な人では正直ないんですけど、でも、色んな人の気持ちが込められて、あたしの元までやってきたんです」

丁寧な手つきで、高宮は硬貨を受け取った。角田がずっと握りしめていたのか、ほのかに温かい。

表面の中心に5と書かれており、ＦＩＶＥとＣＥＮＴＳの文字がそれを取り囲んでいる。

「カナダの五セント硬貨なんです。絵柄がお気に入りで、小さい頃から大事にしていました」

裏面をめくって、高宮は息を吞んだ。

雄牛が描かれている。頭の角を見えない相手に向け、勢いよく走る牛の絵だった。

「勇ましい角が生えてるでしょう。角田勇輝って名前にピッタリだって、カナダでの長期の仕事から帰ってきた父が持ってきてくれたんです」

今よりももっとお気楽だった頃、ＴＳフードサービスで天恵と交わした会話が蘇る。

――太った雄牛でＦＢ。Red Bull ならぬ Fat Bull です――

神田元社長はＦＢを、雄牛のように鼻息荒い奴だったと言っていたという。でも実はあだ名の由来は、志村のように元の苗字から取られていたとしたら？　硬貨に描かれた角に、目が吸い寄せられてしまう。

デメテルが渡辺興業からＲ－Ｘを買い取った日の日付を思い出す。あの日より後に、角田はデメテルにやってきた。たしか、そう、角田は父親の伝手《つて》でデメテルに来たと言っていた。

「あれ、高宮さん、どうされたんですか？」

いつの間にか口の中がカラカラだ。爆弾はまだ残っていた。いつ爆発するか、そもそも今更起爆するかも分からない、不発弾だ。今、この件まで考えている余裕はない。

「角田さん、Ｄ審が終わったらお話があります」

「定刻になりましたので、本部投資審査会を開始します。本日は戦略統括室の風間が司会を務めさせていただきます」

始まった。

これは、始まりの始まりだ。自分にそう言い聞かせて、高宮は椅子に座り直した。

前回と同じくロの字型の会議室だが、見える風景は全く違う。上から見下ろす形だったオンライン陪席とは異なり、今は目の前に生身の審査メンバーがいる。裁判官たちを前にして、柄になく緊張している自分がいる。

「出席者の確認を行います。審査メンバーは、殿岡食料品ビジネス本部長、雷門国内営業部長、潮見グローバルマーケティング部長、藤丸事業推進部長」

風間は淡々と出席者の名前を呼び上げていく。今日、早乙女は出席していない。

「原局として、真砂戦略統括室長、桑守担当。そして、現在デメテルに出向中の高宮担当が出席しています」

他の審査メンバーが資料に目を向ける中、殿岡本部長だけはまっすぐに高宮の方を見ていた。こんなところで負けてはいられない。両膝をぎゅっと握り締めた。

「議題は、出資後半年が経過しての経営状況に関するご報告と、それを踏まえた今後のデメテル経営方針についてです。それでは、よろしくお願いします」

いよいよだ。まず真砂室長が口火を切った。

「はじめに、この場を借りてお詫びさせていただきます。デメテルからわが社への報告データに一部改竄がございました。関係各所にご迷惑をおかけしましたこと、誠に申し訳ございませんでした」

それに合わせて三人全員が頭を下げる。

「本日は修正した数字に則って議論させていただきますが、何分、修正までの期間が大変短く、ところどころ穴がある部分がございます。担当が逐一補足しますので、どうかご容赦いただきたく」

「真砂室長、余計な言い訳はいらん。ここにいるメンバーが知りたいんは、デメテルはイケるかどうか、それだけや。今後もうちが出資し続けることに意味があるんならそれで良し。もしもうアカン、手に負えんわ言うんやったら、とっとと止めるべきや。他にもぎょうさん投資案件がある中で、この会社だけ特別扱いはできんわな」

「……率直に申し上げて、厳しいと考えております。技術リッチな会社ですので、他のわが社出資先と比べて先が読めません。この会社の持つＬＥＮＺという製品を軸にして、鶴丸グループ各社が協力して次世代の仕組みづくりをしようと取り組んで参りましたが、今回のデータ改竄騒ぎで、正直に申し上げますと、軸がポッキリ折れてしまったように思います」

ポッキリ、で少し高い声を出した真砂室長をぶん殴りたくなる。桑守が間に挟まっていなかったら、睨みつけていたかもしれない。

「出資前の狙いは到底達成し難く、ＴＳＦから本件を引き継いだ私としても残念でなりません。もしかしたら前回のＤ審時にも、データ改竄が行われていたかもしれない。見抜けなかったのは不徳の致すところであります」

「それは審査した我々も耳が痛い話ですね」

潮見部長が苦笑する。

「そもそも審査時の材料に誤りがあったとなれば、正しく評価することはできません。デメテルに騙し討ちをされたようなものです。温水社長、平井部長は前回、謂わば毒饅頭を食らわされた形になります」

「すみません、一点よろしいでしょうか」

このままではまずい。戦うべき原局が進んで後ろ向きに下がっているのだから、もう土俵際ぎりぎりだ。高宮は思わず割り込んだ。

「データ改竄については誠に申し訳ございません。出向していた私がもっと早く気付くべきでした。

ただ、出資前にデメテルから出されてきていたデータについては、手が加えられていないことを確認済みです。私からはその前提に立って、ＬＥＮＺの技術が過去からどのように改善されてきたかを説明させてください」

「そんな気ぃ張らんでもええって。普段売り買いやってる人間が出向して、いきなり中の技術なんて分かるようになるはずあらへんがな。なぁ、藤丸部長？」

藤丸部長は初めて口を開いた。一人だけ焦茶チェック柄のジャケットを着て、まんまるのメガネをかけている。

「雷門部長の言う通りだと思いますよ。だから、わが社でも技術にバックグラウンドを持つ人材の中途採用を強化しているんです。私はね、今回のデメテルのケースは非常に興味深いと思っておりまして、なぜ嘘を見抜けなかったか、どうしていたらこの事態は回避できていたのか、まさしく生きた教材、貴重なLesson learntになると信じています。一度、新卒入社組と中途入社組を混ぜて、ディスカッションさせてみましょう。ここに鶴丸食品の次の成長の芽があるに違いないと私は思っていまして」

「すまん、お前に振った俺が悪かった。要するに、なんや？」

「今回の出資は、失敗という整理にするのが妥当かと思います」

殿岡本部長は腕組みをしたまま動かない。唇を真一文字に結び、何か思案しているように見える。

会話が途切れたとみて、すかさず真砂室長が入ってきた。

「大変残念ではありますが、そのような評価になるのもやむなしかと」

「ちょっと待ってください！」

思わず立ち上がった。会議室にいた全員の注目が高宮に集まる。ここで途切れたら、押し切られてしまう。

「こちらをご覧ください。改竄を修正した後の、ＬＥＮＺの製造効率と安定性に関するグラフです」

用意していたスライドをモニターに投影する。徐々にではあるが、右にいくにつれて棒グラフの高さが上がってきている。

「出資前に想定していたスピードには劣りますが、技術は着々と完成に近づいています。このペースで開発を進めれば、三年後には」

「せやから、ここだけ特別扱いはできん言うてるやろ」

雷門部長が苛立った声で遮ってきた。潮見部長も同意見らしく、腕組みをして頷いた。

「この技術開発費に毎月どれだけ投じているか、現場のあなたが一番よく分かっているでしょう。挙句の果てに、足りない運転資金はわが社に負担してくれないかときた。得られるか分からない不確実な将来の果実に対して、生きながらえさせるコストが高すぎるんですよ」

潮見部長の言うことは正しい。高宮が示した開発期間の想定は、デメテルが湯水の如く研究開発費を使った場合のベストシナリオだ。梅村に無理を言って作ってもらった計画で、本人も「こんなに経費使っちゃっていいんでしょうか？」と若干引いていた。

反論しなければ。様々な情報が頭の中を駆け巡る。今、この場に何を出すのが正解なのか。用意していたノートを急いでめくるが、焦りから目が文字の上を滑ってしまう。

「時間をかければ、ＬＥＮＺは本当に完成するのか」

高宮の思考を遮って、貫禄のある低い声が聞こえた。殿岡本部長が初めて発言していた。

「完成します」

「何を根拠に」

ここだ。高宮は別のスライドを投影した。ここ数週間、角田にお願いして調べてもらった世界の類似技術について纏めてある。「同じような研究をしているところがこんなにあったんですね。視野が狭くなっていました」と話す角田の目は、何としてもLENZの役に立ちそうな技術を見つけてやると燃えていた。

「LENZと似た技術が、ここ最近外国の大学でも研究され始めています。彼らと提携して、実験設備やノウハウを取り入れることができれば、先ほどお見せしたグラフの想定よりも時間もコストもかけずに完成させることができると考えています」

梅村部長は徹底した自前主義で、自社だけでの開発を目指していた。古くからいる技術部のメンバーたちもそれに従っていたが、将来の後任候補である角田が加わったことで、外にも道が開けるかもしれないと高宮は考えた。スライドの内容は多少マニアックだが、読む人が読めば、デメテルの技術とシナジーがあることが分かるようになっている。だが、それを技術屋ではないD審メンバー全員に分かってもらうように表現することはどうしても出来ず、あとは「信じてください」と言うしかなかった。

「……アカンな。藤丸部長、分かるかいな?」

「これを読み解くための人材を中途採用する必要があります」

「二つ前のスライドに戻してくれ。製造効率について、単離プロセスのところで質問がある」

部長たちのボヤキ声の中から、殿岡本部長の鋭い声が飛んできた。

高宮は祈るような手つきでパソコンを操作し、念のために手元のノートで関連しそうなページを開いた。

技術に関する殿岡本部長の質問は手強かったが、意地悪なものではなかった。角田や梅村との会話を頭の中でひとつひとつ思い出しながら、丁寧に回答していく。今回のD審が始まってから初めて、審査メンバーと自分が同じ方向を見ていると感じた。

「最後に一つ。製造業は現場の安全が第一だ。その計画では拙速な開発になっていないか」

「その点について、技術部主任が作成してくれた次のスライドで説明します」

そこからも五分ほど、殿岡本部長と高宮の間だけで会話のラリーが続いた。最後には「よく分かった、ありがとう」という本部長の言葉で締め括られた。

呆気に取られていた真砂室長が、我に返ったように口を開いた。

「殿岡本部長、随分とこの分野にお詳しいですね」

「当たり前だ。私の出身母体はバイオテクノロジー部だからな」

安全面についてまともに返答できたのは角田のおかげだった。ほんと、あたしは一人じゃ何もできないなと、ポケットに忍ばせたお守りと五セント硬貨を握りしめる。

「LENZが完成する可能性については分かった」

殿岡本部長の発言で、場の空気が変わってきた。真砂室長が戸惑ったような声で「……と、言いますと……」と次の言葉を促したが、すかさず部長たちが割って入ってきた。

「さすがにダメでしょう、本部長。こんな案件が通るんやったら、うちの部にももっと金使わせてください」

「グループの撤退ルールにも既に抵触しています。例外を作るのはいただけません」

「事業撤退のプロを中途採用で入れて、各部にヒアリングして採算の悪い事業をどんどん止めようとしている中で、さすがに厳しいと思いますよ」

部長勢は声を揃えて反対している。高宮も殿岡本部長の判断をこちらに引き寄せたいが、如何せんもう武器がない。社外との連携を組み込んだとしても、鶴丸からデメテルへの資金注入は必須だ。

「すみません、私からもよろしいでしょうか」

高宮の隣が動いた。桑守が手を挙げている。隣だから分かる。桑守の膝は震えていた。

「最初に真砂室長がお話しされていました件です。出資前の技術データも改竄されているかもしれない。そうなると、出資前の狙い通りに議論するのは本当に正しいんでしょうか」

こいつ、今更何を言い出すんだ。「ちょっと桑守」と思わず口を挟んだ高宮を、桑守は目で制した。その目線の強さに、高宮は口を閉じた。

「つまり何か？　そもそもＬＥＮＺっちゅう技術が上手くいくかいかないか、それを議論すること自体が無駄っちゅうことを言いたいんか？」

「無駄とは言っていません。ですが、時期尚早だとは思っています」

そう言うと桑守はパソコンを操作してスライドを投影した。今後十年間の、デメテルの事業計画が表になって映し出されている。

「赤字垂れ流しですね」

「はい、このままでは鶴丸が融資し続ける限り生き延びるゾンビ企業になってしまいます。しかも、その貸したお金がいつ戻ってくるかは誰にも分かりません」

「仮に三年後にLENZとやらが完成したとして、この会社単体で黒字に戻るのは相当先に見えますね。トータルで見たら不採用です」

藤丸部長がまんまるメガネを拭きながら言った。

「その通りです。では、この場合はどうでしょう」

桑守がスライドを変えた。先ほどと比べて、棒グラフの高さが低い。各グラフのてっぺんを結んだ折れ線グラフが、八年目を超えたあたりで徐々に急勾配になっている。

「さっきと比べて、随分とこぢんまりとしたグラフになったな」

真砂室長が感想をつぶやく。

「デメテルの最大の弱点は、研究開発費がリターンに結びついていないことです。思い切って、LENZの開発を止めてしまえば、時間はかかるもののこの会社は立ち直ります」

「でもそれでは、出資当初の狙いとズレるんじゃ」

「ズレて良いんです！　だって最初の判断材料が間違っていた可能性があるんですから！」

高宮には、桑守の言いたいことが分かった気がした。自分とは違うやり方で、結局は同じ山を登っていたのだ。

「出費を極限まで抑えて、まずは黒字化に注力します。原料調達の見直しに販売価格の値上げ交渉と、ここにいる高宮の努力で傷口は塞がりつつあります」

そう言うと桑守は別のスライドに移った。丸や四角を矢印で繋いで、デメテルを中心としたビジネスの流れを模式的に表した図で、高宮が普段「そんなのお絵かきでしょ」と小馬鹿にしていたものだ。

「私は実際、デメテルに何度も足を運んでこの会社のビジネスモデルの理解に努めました。デメテルは良い会社です。今の製造販売の品目を絞って、もっと積極的にライセンス提供にも踏み切って、売り方を変えていけばデメテルは絶対に儲かる会社になります。そして、独力で立てるようになった後、満を持してLENZの開発を再開すれば良いんです！」

「盛り上がってるとこ、ごめんやで。品目を絞るっちゅうても、そんなに上手く選定できるんか？桑守くんも国内営業やってるなら経験あるやろ。止めたくても、他に影響を及ぼすから止められん商売。言うは易しな話や」

「こちらをご覧ください」

先程のすっきりとした模式図とは打って変わって、目が痛くなるようなExcelシートが投影された。何百というセルに細かく数字が打ち込まれている。

「どの商品を残して、どの商品を止めれば良いか、何十パターンも作ってシミュレーションしてあります。これを元にして、実態に即した修正を加えていけば、最短で黒字化できます」

「雷門部長じゃないですが、それこそ言うが易しです。無数に想定シナリオがある各製品のトレンドまで読み切ることは不可能で、あなたのそれは机上の空論です」

「大きなトレンドを複数に分けて想定して、それを加味して作っています」

「デメテルは輸出も一部行っていますよね。海外の市場動向もあるでしょう」

「それも加味しています」

「コントロールしようがない、マクロな世界経済の動向もあるでしょう」

「加味しています」

高宮はもう一度モニターを見た。夥《おびただ》しい数のシートが連なり、カーソルを動かすにも挙動が遅くなっている。ふと、司会席に座る風間が目に入った。力を込めて、何度も何度も頷いている。今日の日のことは、今後絶対に忘れないだろう。

「分かった。説明ありがとう」

殿岡本部長の一言で、その場にいた全員が口を閉じた。殿岡本部長の目には力が宿っていた。今度は、殿岡本部長はすぐに次の言葉を続けた。

「デメテルへの出資継続を認める。指示事項は研究開発費の大幅削減と、三年以内の黒字化。また、製造に於ける安全面での対策については別途レポートを作成し、鶴丸グループのエンジニアリング会社にも意見を求めるように。必要に応じて、サポートを要請しても構わない。モニタリング方法については、四半期毎に書面にて経営状況の報告を入れること。原局は説明ご苦労。以上、解散だ」

「乾杯！」

三月中旬、華の金曜日。高宮たちは尾藤がひいきにしている道頓堀沿いの串カツ屋に集まっていた。デメテルの面々に加えて、今日は桑守も一緒だ。春の陽気が近づいてきていて、新たな年度の始まりに皆心浮かれているように見えた。

大ジョッキになみなみそそがれた生ビールを思い切り喉に流し込む。やっぱり勝利の美酒は最高だ。絵梨奈に愚痴をこぼしながら家で一人寂しく缶ビールを飲んでいた時とは比べ物にならない。

「せっかくの慰労会やから豪華絢爛高級懐石もええかと思ったんやけど、身内で着飾ってもしゃーないと思てな。大阪の粋ちゅうんを桑守くんにも味わってもらうことにしたんや」

実はグルメの尾藤が一つ一つ料理の説明をしようとする。体と同様にでっぷりとした人差し指で料理を指し示して「この、繊細なんやけど立体的な味にはえらい秘密があってな」と話すギャップがかわいく思えた。

「え〜、桑守くんもうちに出向くるぅ？　でもなぁ、やっぱりマヤちゃんみたいなピチピチの女の子がええなぁ」

「出目社長、今の発言はコンプライアンス的にアウトですよ。鶴丸グループのガイドラインに引っ掛かっています」

真面目に返す桑守とのやり取りを見て、角田も楽しそうに笑っている。D審の結果を知らせて、角田がその場に泣き崩れた場面を思い返す。

「工場の近くにな、でっかい桜の木があるんや。現場の連中も庶務のおばちゃんもみーんな呼んで、来月には大花見大会をやろう。幹事は角田、お前や。丸一日、お前が仕切ってみせい。一日くらい工場止めてもええよな、社長？」

「んん許可するぅ！」

「いやいやいや、一日止めたらどれだけ損が出ると思ってるんですか。絶対ダメですよ」

「マヤちゃんが言うならナシ！　ほんなら、花見大会はわしとマヤちゃんのお花見デートに変更ぉ！」

「絶対行きませんからね」

完全に酒に呑まれ始めた出目社長から距離を置くべく、「ちょっとお手洗いに」と高宮は席を立った。

最高に気持ちの良い夜だ。街も人も輝いていて、そんな周囲に全く引け目を感じない。こういうたまらない瞬間のためにあたしは生きている、胸を張ってそう思えた。

今日はまだこの後、やることがある。ポシェットに入れたお守りを取り出して、中身が入っていることを確かめる。この後に備えてちょっと夜風にあたろうと、高宮は店の外に出た。

「梅村さん、こんなところにいたんですか」

店先に置いてある灰皿のそばで、梅村が一人タバコをふかしていた。

「タバコ、吸われましたっけ?」

「こういう気分の時だけ、吸っても良いことにしてるんです」

本当は医者に止められているんですけどね、と笑いながら梅村は二本目に火をつけた。

「高宮さん、本当にお疲れ様でした」

「皆さんのおかげです。梅村さんも、一から全部データを見直してくださってありがとうございました」

「研究開発費、やっぱり削られちゃうんですよねぇ」

アイタタタタ、と梅村は頭をさすった。初めて出会った時よりも、肌色の部分が増えたことに高宮は気付いた。

「桑守が何十とシナリオ分析してくれたんですけど、やっぱりLENZの研究開発は一旦止める必要があるという結論になりました。でも、黒字化するまでの辛抱です。それまでは他の製品開発に、梅村さんの力を貸してください」

梅村は返事をせず、ゆっくりとタバコの煙を吐き出した。

「それじゃあ、私が生きているうちには完成しそうにないですねぇ」

「何をおっしゃるんですか。梅村さん、まだ六十歳前後でしょう？　デメテルはブラック企業なので、定年はありませんよ」

冗談めかして返した高宮の目を、梅村はじっと見つめた。

「私、もうそんなに長くないんです。すっかり衰えてしまって。今、研究開発を止めてしまうと、もう時間が無いんですよ。昔の不摂生のツケでね。高宮さんも、健康にはくれぐれも気をつけてください」

梅村はそう言って三本目のタバコに手を伸ばそうとした。

「それくらいにしなきゃダメです。梅村さん以外に、誰が角田さんを鍛えるんですか」

「そう、そうですね。自分の代では完成しないこともある。だから後任に引き継ぐ必要があるんですね。私は何でも一人でやってしまおうとするから、それだから上手くいかなかったのか。ようやく分かりましたよ」

「あたしも桑守も、まさにそこで悩んでました。ぜひ、今度三人で飲みにいかせてください」

弱々しく頷くと、梅村はよろけるように立ち上がった。最後にくるっと振り返り、高宮の顔を見てにっこりと微笑む。

「でも、私はやっぱり自分でやりたいんですよねぇ」

そう言い残して、梅村は店の中に戻って行った。まだ出資する前、初めて梅村と飲みに行った時のことを思い出す。如何に酵素が面白いか、素人にも分かりやすいように説明しようとしてくれる梅村は輝いていた。あの時から比べると、明らかに元気がない。もしかしたらなかなか成果を出せないことや、角田のデータ改竄を見破れなかったことで、自分に自信をなくしているのかもしれない。本人の言葉の通り、衰えや病に身体を蝕《むしば》まれていることも、関係あるだろう。そう思うと、今LENZの開発を止めたくないという梅村の気持ちは痛いほど分かった。一番最初に真砂室長からメーグルの件は白紙に戻してほしいと言われた時の自分と、今の梅村が被った。

「もう一軒！　もう一軒や！」

酔い潰れても尚、うるさく叫ぶ出目社長を尾藤部長がタクシーに担ぎ込んで、その場は解散となった。残った四人が駅に向かう中、梅村は桑守と笑顔で何か話し込んでいて高宮は少し安心した。

この数ヶ月で本人なりに技術を勉強したからか、桑守も楽しそうに梅村と話し続けている。鶴丸側のデメテル担当者が桑守で良かったと思う日が来るとは思ってもみなかった。この光景を見て、どうしても微笑んでしまう自分がおかしくも思う。桑守は高宮の方を振り返ると、「俺、梅村さんともう一軒行ってくるわ」と言ってタクシーを停めた。

思いがけず、角田と二人きりになることができた。駅に辿り着く前に話そうと、わざと歩くペースを落とす。角田の気分が良いうちに、確かめておきたいことがあった。

「角田さん、ちょっとお話いいですか」

「え」

何を思ったか角田は足を止めると「え、うそ、マジかぁ」とつぶやいて前髪を整え始めた。

「あ、たぶんそういう話ではないです」

「マジかぁ」

高宮はお守りを取り出した。袋の口を開けて、掌の上にひっくり返す。雄牛が描かれた面を上にして硬貨が転がり出た。

「お守り、効果抜群でした。ありがとうございました」

「硬貨だけに?」

「硬貨だけに」

お酒で気が大きくなっているのか、角田は楽しそうに笑った。この後する話が、角田の顔を曇らせてしまうかどうか、高宮にはまだ分からなかった。

「お父様の話、聞かせていただけますか」

「父の話、ですか」

予想外の話題を振られて、角田は首を捻った。

「昔、ご自身で作られた機械が事故を起こして、人が亡くなったと言われていましたよね」

あぁ、とつぶやくと角田は語り出した。

「家族にとって、本当に辛い時期でした。母親は家出した後で、家には僕と父の二人だけ。父は飲んだくれては暴力を振るって、そうかと思えば急におおいおい泣き出しては『自分の安全管理が甘かったからだ。俺は人殺しだ』って謝りだしたり」

本当に最後のピースが揃おうとしていた。このジグソーパズルが完成してどのような絵が出来上がるか、高宮には想像がつかなかった。だが、自分が完成させなければと思った。

「落ち着き出してから、父は仕事の話をしてくれるようになりました。メーカーは安全第一、それが唯一で絶対のルールだ、って。データ改竄したなんて聞いたら、またぶん殴られちゃうかな」

ぶん殴られたかった、と角田はぽつりとつぶやいた。

「今、お父様は何をされているんですか」

「昨年亡くなりました。僕がデメテルに入って、ひと月経った頃です」

「じゃあ角田さんは、お父様の想いを引き継がれたんですね」

「そう、そういうことになりますね」

終わった。恩賀の文書箱から始まった旅が、ここで終わるとは思っていなかった。殺人犯を見つけ出して警察にでも裁判所にでも突き出して、「カンコーは事故じゃなくて事件！　デメテルは安全なんです！」とD審で叫んで終わり、だとばかり思っていた。

殺人犯はどこにもいなかった。ただ責任感の強過ぎる一人のエンジニアと、その想いを継いだ若き技術者がいるだけだった。この種明かしは、する必要がない。あたしの胸にしまっておこう。天恵くらいには教えてやってもいいかなと思い、高宮は優しく微笑んだ。

「これからも安全第一でいきましょう。爆発事故なんて、もう絶対に起きないように」

「え、爆発事故？」

しんみりとした雰囲気に場違いな角田の声が響いた。

「爆発事故なんて物騒ですね。いきなり規模がデカい事故のことを言うからびっくりしちゃいました」

「あれ、お父様の事故って、カナダの爆発事故じゃないんですか？」

急に周りの音が聞こえなくなった。肌寒さすら覚える。

「いえ、ガス漏れです。もちろんこっちも規模の大きい事故なんですけど。それに、南米での仕事の話ですよ」

角田の話はもう耳に入ってこなかった。

「工員が無理やり稼働率を上げようとしたらバルブが詰まってしまって、破損した箇所からガスが漏れたんです。人災でした。でも父はそれを悔やんで、ちゃんとヒューマンエラーが起きないような安全設計にすべきだったって言うんです。安全第一っていうのは、機械の側が人を守らなきゃいけないっていうのが父のモットーで」

角田の父は、FBではない。

「でも、でもこれ、その時の硬貨じゃないんですか。二〇〇〇年に起きた」

「違いますよ。このカナダの硬貨、二〇〇五年限定モデルなんです。だから、これはそれよりも後に貰ったものだな。ちなみにガス漏れ事故は、それよりもっと後ですよ」

「でも、そんな、この絵柄！」

慌てて取り落としそうになりながら、高宮は硬貨を突き出してみせた。

「角田だから牛、ブル、もしくはバッファロー。カナダの太っちょな牛だから、Fat Bull の頭文字をとってFBじゃないんですか！」

「ちょっとちょっと、落ち着いてください。何の話をしているんだか僕にはさっぱり……」

困ったような顔をして、角田は硬貨を受け取った。あ、と何か思い出したような声をして「そのFBが何かは分かりませんが、Bについてはたぶん間違ってますよ」と言った。

「たしかにブルとかバッファローとも言いますけど」

角田は硬貨に描かれた牛を指差した。高宮の握った拳が、汗で冷たくなっていく。

「カナダで一般的な牛は、バイソン《Bison》ですよ」

その一言に弾かれるように思い出した。角田がデータ改竄に走ったきっかけは、D審で鶴丸が撤退するかどうか議論されると聞いて焦ったことだった。でも、高宮も桑守も、鶴丸内での社内議論なんてデメテル社員の前で口にしない。それは恐らく、真砂をはじめとした鶴丸の社員なら皆同じだ。今でこそ、デメテル内でもD審という言葉がごく普通に使われるようになったが、その意味を知らない人が聞いたら訳が分からないはずだった。

「角田さん、最後に一つ教えてください」

もう答えは見えている気がした。あの瞬間しかない。不幸な偶然が重なった。一つ目は、不注意による桑守の落とし物。二つ目は、それを拾った人物が実は鶴丸のことを昔からよく知る人物であったこと。ずっと知らないふりをされていた。

「D審の話、誰から聞きました?」


「出ろ! 出ろ! 電話出なさいよ、もう!」

行手を遮る繁華街のキャッチに「邪魔!」と怒鳴り散らしながら、高宮はケータイを耳に当てて走っていた。日付を跨《また》ぐ頃、小雨が降り出していたが、傘を買っている余裕はない。あいつが会社のスマートフォンの電源を切るなんてあり得ない。二十四時間三百六十五日、仕事の電話は絶対に取り逃がさないような奴なのに。

―― お掛けになった電話は、電源を切っているか、電波の届かない所にあります ――

鞄の中に折り畳み傘と予備の電池を常に持ち歩いているような奴だ。電源が切れているなんてあり得ない。そして、電波の届かないところといったらあそこしかない。

道路に飛び出して、無理やりタクシーを止める。運転手が窓を開けて怒声を上げた。

「お嬢ちゃん、あぶないやろ！」

無視して窓から腕を突っ込む。ドアのロックを手動で解除して、助手席に身体をねじ込み、自分の名刺を押し付けるようにして渡した。

「この住所まで急いで。早く！」

貧乏ゆすりが止まらない。間に合え間に合え間に合え間に合え。

時間にしてたったの十五分が、永遠にも感じた。

「どないしてん、お嬢ちゃん、怒ってたかと思ったら、今度は泣き出して」

運転手に言われて、自分が涙を流していることに気付いた。寒気がして、震えで奥歯がカチカチと音を立てる。お願いお願いお願いお願い。お願いだから間に合って。

目的地にたどり着いた。つい数時間前、皆揃って笑顔でこの場所から飲み会の会場に向かった。

「お釣りはいらない！」

お札を数える時間もなかった。いくらかも分からないお札を数枚掴むと、助手席に放り出すようにして車を飛び出した。できたばかりの水たまりを思い切り踏んで、お気に入りの白いコートに茶色いシミができた。ブーツにも水が入って気持ちが悪い。

デメテル株式会社、と看板が貼られたドアに持っていた鍵を突っ込み、乱暴に開ける。

気味が悪いほど、工場の中は静かだった。そのまま階段を駆け降りて、地下の研究室に向かう。

まだ何も臭わないし、何も聞こえない。もうすぐ、もうすぐだ。

「ちょっと待ちなさいよ！」

体当たりするかのように最深部の扉を開け、入ると同時に力の限り叫んだ。

「なんだ、麻綾も来たのか。大丈夫だって、まだ実験は始めてないよ」

呑気な顔で振り返った桑守に、肩からタックルをかまして目の前のリアクターから遠ざける。勢い余って吹っ飛び、二人は重なり合って倒れ込んだ。

「痛ってーな、お前どうしたんだよ。酔っ払ってるのか？」

「そこから動かないで！」

高宮の目は、もう桑守を見ていなかった。弱々しい背格好で、それでも落ち窪んだ目だけが何かに魅入られたかのように爛々《らんらん》と光っている男の方を見ていた。

視線の先には梅村がいた。

「高宮さん、良いところに来ましたね。今、桑守さんにリアクターの動かし方を教えて差し上げていたところですよ」

「こんな時間におかしいじゃない！　桑守をどうする気だったのよ！」

「いや麻綾、俺が頼んだんだ。飲み会の最後にな、仮に稼働率を上げた時にどういう反応が起きるか聞いたら結構盛り上がってさ。ほら、新年度から研究開発費を絞ろうってなったら、もう自由にラボを動かせなくなるだろ。だから善は急げって話になってさ」

「バカ！　ちょっと勉強したくらいで素人が機械に手ぇ出すんじゃないわよ！」

高宮が桑守の肩を叩いた。その一瞬の隙をついて、梅村はさっとパネルの脇に移動した。

「あんた、桑守のこと殺そうとしたでしょ。二十四年前に、カンコーで志村さんを事故に見せかけて殺した時みたいに！」

「人聞きの悪いこと言わないでください。なんですか、そのカンコーというのは」

「今更しらばっくれないでください。あたしが天恵とデメテルを訪問して、天恵がカンコーって知ってるかって聞いた時、あんた確かに『その会社がどうかしたのですか』って言ったわよね。あの時からずっと騙してたのね」

「桑守さん、高宮さんはどうやら酔っ払っているようですね」

「ちがう！　あんたがＦＢよ。Fat Bison は太ったバイソンの頭文字。昔からの糖尿病も、そのだるんだるんの皮膚も、前に壊した膝っていうのも、全部カンコー時代にとても太っていた時の名残。志村でウィルソン、若村でジャクソンと同じだわ。梅村さん、あんたが人殺しのＦＢよ！」

　高宮に指を差されても、梅村はにこにこ笑うのを止めない。もう何を言われても気にしていないように見えた。

「私がそのＦＢだとして、どうして桑守さんを殺さなきゃいけないんです？」

　桑守が隣で「梅村さん、そんな質問やめてください。それじゃまさか」とつぶやくのが聞こえた。

「研究開発費を止められそうになったからです。身体を壊している梅村さんは、あと八年なんて待てない。自分の手でＬＥＮＺを完成させるため、それだけはどうしても許せなかった」

　居酒屋の前での会話を思い出す。後進に引き継がなきゃ、と言っていた時の梅村はずっと本心を隠していた。唯一見せた本音が、「でも、私はやっぱり自分でやりたいんですよねぇ」だったのだ。

「桑守が工場で手帳を落とした時、それを拾った梅村さんはＤ審の開催を知った。梅村さんはカンコーでの経験で鶴丸のこともよく分かっていたから、D審の意味も即座に理解した。今またここでデメテルがテキトーな会社やファンドに売り飛ばされたら、自分の思うようにR－Xをいじれなくなる。だから角田さんにD審のことを教えて唆《そそのか》して、データ改竄するように仕向けたのよ。今の自分の開発環境を守るために」

本当に最低な奴。高宮が軽蔑の視線を投げつけると、梅村は歪んだ笑みを浮かべた。

「所詮、鶴丸食品の人間なんかには、技術のことなんて何も分からないと思ってたんですけどねぇ」

鵜呑みにさせてD審さえ乗り切れば寿命を延ばせると思ったんだけどなぁ、と梅村は拗ねた子どものように言った。

「口を開けば、やれ技術はいつできるんだ、やれもっと早く完成できないのか、そればっかり。技術の深淵を知ろうともしないで、成果ばかり掠め取ろうとする。志村さんも正にそんな人でしたよ」

「やっぱりあんたが志村さんを殺したのね」

「だから、人聞きの悪いことは言わないでください。私は志村さんに、製造効率が上がるかもしれないちょっと特殊な条件設定を教えただけですよ。勝手に試したのは、成果を焦った彼のエゴです」

「ど、どうして俺を殺そうとしたんだ」

口の両端が目尻につくぐらい、梅村はにーっと顔を歪めて笑った。

「それはもちろん、ＬＥＮＺの研究を続けるためですよ。社員が不慮の事故で亡くなったとなれば、鶴丸食品はどう足掻いてもデメテルを手放さなきゃいけなくなるでしょう。研究開発費を絞られ、塩漬けにされて死を待つくらいなら、カンコーの時のように一旦R‐Xを外に逃して、またすぐ迎えにいけば良い」

それに、と梅村は初めて怒った顔をした。青白い顔がみるみる赤くなっていく。

「私から最高の研究環境を奪おうとした。当然の報いですよ」

梅村は指を動かした。高宮と桑守が止めに入ろうとすると「動くと今すぐ爆発させますよ」と静かに言った。

「大切な仲間を失うのは心苦しいことです。このリアクターは旧式でね。R‐Xの数世代前のものです。カンコーの時も、リオを逃すために五世代前の兄貴分が犠牲になってくれました。彼を失った日は今でも昨日のことのように覚えていますよ。夢にだって出てくる。ちょっと思い出すだけで胸が張り裂けそうな気持ちになります」

高宮は恩賀の文書箱から見つかった顚末書の一節を思い出していた。全身に寒気が走った。

「誰が書いたか分からないカンコーからの撤退完了報告書、あんただったのね」

「さぁ、もう忘れました」

そろそろ疲れてきました、そう言うと梅村は再び手をパネルにかざした。

「大事な娘《リオ》が暗い倉庫の中に閉じ込められるくらいなら、身を切ってでも外に逃がしてあげたい。そう思うのが親心でしょう。この気持ち、あなたたちに分かりますかね」

「やめろ！」

桑守が走り出した瞬間、それより早く梅村がパネル操作を終えた。手慣れた動きで、高宮は目で追うことができなかった。

リアクターが唸り声を上げる。R－Xのような響き渡る重低音ではなく、ガタガタと震えながら今にも動き出しそうだ。

「安心してください。爆発規模はこの部屋いっぱいくらい。別室のR－X《リオ》は傷つかないよう調整してあります」

「麻綾走れ！」

桑守が高宮の腕を摑んで走り出した。さっき水たまりに足を突っ込んだせいで、ブーツの中が濡れている。靴の中で足が滑るのを感じた直後、転倒して近くの机に頭を打ちつけた。

「麻綾！」

リアクターから煙が出ている。危険ランプが点灯し、真っ白な部屋を赤く染める。頭を庇《かば》って、両腕で覆う。

終わりだ。今度こそ終わり。目を瞑ってそう思った。

これまでの半年が走馬灯のように頭の中を駆け巡る。ビジコンで優勝したと思ったら真砂室長に事業の死刑宣告を受けた時、ウラヨミにリークしたと疑われて平井部長に詰められた時、調子に乗ってベラベラ喋ったら桑守に裏切られて追い出し部屋送りにされた時、何週間もかけて作り込んだ数字が角田のデータ改竄で全部パーになった時。終わりだ、と思った時の記憶が次々に蘇る。ちょっとあたし、終わりだって思いすぎじゃない？　全然終わりなんかじゃなかった。いつも誰かが助けてくれて、そこからあたしたちの逆襲が始まった。お母さん、短気は損気っていうのは本当だったね。あたし一人じゃ何もできなかったよ。恩賀さんが言ってたように、あたしは自分の事業を守れたのかな。あ、そういえば天恵にまだウルフギャング奢ってないや。悪いことをしたけど、散々チキン南蛮食わせてやったんだからそれで良しとしてよ。てか、大人しくしてたら今頃ロンドンだったのか。もしそうだったらそろそろ帰国の時期ね。でも現地で素敵な英国紳士と恋に落ちて、「あたしは恋に生きると決めたの！」なーんてエリと風香に宣言して会社辞めて、そして霧の都ロンドンで二人はひっそりと闇に溶けて……ってさすがに走馬灯長すぎじゃない？

恐る恐る目を開ける。赤ランプは止まっていた。

「なんで、どうして……こんなのいつの間に……」

梅村がその場に膝をつき、口を開けっぱなしでモニターを見つめている。

高宮もモニターを見上げた。モニターには短い文が表示されていた。

――異常な入力を検知したので動作を止めました。皆さん、安全第一で！　角田――

「あんたがいなくなっても、デメテルの技術部はもう安泰みたいね」

ホッとした瞬間、全身の力が抜けた。最後に目にしたのは、こちらに駆けてくる同期の姿だった。

6

高宮麻綾の引継書

「もうほんっっっとにヤバかったんだって。マジで走馬灯がばーーーって頭の中駆け巡って、もう終わったって思ったら脳がぐわんぐわんし出して、なんか最後の方は捏造された知らないロンドンの記憶まで出てきたんだから」

大きな身振り手振りで梅村との決闘シーンを再現する高宮を見て、絵梨奈も風香も声を出して笑った。

「ヤバすぎ。それ本当に日本の話？　そのイカれたマッドサイエンティストは最後どうなったのよ」

「桑守が警察と救急車呼んで、梅村さんはパトカーで警察署、あたしは救急車で病院に運ばれて終わり」

「カンコーとか言ったっけ。そんな二十年以上も前の事件、今更立件できるの？」

「分かんない。でも梅村さんが自白してるのは録音してあるから、なるようになるんじゃないかしら」

「さすが、麻綾ちゃんは用意周到だね」

「あ、自白を録音してたのは同期の方ね。あいつ、特技と趣味が盗聴なのよ」

お腹の大きくなった風香を飲食店に連れ出すわけにはいかないので、三人でオンライン飲み会をしているところだった。会話の八割は高宮のデメテル奮闘記が占めていた。

「あー、ほんとおかしい。麻綾らしくて最高だわ」

「本当、わたしなら絶対無理そう」

本当に、楽しそうでいいな。風香が寂しそうにぽつりとそう言った。

「なによ風香、マタニティブルーってやつ？」

「ううん、前から思ってたの。麻綾ちゃんは自分が面白いと思ったものにとことん夢中になれていいなって。わたしはあんまりそういうのなくて、いつも全力で楽しそうで羨ましい」

俯く風香に対して、絵梨奈は得意そうな顔をした。

「要するに、隣の芝は青いってわけよ」

「あたしは風香のこと羨ましいと思ってるよ。素敵な旦那さんがいて、もうお母さんにもなるんでしょ。もう、何歩あたしの先を行けば気が済むのよ」

そんなこと全然ないよ、と言って風香はふふと笑った。

「もし女の子だったら、麻綾ちゃんみたいな子に育つといいな」

「むりむりむり、年中舌打ちと貧乏ゆすりしてるようなガキ、私は絶対ごめんだわ」

「何よ、あたしだってもうそんな年中ぷりぷりしてないわ」

「麻綾の画面、小刻みに揺れてるわよ」

オンラインでも会おうと提案してよかった。二人と話すと、やっぱり元気をもらえる。

飲み会を終え、満ち足りた気持ちでノートパソコンの画面を閉じる。よし、充電完了。

いよいよ明日だ。この案件は、あたしの手で終わらせなきゃいけない。


久しぶりにTSフードサービスに出社した。ここ最近は打ち合わせのため、鶴丸ビルの方ばかりに行っていた。

「高宮、デメテルの件は残念だったな」

真っ先に声をかけてきたのは溝畑だった。

「なんだ、もう聞いてるんですか」

「もうみんな知ってるぞ。ＴＳフードサービス始まって以来の大事件だからな。この後、売却相手に株券の受け渡しがあるんだろ」

「え、そんな詳細まで広まってます？」

「いや、これは小西さん情報だ」

名前が出たのが聞こえたのか、小西さんは首を伸ばしてこちらを見て茶目っ気たっぷりにウインクをした。

「それとこれも小西さん情報なんだけど、桑守が退職願を出したらしいぞ」

「知ってますよ、本人から聞きました」

「あれ、お前らバチバチな感じじゃなかったっけ？」

「そういう話は真っ先に同期に伝えるのがマナーです」

ばたばたと足音が聞こえた。天恵が外回りから帰ってきた。

「すみません、高宮さん。ギリギリになっちゃって」

「遅い。置いていくところだったわよ」

天恵が間に合って内心ホッとした。最後の面談には、天恵にも同席してもらいたい。

技術部長に過去の殺人容疑があり、しかも殺人未遂で現行犯逮捕されたとあって、Ｄ審で議論するまでもなくデメテルからの撤退が即日で決まった。殿岡本部長はわざわざ高宮のところまで来て、「無事で何よりだ」と声をかけていった。

社外との株式売却交渉は風間と桑守が行ったらしい。刑事事件が絡むデメテルを買収することをどの会社も嫌がり、結局最後まで残ったイーサン・インキュベーションが破格の値段で買収することになったと聞いている。

「どこまでデメテルを研究してるんだか、ことごとく下げ材料を出してくるんですから、厳しい交渉でしたよ」

風間があんな燃え尽きた顔でぼやくのは初めて見た気がする。

「風間さん、最後の交渉は私にやらせてくれませんか？」

「交渉も何も、もう株式譲渡契約書は締結しました。あと残っているのは物理的な株券の譲渡だけです」

「あたしだったら追加でうちに有利な条件を引っ張ってこれる、って言ったらどうです？」

「それだったら、追加条項で後から無理やりねじ込んでもいいかもしれませんが……何か勝算があるんですか？」

高宮の作戦を聞いて、風間はふぅむと唸った。

「なるほど、それなら私はむしろ同席しない方が良いかもしれませんね」

「鶴丸が保有する株券を渡すのに、鶴丸所属の社員がいないのはマズいんじゃないですか？」

「あぁ、それなら問題ありません。高宮さんが鶴丸代表として振る舞ってください。後から辞令発令日をいじればいいだけですので」

高宮さんと出会ってから、私も度胸がついたみたいです。一人微笑む風間を横目に、高宮は頭の中で作戦を反芻《はんすう》した。交渉の行方も、あたしの今後も、その場で決まるのだ。

鶴丸の会議室を出る時、そういえば風間と初めて名刺交換したのもこの部屋だったなと思い出す。

エレベーターに乗って一人になると、高宮は目を閉じて深呼吸した。

「今度こそ、モノにするわよ」


「なんかあっという間でしたね」

「ちょっと、まだ終わってないんだけど」

交渉相手が到着するのを待つ間、高宮と天恵は会議室で向かい合って座っていた。

七月のビジコンから数えて、九ヶ月近くが経った。メーグルを思いついたのはもっと前だから、丸一年近く、この案件が常に頭のどこかにあったことになる。今日で一旦の区切りがつく、ということに高宮は実感が湧かなかった。来週にもまた、当然のように眉間に皺を寄せながらデメテルの資金繰りに頭を悩ませている気がする。

だが、それももう終わりなのだ。

「梅村さんの暴走がなかったらまだ続いてたんですよね、メーグル構想」

「そうね」

高宮が短く返すと、天恵が不思議そうな顔でじっとこちらを見つめてきた。

「なによ」

「いや、てっきり梅村さんに対してもっとブチギレてるかと思ってたので、意外とリアクション薄いなぁ……と」

「そりゃブチギレてるわよ。過去の殺人も何もかも、あたしは一生許すつもりないから」

でも、と高宮は続けた。

「LENZは、あの人の凄まじさがなかったらそもそも生まれてなかったのよね」

梅村の狂った熱意が、高宮には分かる気がした。メーグルがダメだったら自分はもう終わり。会社人生が終わりとかそんな生ぬるいものじゃなく、あたし自身が終わり。そんな気持ちで走り抜けた、ギリギリの一年だった。

別に会社に人生を捧げようなんて毛頭思ってない。自己実現は仕事で、ともよく言うが、やりたい人が勝手にやれば良い。自分の場合、それが今はたまたまメーグルだっただけだ。

「事業をつくるって、思ってたより難しいわね」

いろんな人の顔が思い浮かんだ。しばらく目線を落として一点を見つめていると、天恵が指先で軽く机を叩いた。

「高宮さんらしくないすよ。はい、深呼吸して落ち着くか、もしくは久々に思いっきり貧乏ゆすりしましょう」

「天恵はもっと緊張しなさいよ」

「だって今日はうちから株券を渡して、向こうから受領書をもらって、それで終わりでしょう？正直、緊張する要素なくないっすか？」

「ほんっとあんたは不感症というかなんと言うか、もっとこう、ぶわぁーっと込み上げてくるものがあるもんでしょ、普通」

話していると少し肩の力が抜けた、気がする。目の前の天恵の表情も、さっきより心なしか柔らかい。

二人が黙ったのを見計らったかのように、遠くから慌ただしい足音が聞こえてきた。たぶん、この部屋に向かってくる。目を合わせて、どちらからともなく小さく頷いた。

「イーサン・インキュベーションお一方、いらっしゃいました！」

ぴょんぴょん飛び跳ねながら桜庭がやってきた。今、高宮たちが待機している部屋から少し離れた会議室に通してあるらしい。

「じゃ、声出していくわよ」

「それ、なんかもはや懐かしいですね」

話しながら、天恵の少し前を歩く。会議室までの道のりが遠い。早く着いてほしいような、このまま着いてほしくないような、不思議な感覚だ。

ノックをして、交渉相手の待つ会議室の扉を開く。相手はこちらに背を向けて、窓の外を眺めていた。

「お待たせいたしました、担当の高宮です」

風間が来ると思っていたのだろうか、相手は意外そうな顔を見せた。

「はじめまして、イーサン・インキュベーションの代表を務めています」

名刺を交換する。もちろん部屋に入った瞬間分かっていたが、改めて名刺を見ると、笑ってはいけないシーンなのに思わず声が漏れてしまう。何が「はじめまして」だ。

「二年前の新人時代を思い出しました」

高宮がそう言うと相手も笑った。

「俺との名刺交換の練習で、高宮は思い切り上から名刺を差し出したよな」

「今回は先に下から差し出したじゃないですか。ちゃんと大先輩のことを敬ってるんですよ」

高宮はくるりと天恵の方を振り返った。

「こちら、一昨年うちを辞めた恩賀さんね」

「え、うそ、あの?」

「あの、って、お前どんな話してるんだよ」

「そりゃあもう、偉大なる大先輩としてですよぉ」

「出た、高宮がテキトーに話してる時の語尾」

高宮は恭《うやうや》しく右手でテーブルを指し示した。恩賀は黙ってそれに従って座席につく。

「やっぱ鶴丸の会議室の椅子は収まりが悪いんだよなぁ」

「それが退職の理由ですか?」

「みんなには内緒な」

懐かしい感覚。オフィスで残業しながら、溝畑や桑守も交えて雑談していた時のことを思い出す。いつまでもこうやって他愛もない話を続けていたい気もする。でもそれはできない。交渉には時間制限があるのだ。

「俺が出てきても驚かなかったな。誰かに聞いてたか?」

「実はある情報筋から。でも前から、たぶん恩賀さんだろうなと思っていました。デメテルはしょぼいホームページしかない非上場企業ですよ。それなのにイーサン・インキュベーションなんていう検索してもヒットしない怪しげなファンドが、こっちが驚くくらいデメテルの事業内容を正確に理解していた。よく知っている人が内部にいるんだと思いました。そりゃ価格交渉で風間さんがいいようにやられるわけですよ」

高宮でさえ、実際に訪問するまでデメテルの事業内容をよく理解できなかった。イーサン・インキュベーションの買収提案には、内部の事情に精通していないと書けない内容が含まれていた。

「そしてカンコーを追ううちに、飯山信繁さんのことを知りました。志村さんがウィルソン、若村さんがジャクソン。じゃあ飯山さんはなんて呼ばれてたんだろうと思ったら、イーサンだったんじゃないかって」

なぜか、これまで考えていたことを全部披露したくなる。恩賀のどんなリアクションがほしくて、自分は今喋っているんだろう。

「恩賀さんが飯山さんの息子じゃないかと思った決め手は、文書箱に入っていた告発書です。カンコーの爆発は事故ではない、ってやつ。内容から言って、飯山さんが残したものですよね。あれだけ、どういう経路で恩賀さんが手に入れたか誰も知らなかった。誰も知らないということは、そもそも二人の間でやり取りされたのではと思いました。小西さんにも昔のことを思い出してもらって色々聞いたら、飯山さんの息子さんと恩賀さんの年齢が同じことも分かったので、これはたぶんクロだなと」

「クロっていうなよ。犯罪者みたいじゃないか」

イエス、と答えたようなものだった。

「ウラヨミへの暴露記事も恩賀さんですよね。あんなセンシティブな情報を手に入れられるのは、家族くらいかなと想像してました」

「どこかのバカが余計なことしてくれるから、俺もだいぶ焦ったんだよ。おかげで計画が全部狂うところだった」

ま、そんなに大した計画じゃないんだけどな、と種明かしするかのように両手を広げて恩賀は言った。

「本当は俺が鶴丸の中でデメテルの技術を好きに使おうと思ってたんだけど、やらかしてクビになっちゃったからさ。どうしたら将来的に自分の手元にデメテルが戻ってきそうか急いで考えたんだ。LENZが完成するのは相当先だから、俺がいなくなった後は誰も気にかけなくなるだろう、そしたらどこかのタイミングで鶴丸は売っ払うだろうと踏んでいた。それまでに俺は資金集めをして、満を持して鶴丸から買い叩くのが一番良い。まさかお前が掘り起こすとは思わなかったよ。鶴丸とデメテルの提携とか何とか嘘八百をウラヨミに漏らしたのは、高宮だろ」

高宮が「社内で注目が集まるようにしないと、よく知らない相手に売られそうだったんです。結構ギリだったんですから」と答えると、恩賀はニヤッと笑った。

「ま、あれのおかげで、鶴丸で何か起きてるのが外から分かったから結果的に良かったけどな。でもお前が余計なことしてくれたせいで、逆に新たに他の会社やファンドが興味を持って飛びついてこないかが心配だったよ」

「だから、暴露記事のリークで本件の評判を落として、デメテルに買い手がつかないようにしたんですか」

「そう。お前はデメテル株が売られないように社内での注目度を高めようとした。俺はデメテルに興味を持つ人が消えるように暴露記事を出した。やったことは似たようなもんさ」

「デメテルを自分のものにしようとしてたのは、やっぱりお父様の因縁があるからですか」

恩賀は少し考えた後、「そうとも言えるし、違うとも言える」と言った。

「そもそも俺はR‐Xが元々カンコーにあったなんて知らなかった。親父が命懸けで追いかけていた技術を追ってみたら、たまたまデメテルに行き着いたんだ」

狭い業界なんだからもっと早く繋がりに気付けば良かった、と言って恩賀は苦笑した。

「あの技術のことをよく知るうちに、俺もいつの間にかその魅力に囚われたんだな。まさか全く同じ技術とは思ってなかったけど、鶴丸の過去の担当者たちがハマった理由もよく分かる。R‐Xがちゃんと動いて、LENZが完成すれば確かにすごいぞ。いつ完成するか怪しいのが玉に瑕《きず》だけどな」

デメテルへの少額出資を成功させて一息ついた頃、それとは別に、恩賀は父の死の真相に近づくためにカンコーについて調べ回ったらしい。その中で鶴丸の情報システムに不正アクセスしたことがバレて、懲戒解雇になりそうになった。恩賀はそれでも仕方ないと腹を括ったが、なぜか自己都合退職扱いに減刑されたという。

「人事決定に圧を掛けられる人なんて一握りだ。実はどこかのお偉いさんが俺と親父の関係に気付いて、情けをかけてくれたのかもな」

「そのお偉いさん、お父様のご同期とかかもですね」

高宮の頭に、殿岡本部長の鋭い目つきが浮かんだ。少し間が空いて、高宮は恩賀にまっすぐ向き合って聞いた。

「デメテルの技術は、恩賀さんの元でなら完成するんですか」

「する」

恩賀は即答した。ひけらかすでもなく、自分の中の自信を拠り所に語る姿を見て、高宮はとても懐かしく感じた。

「表向きの理由は違うけど、イーサン・インキュベーションはＬＥＮＺを完成させられる環境を整えるために立ち上げたんだ。絶対完成させるさ」

「今のデメテルには、優秀な若手技術者もいます。彼らのことも、よろしくお願いします」

「当然だ。うちは人を何よりも大事にするファンドだからな」

それまで笑みを浮かべていた恩賀が、その日一番の真剣な表情になった。

「高宮、うちに来ないか」

高宮よりも、それまでずっと黙っていた天恵の方が「え」と声を漏らして動揺したように見えた。

「今回の一連の件、聞いたぞ。お前が相当無茶やったんだってな。そういうガッツと実行力がある奴が必要なんだ。鶴丸で窮屈な想いをして燻《くすぶ》ってないで、俺らと一緒に暴れようぜ」

しばらく言葉が出なかった。前もって別ルートから聞いていたので驚きはなかったが、改めて本人から言われると込み上げてくるものがある。

「なんて言ったら良いか分からないんですけど、そう言っていただけて嬉しいです」

「あんまり驚いて見えないってことは、さては事前に聞いてたな」

「はい、実は御社の新入りから聞いてました。転職のお誘いが近々来るかもって」

「桑守のやつ、あれだけ言うなって口止めしたのになぁ。新しい上司の指示を無視するとは、これは減給だな」

「人事に関するゴシップは、気の合う同期には発令前に予め共有してワイワイ楽しむ。これは上司の命令よりも優先されるべきサラリーマンの鉄の掟なんです」

恩賀は腕組みをして楽しそうに笑った。交渉の席で久々に恩賀と桑守が顔を合わせて、桑守の成長ぶりに驚いた恩賀がその後すぐ声をかけたのだという。桑守は恩賀に、高宮がビジコンで優勝してから今回の株式売却交渉にいたるまでの流れを全て話していた。

「あたしはやっぱり、メーグルがやりたいんです」

「え、高宮さん！　ダメですよ！　辞めないでください！」

天恵が横から止めてくる。こいつ、この部屋に入ってから驚いてしかいないなと思うと、少し心がほぐれた。

「今回の件で、自分たちに何ができて、何ができないのかよく分かりました。デメテルは恩賀さんにお預けするのが一番良いと思っています」

「預ける？」

「一つ、ご相談があります。ＬＥＮＺが完成して特許化したら、鶴丸だけにライセンス提供してもらえませんか」

「待て待て、話が見えない。それはつまり、将来的なＬＥＮＺの独占的使用権を、今この場で鶴丸に渡せってことか？」

「そういうことです」

「高宮がうちに来る代わりの条件か。お前を軽く見てはいないが、随分と欲張りな内容だな」

「いえ、あたしが鶴丸に残った上でのお願いです」

「は？」

話にならない、と恩賀は首を振った。ここまでは想定通りだ。

「どうやったら一番良い形でメーグルが実現できるか考えました。それには、鶴丸グループの持っている小売店やコンビニへのアクセスや、他の関連会社の技術と組み合わせるのが一番なんです。この実現のためには、鶴丸の中でメーグルのことを真剣に考えて実行に移せる人が必要だと思います。だから、あたしが残ります」

「桑守から聞いたぞ。お前の禍々しいガッツに感化された社員が結構多いらしいな。そういう人たちに鶴丸での役割は引き継いで、高宮はこっち側で頑張れば良いじゃないか」

「引き継いでいくことの大切さは、この半年でよく学びました。それでも、メーグルは自分でやりたいんです」

「本当にそれだけか?」

やっぱり恩賀さんは鋭いな。高宮は、桜庭と二人で入った文書保管庫を思い出していた。各案件ファイルから溢れんばかりに漏れ出てくる、担当者たちの熱い想い。簡潔にまとめられた文章の行間からたまに見え隠れする泥臭い智略。端的に言って、「負けた」と思った。

「あたしはずっと、あたしが一番すごくて偉いみたいに思って振る舞っていました。でも、全然違いました。ここでの学び残しもまだまだたくさんあると気付いたんです」

それに、と高宮はほくそ笑みながら続けた。

「色々と暴れたおかげで、今は思い通りに動きやすくて割と良い立ち位置なんです。鶴丸、擦り切れるまで使い倒さないともったいないじゃないですか」

高宮の話を聞くと、恩賀はため息をついた。「全くお前は」という声が聞こえた気がした。

「分かった、高宮は諦める。でも独占的使用権は無理だ。うちが交渉に応じる理由がない」

「優先的に交渉する権利ならどうですか。あたしも単にくれぐれ言っているわけじゃないです。うちがこの権利を持っていれば、鶴丸の中でデメテルは風化させられずに済みます」

「言っていることは分からんでもないが、また自分勝手な理論だな」

「こういう性格なんです」

優先交渉権か……とつぶやき、恩賀はしばらく考え込んだ。

「それくらいなら良いか。でも、俺からも一つ条件がある。そのメーグルとかいうのの中身を、俺はまだお前から説明を受けてない。その内容によっては、優先交渉権もナシだ」

恩賀は足を組み、鷹揚に右手で先を促した。なんだかんだ言って、やっぱこの先輩はムカつくな。胸を張って、恩賀の試すような視線を真正面から受ける。目に物見せてやるわよ。

「聞かせてくれよ、お前の事業案」

高宮は息を深く吸い込んだ。心の中で五分のタイマーが動き始める。エナジードリンクのにおい、天恵が黙々と打つキーボードが鳴る音、二人しかいない夜のオフィスの風景、色んなものが一斉に蘇ってきた。

「恩賀さん、ゴミとなる運命だった食品が世界にどれだけ存在するかご存知ですか?」


「この半年で何回引継書を書かされるのよ、ほんと」

ぶつぶつ悪態をつきながら、高宮はキーボードを乱暴に叩いていた。あんなに汚かった机の上には、パソコンとモンスターエナジーの空き缶しかない。

「あーあ、恩賀さんの誘いに乗っといた方が良かったのかな」

「もしそうなっても、引継書は書いてもらってましたよ」

「うっさ、んなこと分かってるわよ」

一人、また一人と帰宅していく。気づけばまた天恵と二人になっていた。

「新しい異動先では何をやるんですか？　早乙女さんと同じチームって聞きましたけど」

「それはあたしが知りたいくらいだわ。明日、説明を受けることになってる」

高宮の辞令はつい先日出たばかりだったが、もう明日からはＴＳフードサービスではなく出向先の方へ出勤することが決まっていた。

――**高宮　麻綾　（現）営業部トレーディング三課**
（新）鶴丸食品株式会社　食料品ビジネス本部　事業推進部（出向）

ビジコンで優勝した時に高宮が兼務出向するはずだった部署だ。今回の異動は、事業推進部の中にいる早乙女の強い推薦があって決まったと聞いた。

「恩賀さんと会う前にはもう異動の内示を受けていたんですか？」

「当たり前でしょ。その前提あってこその、鶴丸に残ります宣言よ」

「じゃあ引き抜きの誘いは断るって、元から決めてたんですね」

焦って止めて損しました、と天恵は呑気にあくびをした。高宮は返事をせず、無言で引継書の最後のまとめに入っていた。

本当は決めていなかった。直前まで悩みに悩んでいた。その時の自分の気持ちに従おうとだけ決めて、恩賀との面談に臨んだのだった。天恵が引き止めてくれなかったら、どう転んでいたか分からない。自分の決心が揺らいだ時に引き止めてほしかったから、あたしは天恵を同席させたのかもしれないと思った。

「天恵、今から最後の反省会やるわよ。さっさと準備して」

「また新桃園ですか？　せめてもうちょっと綺麗な店に行きません？」

「何言ってんの、明日からはあんたがこのトレ三の若手の伝統を引き継いでいくんだから、その自覚を持ちなさいよ」

「その伝統、真っ先に止めると思います」

天恵がのろのろと立ち上がる。天恵のパソコンが閉じられるのを確認して、高宮は送信ボタンを押した。これで、関係者に引継書が一斉送信されたはずだ。

高宮は最後に誰もいないオフィスを振り返った。見慣れていたはずのオフィスが、今の自分の目には全然違って映る。ほんと、思いがけず随分と遠くまで来ちゃったな。次戻ってくる時には、また違う景色に見えるのかもしれない。

「高宮さん、エレベーター来てます」

「今行くわよ」

肩に鞄をかけ直し、高宮はフロアの電気を消した。エレベーターに向かう前、廊下のゴミ箱に空き缶を捨てに行く。缶同士がぶつかり合い、カランという小気味良い音が響いた。

トレーディング三課からの異動に関する引継書

2024年3月

本日を以てトレーディング三課を離れる事となった為、簡単ながら以下の通り引継書を作成します。顧客概要や業務フローといった本題に入る前に、私がTSフードサービスの皆様にお伝えしたい事を先ずはじめに三点記載いたします。

一、トレ三の皆様へ。ビジネスパーソンとして、というよりそもそも人として未熟な私を見放さずに温かくご指導いただき誠に有難うございました。一人で何でもできる気になって調子に乗ったり、気の向くままに苛立って見せたりしていた自分が恥ずかしいです。次に机が震えたら、それはたぶん本当の地震の揺れなのでご注意ください。

二、TSフードサービスの皆様へ。勘違いしてほしくないのですが、私は仕事大好き人間でも超ストイックなハードワーカーなわけでもありません。ただ、自分が面白いと思ったことを追いかけていたらそれがどんどん大きくなり、色んな人に背中を押してもらって気付いたらとても遠いところにきていた、という感覚が正しいです。老害くさいのでこういうことはあまり言いたくないのですが、その過程の中で確かに成長したなとも感じており、真剣に取り組んで良かったなと思っています。皆さんにも心の底から「たまらない」と思える瞬間が訪れますように。私も大分痛い目を見たので、イケてる大人の喧嘩術を知りたい人はいつでもご連絡ください。事業アイデアの壁打ち相手も大歓迎です。全力でボコボコにしてあげます。

三、被引継者に対して言いたいことは一つ。これからも声出していけよ！

引継者：　高宮麻綾
被引継者：天恵玲一

城戸川りょう（きどかわ・りょう）
1992年山形県生まれ。山形県立山形東高校卒業。
東京大学経済学部卒業。商社勤務。

高《たか》宮《みや》麻《ま》綾《あや》の引《ひき》継《つぎ》書《しょ》

2025年3月10日　第1刷発行
2025年4月 5 日　第3刷発行

著　者　城《き》戸《ど》川《かわ》りょう

発行者　花田朋子

発行所　株式会社 文藝春秋

〒102-8008 東京都千代田区紀尾井町3-23
Tel 03(3265)1211(代)

印刷・製本・組版　萩原印刷

この作品は書き下ろしです。

ISBN978-4-16-391951-5